Emma Straub es neoyorquina y ha publicado tres novelas y una antología de relatos. Ha colaborado con artículos y relatos en *Vogue*, *New York Magazine*, *Tin House*, *The New York Times*, *Good Housekeeping*, *Rookie* y *The Paris Review Daily*. Vive en Brooklyn con su marido y sus dos hijos.

www.emmastraub.net

Papel certificado por el Forest Stewardship Council*

Título original: *The Vacationers*

Primera edición: marzo de 2018

© 2014, Emma Straub
© 2015, 2018, Penguin Random House Grupo Editorial, S. A. U.
Travessera de Gràcia, 47-49. 08021 Barcelona
© Isabel Murillo, por la traducción

Printed in Spain – Impreso en España

ISBN: 978-84-9070-448-6
Depósito legal: B-387-2018

Impreso en Novoprint
Sant Andreu de la Barca (Barcelona)

BB 0 4 4 8 6

Penguin
Random House
Grupo Editorial

Los veraneantes

EMMA STRAUB

*Para River, que tiene una vida entera y una
eternidad de vacaciones familiares por delante.*

No se trata tanto de viajar como de partir;
¿quién de nosotros no tiene algún dolor que olvidar o algún yugo que sacudir?

GEORGE SAND, *Un invierno en Mallorca*

Seré la isla desierta
donde vivirás en libertad.
Seré el buitre
y podrás capturarme y devorarme.

THE MAGNETIC FIELDS, *Desert Island*

Día uno

La partida siempre tenía un componente de sorpresa, por mucho que la fecha llevara tiempo marcada en el calendario. Jim había preparado la maleta la noche anterior, pero ahora, en los momentos previos a la hora programada de salida, titubeaba. ¿Habría cogido libros suficientes? Deambuló por delante de la biblioteca del despacho y seleccionó varias novelas, tirando de ellas por el lomo para devolverlas acto seguido a su lugar. ¿Había metido en la maleta las zapatillas deportivas? ¿Y la espuma de afeitar? Jim oía a su esposa y a su hija por toda la casa, inmersas como él en el ataque de pánico de última hora, subiendo y bajando las escaleras con objetos olvidados, que empezaban a apilar junto a la puerta.

De poder hacerlo, Jim habría sacado varias cosas de la maleta: el último año de su vida, y los cinco anteriores, cuando todo cayó por su propio peso; las miradas de Franny desde el otro lado de la mesa a la hora de la cena; la sensación de estar en el interior de otra boca por primera vez en tres décadas, y lo mucho que deseaba seguir allí; el vacío que le aguardaba tras el vuelo de regreso, los días en blanco que tendría que llenar, llenar y llenar. Jim se sentó a su escritorio y esperó a que alguien reclamara su presencia.

Sylvia esperaba delante de la casa, con la mirada fija en la calle Setenta y cinco, en dirección a Central Park. Sus padres eran de los que pensaban que los taxis aparecían justo en el momento en que los necesitabas, sobre todo los fines de semana de verano, cuando el tráfico en la ciudad vivía sus horas bajas. Sylvia maldijo para sus adentros. Lo único capaz de superar el incordio de tener que ir de vacaciones con sus padres, durante dos de las últimas seis semanas que tenía libres antes de ingresar en la universidad, sería perder el avión y encima pasar la noche en el vestíbulo del aeropuerto, intentando dormir en una silla con la tapicería pringosa. Por ello, había decidido ocuparse personalmente de conseguir un taxi.

Tampoco es que le apeteciera pasarse el verano entero en Manhattan, que se convertía en un sobaco de hormigón derretido. Lo de Mallorca resultaba atractivo, en teoría; era una isla, y eso significaba olas y brisa, y podría practicar el español, que se le había dado muy bien en el colegio. Nadie de su clase (nadie, en el sentido literal de la palabra) iba a hacer nada en todo el verano, excepto celebrar fiestas cuando los padres se marcharan a Wainscott, Woodstock o dondequiera que fuese para instalarse en aquellas casas con tejado de madera que parecían destartaladas a propósito. Sylvia llevaba los últimos dieciocho años viendo a diario la cara de esa gente y se moría de ganas de perderlos a todos de vista. Sí, claro, había otros cuatro chicos de su clase que también irían a Brown, pero ya no tendría que hablar nunca más con ellos si no le apetecía, y ese era el plan. Encontrar nuevas amistades. Crearse una nueva vida. Estar por fin en un lugar donde el nombre de Sylvia Post no estuviera acompañado por los fantasmas de la niña que había sido con dieciséis años, con doce, con cinco; donde pudiera desligarse de sus padres y de su hermano y ser solamente ella, como el astronauta que flota en el espacio, sin la restricción que impone la gravedad. Pensándolo bien, a Sylvia le gustaría poder pasar el verano entero en el extranjero. Porque, tal y como estaba todo planificado, aún tendría que padecer el agosto en casa, momento en el cual las fiestas alcanzarían su lloroso y desesperado momento cumbre. Y llorar no entraba en los planes de Sylvia.

Un taxi con la luz de libre encendida dobló en aquel momento la esquina y se aproximó lentamente hacia donde estaba ella, esquivando los baches. Sylvia extendió un brazo mientras marcaba el teléfono de casa con la otra mano. Sonó y sonó, y seguía sonando todavía cuando el taxi se detuvo ante ella. Sus padres continuaban dentro, haciendo Dios sabe qué. Sylvia abrió la puerta del taxi y metió la cabeza.

—Espere un momento —dijo—. Lo siento. Mis padres salen enseguida. —Hizo una pausa—. Son terribles.

No siempre había sido así, pero lo era ahora, y no se cortaba en afirmarlo.

El taxista asintió y puso en marcha el taxímetro, evidentemente encantado ante la perspectiva de pasarse el día esperando, de tener que hacerlo. En condiciones normales, el taxi habría interrumpido el tráfico por haberse parado en aquel lugar, pero ahora mismo no había demasiado tráfico que interrumpir. Sylvia era la única persona de la ciudad que parecía tener prisa. Pulsó la tecla de rellamada y esta vez su padre respondió a la primera.

—Vámonos —dijo Sylvia, sin esperar a oír la voz de su padre—. El taxi ya está aquí.

—Tu madre está tomándose su tiempo —dijo Jim—. Salimos en cinco minutos.

Sylvia colgó el teléfono, entró en el taxi y se deslizó por el asiento trasero.

—Ya salen —dijo.

Se recostó, cerró los ojos y notó que se le enganchaba el pelo en un fragmento de la cinta aislante que mantenía el asiento unido. Pensó en la posibilidad más que real de que solo apareciera uno de sus progenitores, y ahí se acabaría todo, envuelto en un halo de culebrón, sin final feliz.

Con el taxímetro en marcha, Sylvia y el taxista permanecieron sentados en silencio durante más de diez minutos. Cuando Franny y Jim salieron por fin de la casa, los cláxones de los coches que habían ido acumulándose detrás del taxi los acompañaron a modo de marcha procesional, increpante y victoriosa. Franny se instaló detrás, al lado de su hija, y Jim delante, las rodillas, enfundadas en el pantalón beige de algodón, pegadas al salpicadero. Sylvia no estaba ni feliz ni infeliz de tenerlos a los dos en el taxi, pero se sintió aliviada por un instante, aunque nunca se dignaría reconocerlo.

—*On y va!* —dijo Franny, cerrando la puerta.

—Eso es francés —observó Sylvia—. Vamos a España.

—*¡Ándale!**

Franny ya había empezado a sudar y se abanicó las axilas con los pasaportes. Iba ataviada con su uniforme de viaje, perfeccionado con esmero gracias a numerosos vuelos y desplazamientos en tren por todos los rincones del mundo: mallas negras, túnica de algodón negro hasta las rodillas y un fino pañuelo para protegerla del frío del avión. Cuando Sylvia le preguntó en una ocasión acerca de sus inmutables costumbres viajeras, su madre le espetó: «Al menos yo no viajo con un cargamento de whisky, como Joan Didion.» Cuando la gente le preguntaba qué tipo de escritora era su madre, Sylvia solía explicar que era como Joan Didion, solo que con más hambre, o como Ruth Reichl, pero con un problema de actitud. Aunque esto no se lo contaba a su madre.

El taxi se puso en marcha.

* En español en el original. Se aplicará la cursiva a los términos y expresiones que aparecen en español en el texto original. *(N. de la T.)*

—No, no, no —dijo Franny, inclinándose hacia la mampara de vidrio plastificado—. Gire a la izquierda por aquí y luego otra vez a la izquierda cuando llegue a Central Park West. Queremos ir al aeropuerto, no a Nueva Jersey. Gracias. —Se recostó de nuevo en el asiento—. Hay cada uno... —dijo en voz baja, y ahí se calló.

Nadie dijo nada más durante el resto del trayecto, con la excepción de responder en qué compañía volaban a Madrid.

A Sylvia siempre le gustaba ir al aeropuerto porque significaba recorrer en coche una parte completamente distinta de la ciudad, tan distinto como podía ser del resto de Estados Unidos ese rincón conocido como Hawái. Había viviendas unifamiliares, vallas metálicas, solares abandonados y niños que paseaban por la calle en bicicleta. Al parecer, allí la gente conducía su propio coche, un detalle que a Sylvia le resultaba tremendamente emocionante. Lo de tener coche era algo que solo salía en las películas. Sus padres tenían uno cuando era pequeña, pero acabó convirtiéndose en un viejo trasto y caro de mantener, aparcado siempre en el garaje, por lo que terminaron vendiéndolo siendo ella aún demasiado joven como para apreciar que aquello era un lujo. Ahora, siempre que Franny o Jim hablaban con alguien que vivía en Manhattan y seguía teniendo coche, reaccionaban horrorizados, como quien en una reunión social se ve obligado a soportar los desvaríos de una persona achacada por algún tipo de enfermedad mental.

Jim realizó su ejercicio diario por la Terminal 7. Caminaba, o corría, una hora por las mañanas y no entendía por qué ese día tenía que ser una excepción. Era algo que su hijo y él tenían en común, la necesidad de mover el cuerpo, de sentirse fuertes. Franny y Sylvia, en cambio, se contentaban con gandulear y pasar desapercibidas, con osificarse en el sofá con un libro o con el televisor bramando de fondo. Jim oía incluso el sonido de los músculos de ellas atrofiándose aunque, como por obra de algún milagro, todavía eran capaces de andar, y lo hacían, siempre y cuando estuvieran adecuadamente motivadas. La rutina habitual de Jim lo llevaba a adentrarse en Central Park, hasta el estanque; luego recorría arriba y abajo el lado este del parque y acababa dando un rodeo al embarcadero antes de volver a casa. La terminal no presentaba ni mucho menos ese paisaje, y carecía además de vida salvaje, salvo unas pocas aves confusas que se habían colado sin querer en JFK y habían quedado atrapadas allí para siempre, destinadas a gorjear sobre aviones y desgracias. Jim caminaba con los codos elevados y a paso ligero. Siempre le había sorprendido lo lenta que era la gente en los aeropuertos; era como estar cautivo en un centro comercial, rodeado de culos grandes y niños desquiciados. Vio por allí unas cuantas correas para niños, un detalle que Jim agradeció sinceramente, por mucho que cuando charlaba con Franny sobre el tema se mostrara de acuerdo con ella en que esos inventos eran degradantes. Los padres tiraban de sus hijos para apartarlos del camino de Jim, que continuó con su marcha; pasó por delante del quiosco de Hudson News y del bar, llegó a la tienda de Au Bon Pain y, a partir de allí, dio media vuelta y emprendió camino de regreso. Las cintas transportadoras estaban llenas a rebosar de viajeros con sus equipajes, de modo que Jim decidió caminar en paralelo a ellas y sus largas piernas le ganaron la delantera a las pistas motorizadas.

Jim había estado en España en tres ocasiones: en 1970, cuando terminó el instituto y pasó el verano de gira por Europa con su mejor amigo; en 1977, cuando Franny y él eran recién casados, apenas tenían dinero para el viaje y no comieron más que los mejores bocadillos de jamón del mundo; y luego en 1992, cuando Bobby tenía ocho años y no les quedaba otro remedio que acostarse temprano, razón por la cual pasaron una semana entera sin cenar otra cosa que lo que pedían al servicio de habitaciones, que podía ser tan español como una *hamburguesa*. Quién sabía cómo se encontrarían España en estos momentos, inmersa como estaba en una situación económica tan delicada como la griega. Jim pasó por delante de la puerta de embarque y vio a Franny y Sylvia sumidas en sus respectivas lecturas, sentadas la una al lado de la otra pero sin hablarse, con ese silencio cómodo que solo se genera entre miembros de una misma familia. A pesar de los muchos motivos que invitaban a no realizar el viaje, Franny y él coincidían en que era buena idea llevarlo a cabo. En otoño, Sylvia estaría en Providence, fumando tabaco de liar con compañeros de su clase de cine francés, tan alejada de sus padres que sería como si viviera en otra galaxia. Su hermano mayor, Bobby, hundido ahora hasta las cejas en el pantanoso mercado inmobiliario de Florida, también lo había hecho. Al principio, las separaciones parecían algo imposible de superar, como si te cortaran un brazo, pero luego todo se ponía en marcha, andaba, aceleraba, y en estos momentos a Jim le costaba incluso recordar cómo era la vida cuando Bobby vivía bajo su mismo techo. Confiaba en que no llegara a pasarle lo mismo con Sylvia, aunque suponía que acabaría sucediendo también, y mucho antes de lo que le gustaría reconocer. Lo que más miedo le daba era que cuando Sylvia se hubiera marchado, y el mundo entero empezara a desmantelarse, ladrillo a ladrillo, el tiempo que habían pasado todos juntos le pareciera una fantasía, la vida cómodamente imperfecta de otra persona.

En Mallorca estarían todos: Franny y él, Sylvia, Bobby y Carmen, esa novia que parecía un albatros, y el querido amigo de Franny, Charles, con su novio, Lawrence. Su marido. Ahora estaban casados, pero Jim olvidaba a menudo ese detalle. Habían alquilado una casa a media hora de Palma a una tal Gemma «no sé qué», una inglesa que Franny apenas conocía y que era amiga de Charles. En las fotografías que Gemma les había enviado por correo electrónico se veía una casa limpia, con mobiliario escaso pero con buena pinta: paredes blancas, piedras extrañas agrupadas de forma decorativa encima de la repisa de la chimenea, sofás de piel. La mujer andaba metida en el mundo del arte, como Charles, y se relajaba recibiendo a desconocidos en su casa siguiendo un patrón inconfundiblemente europeo, lo que facilitaba mucho las cosas. Jim y Fran se habían limitado a mandar un cheque y todo había quedado arreglado: la casa, el jardín, la piscina y un profesor local de español para Sylvia. Charles les había contado que Gemma también habría accedido a dejarles la casa gratis, pero que era mejor así, y todo había resultado un millón de veces más sencillo que los preparativos para los campamentos de verano a los que acudía Sylvia cada año.

Dos semanas eran suficiente, un periodo sólido de por sí. Había transcurrido un mes desde la última jornada de Jim en *Gallant* y los días habían pasado muy lentamente, cayendo gota a gota como la melaza y adhiriéndose a cualquier superficie disponible, reacios a marcharse. Dos semanas fuera le servirían a Jim para creer que había hecho un cambio y elegido aquella nueva vida de libertad, como hacía tanta gente de su edad. Seguía manteniéndose delgado pese a haber cumplido los sesenta, y su cabello rubio claro permanecía prácticamente intacto, por fino que fuera. Pero siempre lo había tenido fino, le decía Franny a veces cuando lo sorprendía tocándoselo frente al espejo. Jim era capaz de correr los mismos kilómetros que cuando tenía cuarenta años y de anudarse una pajarita en menos de un minuto. En términos generales, se consideraba en muy buena forma. Lo único que necesitaba era un par de semanas lejos de casa.

Jim dio media vuelta para volver a la zona de la puerta de embarque y se dejó caer en el asiento contiguo al de Franny, lo que la llevó a mover el trasero y ladear ligeramente las caderas de tal modo que sus piernas cruzadas quedaron apuntando a Sylvia. Franny estaba leyendo *Don Quijote* para su club de lectura, un grupo de mujeres a las que aborrecía, y chasqueaba la lengua continuamente, un gesto que tal vez anticipara la mediocre discusión que seguiría a la lectura.

—¿De verdad que no lo habías leído? —preguntó Jim.

—Cuando estaba en la universidad. ¿Quién se acuerda ya de eso? —replicó Franny, pasando la página.

—Lo encontré divertido —dijo Sylvia. Sus padres se volvieron hacia ella—. Lo leímos en otoño. Divertido y patético. Un poco como *Esperando a Godot*, ¿no?

—Humm... —dijo Franny, concentrándose de nuevo en el libro.

Jim estableció contacto visual con Sylvia por encima de la cabeza de Franny e hizo una mueca de exasperación. Faltaba muy poco tiempo para el embarque y pronto estarían suspendidos en el aire. Jim consideraba que tener una hija cuya compañía era de su agrado era uno de sus mejores logros. En lo que a los temas de planificación familiar se refería, las probabilidades siempre jugaban en tu contra. No podías elegir tener niño o niña; no podías elegir tener un hijo que prefiriera a un progenitor por encima del otro. Tenías que limitarte a aceptar lo que la naturaleza te diera, y Sylvia había hecho justo eso, diez años después que su hermano. A Bobby le gustaba utilizar la palabra «accidente», pero Jim y Franny preferían la palabra «sorpresa», como si estuvieran hablando de una fiesta de cumpleaños con globos. Cierto, les había pillado por sorpresa. Justo en aquel momento, la mujer de la puerta de embarque se acercó al micrófono y anunció su vuelo.

Franny cerró el libro y empezó a recoger sus pertenencias.

Le gustaba embarcar entre los primeros y era capaz de abrirse paso a codazos para llegar al asiento que tenía asignado. Era cuestión de principios, decía Franny. Quería llegar a su destino lo más rápidamente posible, no como todos esos pasmarotes que estarían encantados de quedarse eternamente en el aeropuerto, comprando botellas de agua carísimas y revistas que acabarían abandonadas en la bolsa del asiento delantero.

Jim y Franny se sentaron el uno al lado del otro en asientos envolventes y reclinables, con respaldos que bajaban hasta quedarse casi completamente planos; Franny junto a la ventana y Jim en el asiento de pasillo. Franny viajaba lo suficiente como para acumular una cantidad de millas de pasajero frecuente tan enorme que haría llorar de envidia a mujeres menos afortunadas, aunque habría pagado encantada igualmente por aquellos cómodos asientos. Sylvia viajaba treinta filas por detrás de ellos, en clase turista. La filosofía de Franny era que ni adolescentes ni niños tenían necesidad de volar en clase preferente, y mucho menos en primera. El lujo del espacio adicional era para gente capaz de apreciarlo, de apreciarlo de verdad, como ella. Los huesos de Sylvia aún eran flexibles, podía contorsionarse sin problemas y adquirir la postura necesaria para poder dormir. Franny ni siquiera le dio más vueltas.

El avión sobrevolaba el océano y la dramática puesta de sol había completado ya su exhibición en rosa y naranja. El mundo estaba oscuro y Jim levantó la cabeza por encima del hombro de Franny para contemplar la inmensa nada. Franny había tomado pastillas para dormir con el fin de despertarse descansada y soportar mejor el inevitable *jetlag*. Había engullido el somnífero antes de lo habitual, justo después del despegue, y ahora dormía profundamente, roncando con la boca entreabierta y la cabeza girada hacia la ventana, su antifaz acolchado de seda sujeto a la cabeza mediante una tensa goma elástica.

Jim se desabrochó el cinturón y se levantó para estirar las piernas. Caminó hacia la parte posterior de la cabina de primera clase y retiró la cortina para observar el resto del avión. Sylvia estaba tan atrás que era imposible verla desde allí, de modo que siguió caminando y caminando hasta divisarla. La de Sylvia era la única luz encendida en las últimas filas del avión y Jim continuó esquivando los pies cubiertos con calcetines de los pasajeros dormidos hasta llegar a la fila de su hija.

—Hola —dijo, apoyando la mano en el asiento situado delante del de Sylvia.

Tenía puestos los cascos. Sorprendida, levantó la vista y tiró del cable blanco para quitarse los auriculares. Manaron de su regazo minúsculos regueros de música, irreconocibles para Jim. Sylvia pulsó una tecla invisible y la música cesó. A continuación, cerró el portátil y apoyó las muñecas cruzadas encima, bloqueando con el gesto la visión que su padre pudiera dirigir a sus pensamientos más íntimos.

—Hola —replicó—. ¿Qué pasa?

—Poca cosa —dijo Jim, adoptando una incómoda posición en cuclillas, con la espalda estabilizada contra el asiento del otro lado del pasillo.

A Sylvia no le gustaba ver a su padre en posturas insólitas. No le gustaba pensar que su padre tenía cuerpo. No era la primera vez en los últimos meses que Sylvia deseaba que su maravilloso padre, a quien tanto quería, estuviera en un pulmón de acero y solo pudiera moverse cuando alguien fuera lo bastante amable como para transportarlo de un lado a otro en una silla de ruedas.

—¿Se ha dormido mamá?

—Por supuesto.

—¿Ya llegamos?

Jim sonrió.

—Faltan todavía unas horas. Nada grave. A lo mejor te iría bien intentar dormir un poco.

—Sí —dijo Sylvia—. Y a ti también.

Jim le dio unos golpecitos cariñosos, sus dedos cuadrados le abarcaban la espalda, y Sylvia se estremeció. Él dio media vuelta para regresar a su asiento, pero Sylvia le llamó para disculparse, aun sin estar del todo segura de que lo sintiese.

—Todo irá bien, papá. Nos lo pasaremos bien.

Jim asintió e inició el lento viaje de regreso hacia su asiento.

Cuando se hubo marchado, Sylvia abrió de nuevo el portátil y recuperó la lista que estaba confeccionando: «Cosas que hacer antes de ir a la universidad.» Hasta el momento, tenía solo cuatro puntos: 1) Comprar sábanas extralargas. 2) ¿Nevera? 3) Ponerme morena. (¿De bote?) (Ja, antes me mato.) (No, antes mato a mis padres.) 4) Perder la virginidad. Sylvia subrayó el último punto de la lista y luego dibujó unos cuantos garabatos en el margen. Eso era todo.

Día dos

La mayoría de los pasajeros del pequeño avión que cubría el trayecto entre Madrid y Mallorca iban impecablemente vestidos, españoles de pelo blanco y británicos con gafas con montura al aire de camino a su residencia de veraneo; también había un grupo numeroso de alemanes bulliciosos que debían de creer que estaban de viaje de fin de curso. Al otro lado del pasillo, a la altura de los asientos de Franny y de Jim, dos hombres con cazadora de cuero negro se volvían continuamente para hablarle a gritos, con un vocabulario repleto de palabras soeces, a otro amigo, vestido también con cazadora de cuero, que ocupaba un asiento en la fila de atrás. En las cazadoras llevaban parches bordados con acrónimos de diversas asociaciones que, por lo que dedujo Franny, tenían que ver con el motociclismo: había uno con el dibujo de una llave inglesa, otro con el logotipo de Triumph, varios con imágenes de Elvis. Franny miró a los hombres con los ojos entrecerrados e intentando transmitirles con la mirada: «Es demasiado temprano para andar dando estas voces.» El más alborotador de los tres, un pelirrojo con cara en forma de luna y la tez colorada como la de un maratoniano después de superar el kilómetro cuarenta y uno, ocupaba el asiento junto a la ventana.

—Espabila, Terry —dijo, extendiendo el brazo por encima del respaldo del asiento para arrearle un golpe en la cabeza a su amigo adormilado—. ¡Eso de echar la siesta es de bebés!

—Sí, claro, tú eres un experto en el tema, ¿no? —El amigo dormido se apartó la mano de la cara, dejando a la vista una mejilla arrugada. Se giró hacia Franny y la miró con el ceño fruncido—. Muy buenas —dijo—. Espero que esté disfrutando con el programa de entretenimiento de a bordo.

—¿De verdad son una banda de moteros? —preguntó Jim, inclinándose hacia el pasillo. Los editores más jóvenes de *Gallant* siempre estaban preparando artículos que les llevaban a probar máquinas carísimas que alcanzaban grandes velocidades, pero Jim nunca había llegado a pilotar una.

—Podría decirse que sí —respondió el adormilado.

—Siempre quise tener una moto. Pero jamás lo conseguí.

—Nunca es demasiado tarde.

El adormilado volvió a apoyar la cara en la mano y se puso de nuevo a roncar. Franny le lanzó una mirada agresiva, pero nadie le prestó atención.

El viaje fue rápido y aterrizaron en la soleada Palma en menos de una hora. Franny se puso las gafas de sol y caminó arrastrando los pies desde la pista de aterrizaje hasta el punto de recogida de equipajes, como la estrella de cine que se ha relajado al alcanzar la madurez y ha cogido algunos kilos. Las aerolíneas comerciales tenían un *glamour* equiparable al de la compañía de autobuses interurbanos Greyhound, pero fingir no estaba de más. Franny había volado en el Concorde en dos ocasiones, en un viaje de ida y vuelta a París, y lamentaba tanto la pérdida de la velocidad supersónica como de los menús aéreos sofisticados. Franny tuvo de repente la sensación de que en Palma todo el mundo hablaba alemán y, por un momento, pensó con preocupación que habían aterrizado en el lugar equivocado, como cuando te duermes en el metro y te saltas la parada. Era una típica mañana mediterránea, luminosa y cálida, y un leve aroma de aceite de oliva impregnaba el ambiente. Franny se sentía satisfecha con su elección: Mallorca era un lugar menos tópico que el sur de Francia y menos invadido por los norteamericanos que la Toscana. Tenía una costa urbanizada en exceso, por supuesto, además de un montón de restaurantes malísimos repletos de turistas, pero todo eso lo evitarían. Las islas, al ser de acceso más complicado, separaban de manera natural el trigo de la paja, y esa era la filosofía que respaldaba lugares como Nantucket, donde los niños se criaban creyéndose con derecho a disfrutar de playas privadas y a llevar pantalones floreados. Pero Franny tampoco quería rodearse de esa basura elitista; quería complacer a todo el mundo, sus hijos incluidos, lo que se traducía en tener cerca una ciudad lo bastante grande como para poder ir a ver películas dobladas al español en caso de que les apeteciera poner tierra de por medio durante unas horas. Jim se había criado en Connecticut y, por lo tanto, estaba acostumbrado a vivir aislado con su horrible familia, pero el resto eran neoyorquinos, lo que implicaba la necesidad de tener una vía de escape por el bienestar mental de todos ellos.

La casa que habían alquilado estaba a veinte minutos de Palma en coche, «en lo alto de una colina», según Gemma, un detalle que hizo refunfuñar a Franny en su día, alérgica como era a cualquier tipo de ejercicio cardiovascular obligado por la ubicación. ¿Pero quién iba a tener necesidad de andar disponiendo de tantas habitaciones, y de piscina, y situados como estarían a escasos minutos del mar? La idea era estar juntos, agradablemente atrapados, pasar el tiempo jugando a las cartas, bebiendo vino y con todos los ingredientes de un verano perfecto al alcance de la mano. Las cosas habían cambiado en los últimos meses, pero Franny esperaba todavía que pasar tiempo con su familia no fuera un castigo, como había sucedido cuando le había tocado hacerlo con sus padres o con los de Jim. Franny consideraba que el mayor logro de su vida era haber parido dos hijos que se querían incluso cuando nadie miraba, a pesar de que con los diez años de diferencia que había entre ellos, Sylvia y Bobby hubieran tenido infancias muy distanciadas. Tal vez eso, el océano de tiempo que los separaba, fuera el secreto de su buena relación. Aunque también podía ser que ya no fuera así: actualmente, los niños se veían solo por vacaciones y durante las excepcionales visitas de Bobby a casa.

Jim fue a ocuparse del coche de alquiler mientras Franny y Sylvia aguardaban la aparición de las maletas. Franny no le veía el sentido a la falta de eficiencia, ni siquiera en vacaciones. ¿Por qué esperar todos juntos? Jim tendría que encargarse de conducir, de todas maneras, porque los coches de alquiler en Europa eran con cambio manual y Franny apenas había conducido uno así desde que se sacó el carnet cuando estudiaba secundaria, en 1971. Y, en cualquier caso, tampoco tenía sentido pasar en el aeropuerto más tiempo del necesario. Franny quería echarle un vistazo a fondo a la casa, ir de compras para llenar la despensa, elegir la habitación de cada uno, encontrar un lugar adecuado donde poder escribir, saber qué armario guardaba la reserva de toallas. Quería comprar champú, papel higiénico y queso. Las vacaciones no empezarían oficialmente hasta que se hubiera dado una ducha y comido aceitunas.

—Mamá —dijo Sylvia, señalando una maleta negra del tamaño de un pequeño ataúd—. ¿Es la tuya?

—No —replicó Franny, observando una maleta aún más grande que se deslizaba en aquel momento por la rampa de equipajes—. Es esa.

—No sé por qué has cogido tantas cosas —dijo Sylvia—. Son solo dos semanas.

—Todo son regalos para tu hermano y para ti —comentó Franny, dándole un pellizco en el bíceps—. Lo único que he traído es una mortaja adicional. Las madres no necesitan nada más, ¿no te parece?

Sylvia resopló como un caballo ante la ironía y se acercó a recoger la maleta de su madre.

—Oh, ahí están esos tíos —dijo Sylvia, levantando la barbilla para señalar a los moteros alborotadores—. Me encantan.

—Son niños grandes —dijo Franny, suspirando ruidosamente con la boca abierta—. Deberían haber ido a Ibiza.

—No, mamá, son el Sticky Spokes Rock 'n' Roll Squad, ¿no lo ves?

Terry el dormilón se había vuelto para recoger su equipaje, una incongruente maleta naranja con ruedecillas, y el gesto había dejado al descubierto no solo la raja de su blanco trasero sino también la parte posterior de la cazadora de cuero, donde se leía en gigantescas letras mayúsculas lo que Sylvia acababa de anunciar.

—Un nombre horroroso —observó Franny—. Me apuesto lo que quieras a que pasarán su estancia aquí borrachos y matándose por esas carreteritas.

Sylvia perdió todo interés por el tema y corrió a recoger su maleta, que acababa de caer a la cinta transportadora con un sordo plop.

Los Post llevaban años sin disfrutar de unas vacaciones, o al menos de unas vacaciones como aquellas. Hubo los alquileres de verano en Sag Harbor, «el anti-Hampton», como le gustaba llamarlo a Franny hasta que dejó de serlo, y luego la estancia de un mes entero en Santa Bárbara cuando Sylvia tenía cinco años y Bobby quince, dos viajes completamente distintos produciéndose de manera simultánea, una pesadilla a la hora de las comidas. Después de aquello, Franny decidió que viajar todos juntos era demasiado complicado. Cuando Bobby tenía dieciséis años, se lo llevó a Miami ella sola y le regaló tardes sin madre en South Beach, un viaje que posteriormente Bobby reivindicaría como su inspiración para estudiar en la Universidad de Miami, un dudoso honor para su madre, que pensó entonces que habría sido mejor decantarse por llevárselo de vacaciones a Cambridge. En una ocasión, Jim, Franny y Sylvia pasaron un fin de semana en Austin, Tejas, sin hacer otra cosa que barbacoas y esperar a que salieran murciélagos de debajo de un puente. Y, claro está, Franny viajaba sola con mucha frecuencia para preparar artículos para su revista sobre las tendencias de la cocina del sur de California, para informar sobre un festival del chile picante en Nuevo México o para comerse Francia a bocados, cruasán tras cruasán. Jim y Sylvia pasaban en casa la mayor parte del año, improvisando comidas sofisticadas a partir de las sobras de la nevera o pidiendo algo preparado a los restaurantes de Columbus Avenue, y fingiendo pelearse por la propiedad del mando a distancia. Los padres de Franny, los Gold de 41 Eastern Parkway, Brooklyn, Nueva York, no la habían sacado ni una sola vez fuera del país y por ello había asumido como su deber proporcionar a sus hijos nuevas experiencias. El dominio del idioma de Sylvia mejoraría y pasaría del español puertorriqueño de Nueva York al español de verdad y, algún día, al cabo de treinta o cuarenta años, cuando estuviera en Madrid o Barcelona y el idioma regresara a ella como lo haría su primer amante, Franny sabía que Sylvia le agradecería aquel viaje, aunque por aquel entonces ella ya estuviera muerta.

La casa estaba en las estribaciones de la sierra de Tramontana, a la salida del pueblo de Puigpunyent, y se accedía a ella por la sinuosa carretera que llevaba hasta Valldemosa. Nadie era capaz de pronunciar Puigpunyent (el empleado de la agencia de alquiler de coches había dicho «Puch-pun-yen», o algo por el estilo, un término irrepetible con una boca americana), de modo que cuando Sylvia insistió en llamarlo Pigpen, y Jim y Franny se vieron incapaces de corregirla, en Pigpen se quedó. El español que se hablaba en Mallorca no era precisamente el académico, que tampoco era lo mismo que el catalán. El plan de Franny consistía en ignorar las diferencias y lanzarse a la piscina, que era lo que normalmente hacía cuando viajaba a un país extranjero. A menos que estuvieras en Francia, a la gente le encantaba oírte intentarlo y fracasar en la elección de la palabra correcta. Jim conducía y Franny y Sylvia miraban al exterior desde ventanillas opuestas, Franny delante y Sylvia detrás. La casa estaba a escasos veinticinco minutos del aeropuerto, según Gemma, aunque solo debía de ser así si sabías adónde ibas. Gemma era uno de los seres humanos menos favoritos del planeta para Franny, y por diversos motivos: 1. Era la segunda mejor amiga de Charles. 2. Era alta, delgada y rubia, tres golpes bajos de carácter automático. 3. La habían enviado a estudiar a un internado de las afueras de París y hablaba un francés perfecto, algo que a Franny le resultaba tremendamente presuntuoso, como hacer un triple axel en la pista de hielo del Rockefeller Center.

Montaña arriba, Jim se equivocó varias veces de carretera y se adentró en tramos que parecían demasiado estrechos para ser vías de dos direcciones y no el camino de acceso a una casa, pero nadie comentó nada en especial, puesto que todo aquello era una buena presentación de la isla. Mallorca era como un pastel con diferentes capas: los nudosos olivos y las puntiagudas palmeras, las montañas verde grisáceas, los muros de piedra caliza que flanqueaban la carretera, el cielo azul sin rastro de nubes. A pesar de la elevada temperatura,

29

la humedad de Nueva York se había esfumado y había quedado sustituida por un sol carente de filtros y una brisa que prometía que allí no se morirían de calor. Mallorca era el verano en su mejor versión: lo suficiente caluroso como para poder bañarse pero no tanto como para andar todo el día con la ropa pegada a la espalda.

En cuanto enfilaron el camino de gravilla, Franny rompió a reír. Era evidente que Gemma les había malvendido la casa, un motivo más para odiarla: su modestia. A lo lejos se veían montañas de verdad, con árboles vetustos que envolvían las colinas como guirnaldas navideñas, y la casa parecía un regalo. Con dos plantas de altura y una anchura que duplicaba la de su propio hogar, era un edificio de piedra de aspecto robusto pintado de color rosa claro. Brillaba bajo el sol del mediodía y las persianas negras que protegían las ventanas abiertas parecían pestañas adornando un hermoso rostro. Más de un tercio de la fachada estaba cubierto con parras que trepaban por ella de extremo a extremo y amenazaban con escalar hasta las ventanas y consumir por entero la casa. Altos y esbeltos pinos marcaban los límites de la propiedad, sus copas se alzaban hacia un cielo inmenso y vacío. Era una casa como las que dibujan los niños, un cuadrado coronado por un tejado puntiagudo, coloreado con lápices antiguos de arcilla que lograban que el conjunto resplandeciera. Franny no pudo más que aplaudir.

La parte posterior de la casa era mejor aún: la piscina, que parecía de lo más práctico en la única fotografía que habían visto del jardín de atrás, era realmente divina, un amplio rectángulo azul incrustado en la ladera. En un extremo, un grupo de tumbonas de madera transmitía la impresión de que los Post ya estaban allí instalados y habían dejado una conversación a medias. Sylvia correteó detrás de su madre, agarrada a los flancos de su túnica como si fueran las riendas de un caballo. Desde el borde de la piscina se veían otras construcciones en la ladera de la montaña, pequeñas y perfectas como las casitas del Monopoly, sus rostros resplandecientes asomando por detrás de un manto de árboles de un verde cambiante y peñascos escarpados. El mar debía de estar al otro lado de las montañas, a unos diez minutos de coche en dirección oeste, y Sylvia resopló bajo el aire fresco e intentó olisquear partículas de sal. Lo más probable era que en Mallorca hubiera alguna universidad o, como mínimo, una academia de natación y de tenis. Tal vez pudiera quedarse allí y dejar que sus padres se marcharan a casa y ella hacer lo que tenía que hacer. ¿Qué diferencia habría si se quedaba en el otro lado del mundo? Por primera vez en su vida, Sylvia envidió la distancia que guardaba su hermano. Era más difícil añorar algo cuando no estabas acostumbrado a verlo a diario.

Jim dejó las maletas en el coche y localizó la puerta de entrada, que era enorme, pesada y estaba abierta. Sus ojos tardaron unos instantes en acostumbrarse a la relativa oscuridad. El recibidor de la casa estaba vacío, con la excepción de un aparador a la izquierda, un gran espejo colgado en la pared, y un jarrón de cerámica, del tamaño de un niño, a la derecha.

—¿Hola? —dijo Jim, a pesar de que se suponía que la casa estaba vacía y no esperaba ningún tipo de respuesta.

Delante de él, un estrecho pasillo llevaba directamente a una puerta de acceso al jardín y desde allí vislumbró un trocito de la piscina, respaldada por las montañas. El interior olía a flores y tierra, con una pizca de aroma a productos de limpieza. A Bobby, cuando llegara, le gustaría la casa. Desde muy pequeño, cuando Jim y Franny lo llevaban con ellos en sus viajes a Maine, Nueva Orleans o donde fuera, en los que se alojaban en decrépitas casas de vacaciones con cubertería desparejada, Bobby siempre había dejado muy claro que no le gustaba la suciedad. Detestaba los muebles antiguos y la ropa *vintage*, cualquier cosa que hubiera tenido una vida anterior. Era por eso que le gustaba tanto el mercado inmobiliario de Florida, imaginaba Jim, donde todo era nuevo a estrenar. Allí, incluso destripaban cada pocos años los gigantescos pilotes de Palm Beach y sustituían sus entresijos internos por material nuevo y reluciente. Florida encajaba con Bobby de un modo que Nueva York nunca había logrado, pero intentaría restarle importancia al asunto. Al menos por dos semanas.

Jim cruzó el arco que quedaba a su izquierda y entró en el salón. Como en las fotografías, estaba estilosamente poco amueblado, solo dos sofás, una bonita alfombra y las paredes decoradas con pinturas colgadas allí donde el sol les daba directamente. Gemma era marchante de arte, o galerista, o algo por el estilo. Por lo que deducía vagamente Jim, tenía tanto dinero que realizar una descripción estricta de su trabajo era superfluo. El salón daba al comedor, decorado con una mesa de madera rústica y dos bancos del mismo estilo, que a su vez daba a una amplia cocina. Las ventanas situadas encima del fregadero dominaban la piscina, y Jim se detuvo allí. Sylvia y Franny se habían instalado en tumbonas contiguas. Franny se había quitado el chal que le cubría los hombros para taparse la cara con él. Se había arremangado y extendido las piernas: estaba tomando el sol, a pesar de ir casi completamente vestida. Jim suspiró satisfecho; Franny ya empezaba a disfrutarlo.

Decir que Franny había estado tensa durante el mes anterior sería excesivamente delicado, excesivamente comedido. Había estado gobernando la casa de los Post con mano de hierro. A pesar de que el viaje se había preparado meticulosamente en febrero, meses antes de que el trabajo de Jim en la revista se le hubiera escapado de las manos, había habido un momento en el que Fran le pegaba un mínimo de una bronca diaria. La cremallera de la maleta rota, los vuelos de Bobby y de Carmen (reservados mediante los puntos de viajero frecuente de los Post), que les habían costado cientos de dólares en tasas porque habían tenido que retrasar el viaje un día. Jim siempre se encontraba en medio y del lado equivocado. Franny era experta en poner buena cara en público y, en cuanto Charlie llegaba, todo eran mimos y caricias, pero cuando Jim y ella se quedaban a solas, Franny podía ser un auténtico demonio. Jim agradecía que, al menos por el momento, los cuernos de Franny permanecieran replegados en el interior de su cráneo.

El otro extremo de la cocina llevó de nuevo a Jim hasta el pasillo estrecho de delante de la entrada. En el otro lado del recibidor había un pequeño baño, con lavabo y ducha, un cuartito para la lavadora y la ropa blanca, un estudio y una habitación individual con su propio baño, lo que los norteamericanos conocen como «*suite* de la suegra», el lugar donde encerrar a la persona que menos te apetece ver. En condiciones normales, Jim habría reclamado el estudio o, como mínimo, se habría peleado con Franny para hacerse con él, pero rápidamente cayó en la cuenta de que no tenía trabajo que hacer, que no tenía fechas de entrega acechándolo, ni artículos que editar, ni nada que escribir, ni dudas que resolver, ni libros que leer para otro fin que no fuera su propio placer y cultivo. Necesitaba un despacho tanto como un pez necesitaba una bicicleta, podría anunciar perfectamente una pegatina. *Gallant* seguiría adelante con o sin él, aconsejando al americano inteligente qué libros comprar, qué jabón utilizar y cómo diferenciar el whisky escocés del irlandés. Jim intentó quitarse de encima la inquietud pensando eso, aunque siguió acosándolo mientras iba de camino al dormitorio.

La habitación era acogedora, con una colcha que cubría la cama de matrimonio, un tocador grande y un escritorio delante de la ventana que dominaba el exterior de la casa. Sin benevolencia alguna, Jim pensó en si instalarían a Bobby y Carmen en aquella habitación, y no arriba, donde debía de estar el resto de dormitorios, pero no, por supuesto, concederían a Charles y Lawrence la máxima intimidad posible. En la cerradura de la puerta, por la parte de dentro, había una llave antigua, un detalle que le gustó a Jim. Si iban a estar todos juntos en aquella casa, al menos que pudieran cerrar las puertas. Fantaseó por un momento con la idea de encerrarse y hacerse el dormido durante lo que quedaba de día, el Walter Mitty de un perezoso.

Sylvia y Franny irrumpieron justo cuando Jim estaba cerrando la puerta.

—La piscina es genial —dijo Sylvia, aunque ni siquiera la había probado—. ¿Qué hora es?

La suya era la mirada salvaje de quien lleva veinticuatro horas sin dormir, con semicírculos morados bajo los ojos. Tener dieciocho años era como estar hecho de caucho y cocaína. Sylvia podría haber permanecido despierta tres días más, sin problemas.

—¿Queréis repartir las habitaciones? —preguntó Jim, sabiendo que Franny querría elegir la de ellos—. He pensado que Charles y Lawrence... —empezó a decir, pero Franny ya andaba por mitad de la escalera.

Como era de esperar, tanto Jim como Sylvia se quedaron dormidos en cuanto les fue asignada una cama. Franny sacó su maleta del coche y la arrastró hasta el recibidor. Gemma había dejado en una carpetita, sobre la encimera de la cocina, un pequeño dossier con todos los detalles relacionados con la casa, la piscina y los pueblos de los alrededores, y Franny le echó un vistazo rápido. Había varios restaurantes a los pies de la colina (algunos de tapas, otros de bocadillos, varias pizzerías), así como un práctico supermercado y un mercado donde adquirir fruta y verdura. En Palma, la ciudad más grande de la isla, que acababan de rodear viniendo del aeropuerto, podían encontrar cualquier otra cosa que necesitaran: grandes almacenes donde comprar los bañadores y las cosas que se hubieran olvidado, zapatos Camper fabricados en Mallorca. Gemma tenía en la casa un montón de toallas de playa, bronceadores, colchonetas para la piscina y gafas para bucear. Las camas tenían sábanas limpias y en el cuarto de la lavadora había juegos de cama de reserva. El fin de semana siguiente se acercaría alguien para realizar el mantenimiento de la piscina y ocuparse del jardín. No tenían que mover un dedo. Franny cerró la carpeta y golpeó la encimera de piedra con los nudillos.

No era justo que las mujeres tuvieran que ocuparse absolutamente de todo. Franny sabía que Gemma se había casado unas cuantas veces, dos con un importante financiero italiano, una con un saudí heredero de una compañía petrolera, pero era imposible que un hombre hubiera redactado una lista de instrucciones e información general sobre su casa, a menos, naturalmente, que le pagaran por ese trabajo. Era el tipo de detalle bien reflexionado del que solo eran capaces las mujeres, por su propia naturaleza, por mucho que dijeran los psicólogos y los predicadores que salían en la tele. Franny oyó el sonido de algo que retumbaba en la planta de arriba —las vías nasales de Jim nunca llevaban bien los vuelos transatlánticos— y meneó la cabeza. Con la intención de despejarse un poco, aunque en vano, realizó varias respiraciones aplicando las técnicas del yoga, que a Jim le sonaban como las de una rusa sudada en un balneario, como si estuviera él en posición de opinar al respecto.

El hecho de que nadie hubiera dormido en el avión y que los miembros de su familia hubieran decidido seguir un horario vampírico por pura pereza no significaba que Franny también tuviera que hacerlo. Buscó las gafas de sol en el bolso y emergió al mundo, dejando a sus familiares solos e indefensos frente a los males locales, fueran los que fuesen. Cerró la pesada puerta principal a sus espaldas y echó a andar colina abajo en dirección al mercado, siguiendo las detalladas instrucciones de Gemma. Al fin y al cabo, alguien tenía que ocuparse de comprar comida para la cena, y el profesor de español de Sylvia tenía programada su llegada a las tres y media, cuando hubiera terminado en la iglesia, imaginó Franny, viendo que estaban en un país católico. Todo eso le daba igual, lo único que le preocupaba era que fuera puntual y que no empeorara el español de Sylvia. Había que mantener a los niños ocupados, independientemente de que hubieran nacido en Mallorca o en tierra firme.

Más tarde ya irían en coche a un supermercado grande, tal vez mañana, pero por el momento solo necesitaban algunas cosas para apañar la cena. Franny era la madre, lo que significaba que toda la planificación recaía sobre ella, incluso cuando todos estaban despiertos. Daba igual que Jim hubiera dejado de trabajar. Había jubilados que acababan aficionándose y convertían la cocina en un Cordon Bleu en miniatura, llenaban los cajones de sopletes para hacer crema *brûlée* y de utensilios para elaborar helados, pero Franny no se imaginaba que ese fuera a ser su caso. La mayoría de jubilados dejaba de trabajar por voluntad propia, después de décadas de servicio y repetitivos episodios de estrés, pero no era precisamente eso lo que le había pasado a Jim. Lo que le había pasado a Jim. Franny arreó un puntapié a una piedra. Los Post siempre habían disfrutado de las vacaciones y estas parecían de entrada tan buenas como cualquiera, días de playa y paisaje arrebatador. En aquel momento, le gustaría tener algo que poder romper. Se agachó para coger un palito y lo lanzó por el desfiladero.

La carretera hasta el pueblo —que en realidad no era más que un cruce con algunos restaurantes y tiendas a ambos lados— era estrecha, tal y como habían comprobado durante la ruta de ascenso a la casa, pero mientras caminaba por el margen, Franny tuvo la sensación de que se había encogido incluso más. Apenas había espacio para el grupillo de bicicletas que pasó zumbando por su lado, y mucho menos para un coche o, Dios no lo quisiera, para dos vehículos en sentido opuesto, pero las bicicletas pasaron zumbando igualmente. Se pegó al lado izquierdo de la carretera y pensó en que habría hecho bien poniéndose alguna prenda reflectante, aunque estaban en pleno día y cualquiera que pasara podía verla a la perfección. Franny no era una mujer alta, pero tampoco era tan bajita como su madre y su hermana. Le gustaba considerarse de altura normal, aunque la normalidad había ido cambiando con el tiempo, claro está, puesto que la talla cuarenta y cuatro de Marilyn Monroe equivaldría a una treinta y ocho de hoy en día, por ejemplo. Sí, Franny había engordado en el transcurso de la última década, pero eso era lo que pasaba a menos que fueras una psicótica rematada, y ella tenía otras cosas en que pensar. Franny conocía muchas mujeres que habían decidido priorizar la eterna juventud de su cuerpo, y todas eran criaturas miserables, sus tensos tríceps incapaces de esconder la insatisfacción que provocaba un estómago vacío y una vida poco plena. A Franny le gustaba comer, y dar de comer a la gente, y no le inquietaba que su cuerpo exhibiera tales inclinaciones. Poco después de cumplir los cuarenta, había asistido a una horrorosa reunión de Comedores Compulsivos Anónimos en un cuarto mal ventilado del sótano de una iglesia, y el grado en que se había reconocido en los demás hombres y mujeres sentados en las sillas plegables la había ahuyentado de allí para siempre. Tal vez fuera un problema, pero era su problema, muchas gracias. Los había que fumaban *crack* en callejones oscuros. Franny comía chocolate. Considerándolo desde la escala general de las cosas, le parecía totalmente razonable.

El supermercado era un puesto de verduras modificado, con tres paredes y dos cortas hileras de estanterías con latas y productos básicos. La gente entraba y salía, algunos llegaban en bicicleta y otros dejaban el coche aparcado junto a la inexistente acera. Franny se secó el sudor de las mejillas y empezó a coger cosas de las estanterías. En una esquina había una nevera con queso de cabra envuelto en papel y de las vigas del otro extremo del local colgaban embutidos secos. Una mujer con delantal se encargaba de pesar las compras y cobrar a la clientela. De haber podido elegir otra vida, lejos de Nueva York, eso sería lo que le habría gustado: estar rodeada de aceitunas, limones y sol, cerca de playas limpias. Daba por sentado que las playas de Mallorca estaban limpias, que no se parecerían en nada a las del Coney Island de su juventud. Franny compró anchoas, un paquete de pasta, dos ristras de embutido y queso. Compró también una bolsita de almendras y tres naranjas. Con eso tendría suficiente por el momento. Empezó a imaginarse ya el sabor del queso salado al fundirse con la pasta, el olor penetrante de las anchoas. Estaba segura de que en la casa habría aceite de oliva; no lo había mirado. Pero le daba la impresión de que era un detalle que Gemma jamás pasaría por alto. Lo más probable era que produjera su propio aceite a partir de los olivos de la finca.

—*Buenos días* —dijo Franny a la mujer del delantal.

A decir verdad, Franny se quedó algo decepcionada al ver que todas las mujeres iban vestidas con ropa de lo más normal y llevaban teléfonos móviles en los bolsillos, igual que las mujeres de Nueva York. Eso sucedía incluso en Bombay, ver una mujer vestida con sari extraer un móvil del bolsillo y ponerse a hablar. Cuando Franny era joven, cualquier lugar que visitara le parecía otro planeta, un espléndido país de las maravillas al otro lado del espejo. Ahora, el resto del mundo le parecía tan ajeno como un centro comercial en Westchester County.

—*Buenas tardes* —replicó la mujer, pesando y embolsando con rapidez la compra de Franny—. *Dieciséis.* —Y luego en inglés—: *Sixteen.*

—¿Dieciséis? —repitió Franny, sumergiendo la mano en el bolso en busca de la cartera.

Todas las amigas de Franny con hijos estaban emocionadas con el hecho de que Sylvia empezase por fin la universidad. «Será como unas vacaciones —le decían—, unas vacaciones de la tarea de ser madre a tiempo completo.» Pero lo que en realidad querían decir era: «No vas para joven, y tampoco van para jóvenes tus hijos.» Tenía amigas con hijos que ni siquiera habían empezado la secundaria y cuya vida giraba en torno a lecciones de piano y clases de ballet, como había sido el caso de Franny muchos años atrás. O como habría sido el caso, mejor dicho, de haber trabajado menos. Sus amigas se quejaban de la falta de tiempo libre, de no practicar nunca el sexo con sus maridos, aunque en realidad no era más que fanfarronería. «Mi vida está demasiado llena —decían en verdad—. Me quedan muchas cosas por hacer. Disfruta de la menopausia.» Pese a que era cierto que Franny recuperaría su vida en cierto sentido, no sería la vida de una veinteañera, de acostarse a las tantas y sobrevivir a las resacas. Sería la vida de una persona mayor. Estaba solo a seis años de poder disfrutar del descuento para jubilados en el cine. Seis años de ver a Jim en la cocina y desear clavarle un picahielos entre los ojos.

—*Gracias* —dijo Franny cuando la mujer le entregó el cambio.

Sylvia se había quedado dormida inmediatamente en la habitación más pequeña, que parecía haber sido decorada para una monja: una cama apenas más ancha que su delgado cuerpo adolescente, paredes blancas, sábanas blancas, suelo pintado de blanco. Lo único que no parecía monacal en toda la estancia era un cuadro de una mujer desnuda en reposo. Le recordaba una pintura de Charles, a las que ya estaba acostumbrada. A Charles le encantaba pintar sensibles triángulos de vello púbico, con frecuencia el de su madre en plena juventud. Era lo que había. Otros tenían el lujo de no haber visto nunca desnuda a su madre, pero no era el caso de Sylvia. Se estiró con pereza, los dedos de los pies colgando del extremo de la cama. La casa olía raro, como a piedras húmedas y ranas, y Sylvia necesitó varios minutos para recordar dónde estaba.

—*Me llamo Sylvia Post* —dijo en voz alta—. *¿Dónde está el baño?*

Sylvia se puso de lado y dobló las rodillas contra el pecho. La única ventana de la habitación estaba abierta y entraba por ella una brisa agradable. Sylvia tenía ciertas ideas preconcebidas acerca de España: no era como Francia, que le hacía pensar en *baguettes* y bicicletas; ni como Italia, que le hacía pensar en góndolas y pizza. Picasso era español, pero parecía francés y hablaba como un italiano. Luego estaba esa película de Woody Allen que se desarrollaba en España, pero que Sylvia no había visto. ¿Toreros y toros? Eso era España, ¿no? Aunque también podría haberse despertado en una soleada habitación en medio de la isla de Peoria, Illinois.

El cuarto de baño estaba en el pasillo y parecía no haber pasado por ningún tipo de renovación desde 1973. Las baldosas que cubrían la pared por encima de la bañera y por detrás del lavabo eran del color de la sopa de guisantes, un tipo de alimento que Sylvia tenía pensado evitar durante lo que le quedaba de vida. No había una ducha como Dios manda, sino simplemente una alcachofa que salía de un tubo plateado que empezaba directamente en los grifos del agua fría y caliente. Sylvia abrió el del agua caliente y esperó un poco con la mano extendida para notar cuándo subía de temperatura. Esperó unos minutos y viendo que el agua caliente no llegaba, abrió el otro grifo, se desnudó y se metió en la ducha. Tuvo que encorvarse para que la alcachofa pudiera alcanzarle la cabeza y solo consiguió mojarse las distintas partes del cuerpo por turnos. Había una pastilla de jabón en una repisa, pero Sylvia no sabía cómo ingeniárselas para lavarse con una mano y mojarse con agua gélida con la otra.

Las toallas del baño estaban hechas para gente pequeña, gente del tamaño de Pulgarcita, más menuda incluso que su madre. Sylvia intentó envolverse la parte superior e inferior del cuerpo con dos de aquellas coquetas toallitas. Se peinó con los dedos y se miró en el espejo. Sylvia sabía que no estaba mal, que no era deforme, pero también era consciente del enorme abismo que la separaba de las chicas del colegio que eran realmente guapas. Tenía la cara un poco alargada y el cabello le caía sin gracia sobre los hombros, ni corto ni largo, ni rubio ni castaño, sino más bien una cosa intermedia. Ese era el problema de Sylvia: era una cosa intermedia. No sabía cómo explicaría su aspecto físico a otra persona, a un desconocido: era del montón, con unos ojos azules que no eran ni especialmente grandes ni almendrados. No era una chica sobre la que nadie fuera a escribir algún día un poema. Sylvia pensaba en eso a menudo: muchos de los mejores poemas mundiales se habían escrito antes de que sus autores (Keats, Rimbaud, Plath) alcanzaran la edad adulta y, con todo y con eso, tenían ya una vida cargada de belleza y agonía, suficiente como para que su recuerdo durara siglos. Sylvia sacó la lengua y abrió con cuidado la puerta del cuarto de baño con la mano que sujetaba la toalla en la cintura.

—¡*Perdón!*

La voz iba unida a un chico. Sylvia cerró los ojos confiando en que fuera una alucinación, pero cuando volvió a abrirlos, el chico seguía allí. Tal vez «chico» no fuera la palabra más adecuada. Tenía delante un hombre joven, quizá de la edad de Bobby, tal vez más joven, pero, sin lugar a dudas, mayor que ella.

—Dios mío —dijo Sylvia. No quería percatarse de que el desconocido que estaba mirándola mientras ella se cubría con tan solo dos ridículas toallas era guapo, que tenía ese cabello oscuro ondulado de los hombres que salen en las portadas de las novelas románticas, pero no pudo evitarlo—. Dios mío —repitió, y lo rodeó corriendo, dando pasitos minúsculos para que sus piernas no se separaran entre sí más de cinco centímetros.

Cuando estuvo sana y salva al otro lado de la puerta de su habitación, Sylvia dejó caer las toallas al suelo para poder taparse la cara con ambas manos y gritar sin hacer ningún ruido.

—Un *médico*, esto es maravilloso —dijo Franny.

Estaba mostrándose aduladora, lo notaba, pero no podía evitarlo. El coqueteo era imparable en cuanto se ponía en marcha; antes habría podido detener un tren que avanzara a toda máquina. Tenía un mallorquín de veinte años en el comedor y le encantaría poder embadurnarle el cuerpo con aceite de oliva y forcejear hasta el anochecer.

—Seguramente —replicó el chico.

Se llamaba Joan, que se pronunciaba «Ju-ahhhn», y sería el profesor de español de Sylvia durante las dos semanas siguientes. Le daría una hora de clase al día durante su estancia. Los padres de Joan vivían cerca y eran amigos de Gemma. (Había mencionado un club de jardinería al que asistían juntos, pero Franny se había cansado de leer el correo electrónico. Cultivo de plantas crasas, quizá.) Tenía experiencia dando clases particulares y cobraba solo veinte dólares la hora, un precio absurdamente barato, incluso antes de que Franny lo hubiera visto en persona, y que ahora le parecía un crimen contra la belleza. El chico estaba en segundo año de universidad en Barcelona, había vuelto a casa para pasar el verano y vivía con sus padres. ¡Seguramente también cenaba con ellos! Bobby jamás había vuelto a casa para pasar todo un verano con ellos. Por lo que sabía Franny, ni siquiera se lo había planteado. En cuanto se marchó a Miami, Nueva York pasó a ser para él tan hogar como pudiera serlo el aeropuerto de La Guardia. Franny se dio cuenta de que empezaba a ruborizarse y, cuando levantó la vista, se alegró de ver que Sylvia llegaba por el pasillo.

—Oh, estupendo, aquí está mi hija. Sylvia, ven a conocer a Joan. ¡Ju-ahhhn! —Franny le indicó con un gesto que se acercara. Sylvia negó con la cabeza y permaneció inmóvil en la oscuridad del pasillo—. ¿Qué te pasa, Sylvia? —preguntó Franny, notando que los sentimientos cálidos y fundentes que le inspiraba Joan se transformaban en vergüenza por la conducta infantil de su hija.

Sylvia entró en el comedor de mala gana, caminando como si sus pies descalzos estuvieran hechos de pegamento. Pegamento que muy recientemente había sido visto casi completamente desnudo.

—Te presento a Joan, será tu profesor de español —dijo Franny, señalando con un gesto al hombre al que Sylvia estaba ahora obligada a estrecharle la mano.

—Hola —dijo Sylvia.

Joan no le apretó la mano con mucha fuerza, lo que le facilitó a Sylvia poder seguir respirando. Se habría muerto si el apretón hubiera sido tan fabuloso como su cabello.

—Encantado de conocerte —replicó Joan.

No hubo guiño alguno, ni acuse de recibo del encuentro que acababan de tener delante de la puerta del cuarto de baño. Sylvia tomó asiento en una silla, al lado de su madre, sin quitarle al chico los ojos de encima, por si acaso hacía algún gesto que indicara que había visto partes de su cuerpo que no debería haber visto.

Franny se acostó una vez con un español, cuando estaba en Barnard. Él estaba estudiando allí un año y vivía en la residencia de la calle Ciento dieciséis, justo enfrente de donde estaba ella instalada. Se llamaba Pedro (¿o sería Pablo?) y no era un amante experto, aunque tampoco lo era ella, aún. Como sucedía con la mayoría de las cosas, el sexo mejoraba con la edad hasta que se alcanzaba un nivel de estancamiento, y a partir de ahí era como el desayuno, improbable de que cambie a menos que te quedes sin leche y te veas forzado a improvisar. Lo único que recordaba Franny era que él le murmuraba cosas en español, un idioma que ella no hablaba, y el sonido de aquellas erres arrastrándose por una lengua cálida e insistente. Franny esperaba recibir cartas de amor en español después de que él regresara a su casa, pero la verdad es que cuando el chico se marchó de Nueva York, no volvieron a verse, y nunca recibió misiva alguna. Pedro-Pablo, de todos modos, no era ni la mitad de guapo que Joan. El chico sentado a su mesa de comedor tenía la constitución de un atleta y quería ser médico; tenía una barbilla marcada y el asomo de un hoyuelo en el centro. No venía de la iglesia, sino de jugar al tenis con su padre. Jugaban en un club a un cuarto de hora de la casa, la pista de entrenamiento del mallorquín más famoso, Nando Vidal, que ya había ganado dos Grand Slam esa temporada. A Franny solo le faltaba imaginarse a Joan con una camiseta empapada en sudor, la musculatura de los brazos flexionándose para alcanzar la pelota. De haber sido

Sylvia otro tipo de chica, le habría preocupado dejarla a solas con Joan tantas horas, pero siendo como era, no había peligro.

—¿Mamá?

—Disculpa, cariño. ¿Decías algo?

—Empezaremos mañana a las once. ¿Va bien?

—*¡Perfecto!* —exclamó Franny, dando dos palmadas—. Creo que será muy divertido.

Se levantaron todos para acompañar a Joan a la puerta y Franny le cogió la mano a Sylvia en cuanto él subió al coche e hizo la maniobra para emprender camino montaña abajo.

—¿No te parece guapísimo?

Sylvia se encogió de hombros.

—Supongo. No lo sé. La verdad es no me he dado ni cuenta.

Dio media vuelta, subió corriendo a su habitación y cerró la puerta a sus espaldas con un sonoro golpe. Como Franny sospechaba, no tenía nada de qué preocuparse. Fue solo después de que Joan se hubiera marchado a su casa y Sylvia hubiera subido a su habitación que Franny se dio cuenta de que la diferencia de edad entre ella y el profesor era tan amplia como la diferencia de edad entre Jim y esa chica, lo que la llevó a tragar saliva de forma audible, engullendo aquella nauseabunda sensación como si de una indigestión de viajero se tratara.

Todo el mundo se mostró de acuerdo en que cenar pronto era lo mejor. Mientras ponía a hervir el agua para la pasta, Franny colocó unas cuantas aceitunas en un cuenco poco profundo y preparó otro cuenco más pequeño para los huesos. Cortó en rodajas el embutido y comió unos trocitos antes de volcar toda su atención en las alcaparras y el queso. El fiambre era un poco picante, con motitas de grasa que se fundían en la lengua. A Franny le gustaba cocinar en verano, la facilidad que suponía que prácticamente todos los ingredientes estuvieran a temperatura ambiente. Abrió el bote de alcaparras y dejó caer aproximadamente una docena en un cuenco grande, sobre el que luego ralló un poco de queso. Eso era todo lo que necesitaba: aceite y almidón, grasa y sal. Ya comerían verdura al día siguiente, pero esa noche estarían de verdad de vacaciones y comerían solo por placer. Tendría que haber pensado en coger un helado para el postre, pero eso ya lo harían mañana, cuando estuvieran todos. Charles disfrutaba comprando los sabores locales más rocambolescos que encontraba: queso de cabra, crema catalana, ensaimada... Abrió y cerró los armarios de la cocina en busca de un escurridor y lo encontró al tercer intento. El agua empezaba a hervir, de modo que Franny siguió abriendo y cerrando armarios, solo para ver qué más había por allí: una mandolina, cacerolas lo bastante grandes como para hervir langostas, piezas sueltas de un robot de cocina olvidado desde hacía tiempo en un rincón. El último armario que abrió tenía dos cajones extraíbles repletos de productos de despensa. Encontró un paquete de pasta, y el aceite de oliva. Franny removió el interior de los cajones para ver qué más podía incorporar a la cena, qué otra cosa encontraba escondida. Al fondo descubrió un bote de Nutella, junto a otro bote de aspecto pegajoso con mantequilla de cacahuete. Franny miró por la ventana de encima del fregadero: Jim y Sylvia seguían en la piscina, adquiriendo ya aquel sano resplandor que capturaban cada verano, independientemente del tiempo que hiciera y del lugar. Había gente así por naturaleza, capaz de empezar un triatlón y terminarlo sin ningún tipo de entrenamiento previo. Sylvia era de libros, estaba pálida casi todo el año, y se abstenía de cualquier tipo de deporte, pero era hija de su padre, competitiva y creada para el ejercicio físico, le gustase o no.

Franny sacó el bote de Nutella del cajón y desenroscó la tapa. No estaba ni medio lleno, apenas daría para que los tres pudieran untarse una tostada por la mañana, de tener una barra de pan. Casi le sorprendía que Gemma disfrutara con placeres tan básicos como aquel, aunque lo más probable era que lo hubiera comprado otro inquilino o estuviera destinado al paladar inmaduro de algún niño. Franny sumergió el dedo índice en la amplia boca del bote y repasó los bordes, hasta que quedó entre sus nudillos una oleada impactante de materia cremosa. Se la llevó a la boca y retiró el dedo lentamente, con un leve gemido. Cerró de nuevo la tapa y escondió el bote en otro armario, donde nadie más pudiera encontrarlo, por si acaso.

El sol poniente se había desplazado por la montaña y ahora Jim y Sylvia nadaban a la sombra en la piscina. Del número actual de *Gallant*: «Por qué hacer largos de piscina te llevará a vivir hasta los 100», escrito por un novelista de braza débil y abundantes michelines, un artículo que había encargado Jim porque pensaba que sería algo que a Franny le gustaría. *Gallant* siempre andaba buscando aumentar la cuota de público femenino. Jim notaba que se le empezaban a arrugar los dedos, pero le daba igual. Desde el lado profundo de la piscina veía montañas, árboles y la fachada posterior de la casita rosa. Pasaba en aquel momento un avión y tanto Sylvia como Jim agradecieron no estar a bordo, no tener que marcharse pronto de allí. Una buena piscina era capaz de cosas como aquella, de hacer que el resto del mundo pareciese increíblemente insignificante, tan remoto como la superficie de la Luna.

—No está mal, ¿eh?

Sylvia nadó hasta el borde opuesto de la piscina y se encaramó un poco apoyando los codos.

—En absoluto. —Se secó el agua de los ojos—. ¿A qué hora llegan Bobby y esa como se llame? ¿Y Charles?

—Por la mañana, como nosotros. Llegarán aquí temprano.

De haber estado en Nueva York, en aceras opuestas de la calle Setenta y cinco, no habrían podido ni oírse: los coches, la gente, los aviones, las bicicletas, los sonidos de la vida diaria de la ciudad. De todos modos, tampoco es que hablaran mucho últimamente. Ahora debían de estar a seis metros de distancia el uno del otro y se escuchaban a la perfección. Si hubieran gritado, sus voces habrían rebotado en los árboles de la montaña y habrían hecho eco en el valle, resonado en el callado Pigpen, tal vez incluso hasta el mar.

—Ojalá viniera solo —dijo Sylvia.

—¿Quién, Bobby? ¿O Charles?

Jim se acercó nadando lentamente hacia donde estaba Sylvia.

—Los dos.

—Creía que Lawrence te gustaba —dijo Jim.

Extendió los brazos para sujetarse en el borde de la piscina, junto a Sylvia. Ella se soltó entonces para hacer el muerto.

—Me gusta, me gusta, es solo que... preferiría que viniese solo, no sé si me explico. Cuando está Lawrence, Charles tiene que prestarle atención, como si fuera un perrito. No son como mamá y tú, que sois simplemente personas casadas la una con la otra, ¿sabes? Se pasan el día acicalándose y leyendo el uno por encima del hombro del otro. Es asqueroso. —Sylvia se estremeció, del pelo mojado caían gotas de agua que volaron por encima de la superficie de la piscina—. Me parece que, a cierta edad, la gente debería haber superado la idea de estar enamorado. Es asqueroso —repitió.

—No es verdad —dijo Jim.

Le habría gustado añadir algo más, decirle a su hija que se equivocaba, pero no encontraba las palabras.

Franny abrió la puerta trasera de la casa y asomó la cabeza.

—¡A cenar! Y nada de bañadores en la mesa.

Jim había encontrado un montón de toallas de playa en el cuarto de la lavadora y Sylvia cogió una para envolverse en cuanto salió de la piscina. Su padre siguió chapoteando en la piscina, las manos sujetas al borde de hormigón.

—Pero tendrás ganas de ver a Bobby, ¿no? —preguntó Jim, mirando a Sylvia.

Quería que sus hijos mantuvieran una relación sin conflictos, aunque sabía que era una quimera. Ser padre de adultos no se parecía en nada a ser padre de niños, cuando el risueño grupo creía todo lo que se le decía, solo porque sí. Sylvia sabía lo que había pasado porque vivía en la misma casa y era imposible evitar que se enterara. Habría sido difícil escondérselo a un niño, pero los adolescentes tenían oídos que parecían ventosas y absorbían todo lo que tenían a su alrededor. Bobby no sabía nada. Jim casi deseaba que se hubiera quedado en casa, lejos, muy lejos de la implosión de su familia nuclear.

Sylvia se había envuelto el cuerpo con una toalla gigante y se había cubierto la cabeza con otra.

—Claro —respondió—. Supongo.

Esperó a que Jim saliera de la piscina antes de entrar, pero no dijo nada más y desafió con ello a su padre a completar sus pensamientos.

El dormitorio principal estaba encima del estudio y tenía su propio cuarto de baño. Había un armario a la izquierda de la cama y un tocador a la derecha. Jim había deshecho la maleta en cinco minutos justos y estaba sentado a los pies de la cama, observando a Franny, completamente concentrada en transportar brazadas de túnicas y vestidos finos y vaporosos de su maleta al armario. Iba de un lado a otro, una y otra vez.

—¿Cuánta ropa has traído? —Jim se quitó las gafas y las guardó en el bolsillo de la camisa—. Estoy agotado.

Franny habló como si no lo hubiera oído.

—Bobby y Carmen y Charles y Lawrence llegarán todos al mismo tiempo, más o menos, de modo que podríamos ir en coche a buscarlos o que ellos se esperen y suban juntos en el suyo, ¿qué opinas?

—¿No tendría más sentido que subieran directamente ellos y así ahorrarnos el viaje?

Jim sabía que no era la respuesta que Franny quería oír. Se levantó e hizo crujir los nudillos.

Franny pasó por su lado, cargada con un nuevo montón de ropa.

—Supongo, sí, pero si yo voy a recogerlos, entonces tal vez con un coche podríamos ir al supermercado mientras el otro viene hacia aquí —dijo—. El profesor de Sylvia llegará a las once, ¿por qué no os quedáis vosotros dos en casa? Yo iré a buscar a Bobby y Carmen, ya que Charles alquila un coche, y entonces a lo mejor intercambiamos coches para que Bobby, Carmen y Lawrence vengan directamente a casa mientras Charles y yo vamos a hacer la compra. De hecho, es lo que tiene más sentido. ¿Por qué no hacemos eso?

No tenía sentido, al menos para Jim, pero no le apetecía discutir con ella. Este era el problema de incluir a Charles y Lawrence en el plan de vacaciones: Franny haría cualquier cosa para cambiar planes con tal de poder estar con Charles las veinticuatro horas del día el máximo de días posible. Daba igual que Charles tuviera ahora marido, o que el resto de la familia se hospedara allí y el objetivo de las vacaciones fuera básicamente estar con Sylvia. El plan también había sido en un principio utilizar el viaje como celebración de sus treinta y cinco años de casados, pero esa idea, lo de ser en cierto sentido una celebración de su matrimonio, parecía ahora un chiste con un horroroso golpe bajo incorporado. En cuanto llegara Charles, Franny empezaría a reír como lo hacía cuando tenía veinticuatro años, y le importaría un comino que se prendiera fuego a la casa con todos dentro, por ejemplo. Era lo que tenían los mejores amigos: lo echaban a perder todo para los demás. Naturalmente, Franny siempre podía decir que Jim ya lo había echado todo a perder mucho antes.

Jim entró en el cuarto de baño y sacó el cepillo de dientes del neceser. El agua del grifo sabía a metal oxidado pero, aun así, resultaba agradable cepillarse los dientes y lavarse la cara. Con determinación, dedicó a la tarea más tiempo del habitual, en parte porque no estaba seguro sobre cómo iría la noche. Según fuera la noche, irían las vacaciones. Si Franny se había ablandado con el viaje en avión, o con la preciosa casa, o mientras deshacía las maletas, sería buena señal. Cuando regresó a la habitación, Franny estaba sentada en la cama con *Don Quijote* en el regazo. Jim retiró la fina colcha y se dispuso a acostarse, pero Franny extendió una mano, completamente plana.

—Preferiría que durmieras en la habitación de Bobby. Por esta noche —dijo—. No, evidentemente, cuando lleguen ellos.

—Entiendo —dijo Jim, pero no se movió.

—Sylvia duerme como un oso en estado de hibernación, no te oirá —dijo Franny, abriendo el libro.

—De acuerdo —dijo Jim—. Pero tendremos que tratar el tema mañana, lo sabes bien.

Cogió la novela que estaba leyendo y que había dejado previamente encima de la mesita de noche y se dirigió a la puerta.

—Sí, tendremos que tratarlo —confirmó Franny—. Me

encanta que lo digas con este tono, como si fuera algo que hubiera elegido yo.

Abrió el libro y centró su atención en un lugar muy muy alejado de allí.

Jim cerró la puerta a sus espaldas y esperó a que los ojos se acostumbraran a la oscuridad.

Día tres

Cuando Lawrence entró en los lavabos de caballeros, Charles se apoyó en la pared de la terminal, tiró de la maleta con ruedecillas para pegarla a sus pies y cerró los ojos. Habían salido de su casa en Provincetown a las tres de la tarde del día anterior para llegar a Boston Logan y coger el vuelo, pero viajar en clase turista era más agotador de lo que recordaba. Lawrence era el ahorrador; de haber volado Charles solo, lo habría hecho en clase *business*, como mínimo. Tenía cincuenta y cinco años. ¿Para qué ahorrar, sino para realizar vuelos transoceánicos? De haber podido escuchar los pensamientos de Charles en aquellos momentos, Lawrence lo habría regañado. Era una conversación que únicamente mantenían en casos muy excepcionales. Que no hubiera llegado todavía un bebé no significaba que no fuera a llegar, y entonces, ¿no se sentiría culpable por haber malgastado miles de dólares para volar sobre el océano? ¿Acaso no merecía la pena consagrarlos a manzanas ecológicas/colegios privados/clases de tenis? Merecía la pena, en eso Charles siempre estaría de acuerdo, aunque últimamente empezara a creer que sus sueños compartidos de tener familia no tardarían mucho en irse al traste y que, cuando llegara ese momento, recuperarían su estilo de vida felizmente egoísta. Casi todas las parejas que habían conocido en la agencia de adopción tenían ya su bebé (uno, incluso dos) y Charles empezaba a pensar que en la carta que habían remitido a las madres biológicas tenía que haber alguna cosa escrita en tinta invisible. «Soy un tipo conflictivo», tal vez, o «No sé si en verdad te parecemos buenos padres».

La terminal olía a desinfectante y a perfume fuerte, una mezcla que le provocó al instante dolor de cabeza. Cambió el peso del cuerpo hacia la derecha y se quedó de cara al torrente de viajeros que acababa de desembarcar. Los españoles tenían mejor cara que los turistas: mejores pómulos, mejores labios, mejor cabello. Cuando era más joven, Charles pintaba del natural, pero ahora se limitaba a disparar fotos con la cámara digital y a pintar a partir de ellas. Le encantaba la libertad de poder tener en el bolsillo el rostro de cualquier persona.

—Ya estoy aquí —dijo Lawrence, secándose las manos mojadas con el pantalón.

—Bienvenido —dijo Charles. Apoyó la cabeza en el hombro de Lawrence—. Estoy cansado.

—Sé que lo estás. Pero al menos no llevas un pelele de talla de adulto —dijo, y movió la cabeza en dirección a una mujer que acababa de emerger por la puerta de desembarque situada enfrente de los lavabos. Era menuda, seguramente no pasaría del metro cincuenta, e iba vestida con un pantalón de chándal de tejido afelpado de color rosa y sudadera a conjunto, ambos lo bastante ceñidos como para dejar en evidencia su redondo trasero y su compacta figura—. ¿No los habían declarado ilegales hace ya más de una década?

La mujer se apartó de la cola y se volvió. Esperaba a alguien. Apareció entonces un hombre alto con una mata de pelo castaño rizado y le hizo un gesto de reconocimiento a la mujer de rosa.

Charles se volvió hacia la pared.

—Mierda —dijo—. Es la novia de Bobby.

—No me digas que es la del pelele —dijo Lawrence, ladeando el cuerpo para quedarse también mirando a la pared.

—No podemos quedarnos los dos así de espaldas —dijo Charles—. Mierda.

—¿Charles?

Charles y Lawrence se volvieron a la vez con los brazos abiertos.

—¡Hooola! —exclamaron al unísono.

Bobby y su novia habían recortado rápidamente el espacio que los separaba y estaban a poco más de un metro de distancia de ellos.

—Hola, preciosidad —dijo Charles, abrazando a Bobby.

Se saludaron con mutuas palmaditas en la espalda y cuando Charles se separó, Bobby le mantuvo un brazo por encima del hombro, como si estuvieran posando para una foto de equipo.

—¿Qué tal el vuelo? Hola, Lawrence —dijo Bobby, esbozando una amplia sonrisa.

Tenía ese bronceado fácil de la persona que pasa la mayor parte del tiempo al aire libre, aunque no fuera ese su caso. Lawrence pensó enseguida que Bobby estaba demasiado moreno por pasarse las jornadas desplazándose de un lado a otro de Miami para enseñar pisos y casas, a menos que lo hiciera a bordo de un descapotable, lo que parecía poco probable. A lo mejor se pasaba los fines de semana en la playa, cara, brazos y pecho untados generosamente con bronceador, como un culturista de 1975. Lo cual también le parecía poco probable. Lawrence no sabía muy bien cómo reconciliarse con el hecho de que el bronceado dorado de Bobby fuera falso. En Florida funcionaban con otras reglas.

—Bien, ¿y vosotros? —preguntó Charlie.

Nadie había dirigido de momento la palabra a la novia de Bobby, ni tampoco había habido ningún esfuerzo por presentarla. Charles sabía que habían coincidido un par de veces con motivo de una cena de Navidad o en alguna de las grandiosas fiestas de aniversario de Franny y Jim... ¿tal vez en el trigésimo aniversario, cinco años atrás? Charles recordaba de forma vaga haber visto a aquella mujer de pie junto a la agente literaria de Franny, evitando, perseverante, cualquier conversación con la excusa de una concienzuda investigación del techo. La novia de Bobby tenía como mínimo diez años más que él, razón por la cual aquel pelele le otorgaba un aspecto tan absurdo. Debía de ser casi de la edad de Lawrence, joven tan solo para los ojos de alguien que ya hubiera superado la barrera de los sesenta. Franny podía hablar largo y tendido sobre el tema, aunque solo después de media botella de vino. Y hasta que llegaba ese momento, se mantenía fríamente imparcial. Llevaban muchos años juntos, dejándolo y volviendo a empezar, pero los Post no parecían darle importancia al asunto, al menos en público, del mismo modo que ignorarían las flatulencias de un perro que, aparte de ese detalle, tal vez podría resultar simpático. La chica era nacida en Miami, de padres cubanos. ¿Se llamaba Carrie? ¿O era Mary o Miranda?

—Carmen estaba tan emocionada que no hemos podido ni dormir —respondió Bobby, mirando por fin por encima del hombro para localizarla—. ¿Te acuerdas de Charles y de Lawrence, no?

—Hola —dijo, extendiendo la mano.

Lawrence fue el primero en estrechársela, luego Charles. Carmen les dio un apretón de manos firme que los dejó a ambos sorprendidos. Tenía la piel de un tono oliváceo y sin arrugas que delataran su edad, y llevaba una cola de caballo tan desangelada después de tanto tiempo sentada en el avión que parecía el surtidor de una ballena ligeramente descentrado. A

Lawrence le evocó una de las Spice Girls después de una década alejada de los focos, aunque algo peor vestida.

—Por supuesto —dijo Charles—. Nosotros la recordamos perfectamente.

Franny los esperaba en la zona de recogida de equipajes, frotándose las manos. Cuando Bobby y Carmen doblaron la esquina y aparecieron, empezó a chillar y dar brincos con tanta torpeza que perdió una de las chanclas, que se deslizó más de un palmo por el suelo encerado. Volvió a calzarse apresuradamente y cruzó la sala corriendo, aunque con su ritmo parecía que avanzara por un mar de melaza. Bobby se agachó para dejarse abarcar por los brazos de su madre.

—Ah, sí, sí, sí —dijo, acariciándole la espalda. Franny se sentía fatal por haber ocultado a Bobby lo que había sucedido con Jim, pero eran cosas que no se explicaban por teléfono. Ahora que lo tenía entre sus brazos, pensó que todo sería mucho más fácil si la información pudiera transmitirse telepáticamente, como en una serie televisiva de ciencia ficción, con un simple «zzzppp» de un cerebro a otro—. Sí.

—Hola, mamá —dijo Bobby, guiñándole el ojo a Carmen por encima del hombro de su madre—. Puedes soltarme, de verdad, me tendrás aquí un par de semanas.

—Oh, claro —dijo Franny, y se apartó a regañadientes—. Hola, Carmen —dijo, y le dio un veloz beso en la mejilla—. ¿Qué tal el vuelo?

—Bien —respondió Carmen con una sonrisa—. Hemos visto películas —continuó, y cambió el peso del cuerpo de una pierna a la otra para estirar las pantorrillas.

—Fenomenal —dijo Franny—. ¿Habéis visto a Charles? Tendría que estar también por aquí.

Miró más allá de Carmen, hacia el pasillo por donde acababan de aparecer ellos. Y, efectivamente, allí estaban Charles y Lawrence, riendo y tirando de sus maletas. A Franny se le llenaron los ojos de lágrimas, como si hasta entonces no hubiera estado convencida del todo de que fueran a venir. Se apartó unos pasos de Bobby y de Carmen para que no la vieran romper a llorar. Cuando Charles la vislumbró, aceleró el paso y corrió a abrazarla como si fueran amantes que no se veían desde hacía una eternidad por culpa de una guerra.

El simulacro de incendio de Franny se extinguió sin menor problema: Bobby, Carmen y Lawrence subieron al coche que acababa de alquilar Charles, que compartió coche con Franny y se pusieron en camino. Carmen sabía conducir coches con cambio de marchas manual, de modo que se puso al volante del primer coche mientras Charles ocupaba el puesto del conductor del segundo. Lawrence estaba tan cansado que ni se quejó, y si Charles tenía energías suficientes como para ir a hacer la compra, mejor para todo el mundo, ¿no? Charles saludó lánguidamente con la mano desde la ventanilla del acompañante a Lawrence, cautivo ahora de los dos desconocidos con quien menos le apetecía estar de vacaciones.

—Me alegro mucho de verte, Lawrence —dijo Bobby—. No nos habíamos visto desde vuestra boda. ¿Cuándo fue eso? ¿Hace un año? ¿Dos? Sé que era verano.

Carmen aceleró y se adentró en el tráfico del aeropuerto.

—Hará tres años el mes que viene —dijo Lawrence. Cerró los ojos y agradeció brevemente a alguna figura divina que los españoles condujeran por el lado derecho de la carretera—. Ya sabes lo que dicen sobre el tiempo.

—¿Qué dicen? —dijo Bobby.

Bajó la visera para mirarse en el espejito. Captó por un instante la mirada de Lawrence y sonrió. Bobby era más dulce que su hermana; de hecho, era el más dulce de la familia. Bajo el punto de vista de Lawrence, Bobby no era un tipo duro, en absoluto, un rasgo muy común entre la gente criada en Manhattan. Inconscientemente, Lawrence relajó un poco los hombros.

—Eso, que el tiempo vuela.

Lawrence se cruzó de brazos y miró por la ventanilla. Él no había ido de vacaciones en familia desde que era pequeño. E incluso entonces, no creía recordar que hubieran hecho más que un par de excursiones a un humeante campamento, donde dormían todos juntos en una tienda enclenque y mohosa. Le parecía un desatino la idea de llenar una casa (o una tienda) con familiares y confiar en disfrutar de unas vacaciones placenteras. Charles y él ya lo habían hablado: después de Mallorca, irían a pasar unos días más a otro sitio, los dos solos, y allí tendrían la suerte de olvidarse de los chismorreos y del equipaje emocional de los demás. Lawrence había pensado en Hudson, o tal vez Woodstock, pero a Charles, la zona norte del estado de Nueva York le parecía excesivamente concurrida. También podían esperar a que cambiara el tiempo y viajar entonces a Palm Springs. A Lawrence solo le apetecía hablar sobre quién tenía ya un bebé, quién estaba todavía a la espera, sobre el papel pintado para el cuarto del niño, sobre nombres, cochecitos y sobre dónde podían comprar leche materna de alguna lesbiana.

—Una verdad como un templo —dijo Carmen. Tiró del bolso hasta dejarlo descansar en su regazo y extrajo del interior una bolsa de plástico llena de productos de maquillaje, tamaño miniatura, como si fueran para muñecas—. Muestras —dijo por encima del hombro a modo de explicación—. Así tengo todo lo que necesito. Nada por encima de los cien mililitros.

Desenroscó un tapón del tamaño de la uña de un bebé y

presionó el tubo hasta depositar una gota de crema en la yema del dedo índice. La aplicó con energía sobre el rostro y el cuello con una mano mientras seguía al volante con la otra. Lawrence la observó pasmado y tensó un poco más el cinturón de seguridad. Las familias de los demás eran misteriosas como los alienígenas, llenas a rebosar de códigos secretos e historias compartidas. Carmen repitió varias veces el proceso aplicándose distintos mejunjes. El coche se sacudió entonces hacia un lado por tomar una curva a demasiada velocidad y Bobby lanzó un chillido, no carente de sentido del humor.

—Es una conductora estupenda —dijo, y se preparó para recibir la venganza de Carmen.

A Lawrence le traía sin cuidado la dulzura de Bobby, la verdad, igual que el autoritarismo de Franny, el carácter reservado de Jim o la precocidad de Sylvia. El problema era que Charles lo había abandonado incluso antes de dejar atrás el aeropuerto. ¿Cuántas cosas podrían llegar a deshacer aquellas dos semanas?

—Estoy un poco cansado —dijo entonces—. Creo que cerraré un ratito los ojos, si no os importa.

—En absoluto —dijo Bobby—. Duerme tranquilo.

Lawrence cerró los ojos. Había empezado a sudar y el aire acondicionado del coche se mostraba impotente para solventar su problema. Se preguntó por un momento si Bobby y Carmen se pondrían a charlar como solían hacer las parejas, sobre cosas sin importancia, pero permanecieron en silencio.

La tienda de comestibles de Palma era divina. Franny y Charles se abrazaban emocionados antes de recorrer cada nuevo pasillo. Los embalajes eran sublimes, incluso los de las sardinas en lata y los botes de salsa de tomate. Estar en un país extranjero hacía que incluso las diferencias más pequeñas parecieran una obra de arte. En una ocasión, Charles había pintado un cuadro de Franny a partir de una fotografía tomada en un supermercado de Tokio en el que el rostro de la protagonista mostraba una expresión benévola. Ir de compras era una de las cosas que más les gustaba hacer juntos.

—Mira —dijo Charles, enseñándole el paquete de un preparado para hacer flanes.

—Mira —dijo Franny, mostrándole una bolsa de patatas fritas con sabor a *jamón*.

El pasillo de los embutidos era magnífico: jamón en lonchas, beicon, chorizo, mortadela, sobrasada, salami, *ibérico*, salchichas de Frankfurt, pizza de jamón, salchichas de cerdo, taquitos de jamón. Llenaron un carro con tarros de mantequilla de cacahuete, mermelada, papel higiénico, *zumo*, lechugas, naranjas, queso manchego y barras de pan.

—¿Qué hora es? —preguntó Charles cuando llegaron por fin a la cola de la caja—. Me siento como si fueran las tres de la mañana.

—Pobre patito mío —dijo Franny, pasándole el brazo por el hombro.

Cuando se conocieron, tanto Franny como Charles eran jóvenes y guapísimos, con estilo suficiente como para eclipsar al resto. La cintura de ella marcada con un buen cinturón ancho y el nacimiento del pelo de él empezando tan solo a anunciarse. Y si llegaban a los cien años de edad, Franny seguiría viéndolo igual: un James Dean algo más bajito, con unas cejas que expresaban permanente curiosidad y labios sensuales, atractivo a más no poder. Daba igual que Charles se hubiera quedado completamente calvo y que la única vellosidad de todo su cráneo fuera una mínima barba incipiente; para Franny siempre sería el hombre al que más había amado, el chico más guapo que nunca podría llegar a tener, excepto en los sentidos en que ya era suyo.

—¿Cómo va todo? Con Jim, me refiero.

—Oh, ya sabes —empezó a decir Franny, aun sin saber cómo rematar la frase—. Mal. Mal, mal, mal. Me resulta imposible mirarlo sin que me entren ganas de cortarle el pene.

—Por lo que parece, Sylvia lo lleva bastante bien, ¿no? —dijo Charles, tratando de entenderse con gestos con la cajera. Hablaba incluso menos español que Franny, que sabía poquísimo.

—Si ni siquiera la has visto —replicó Franny, confusa.

—Pero sí por Facebook.

—¿Estás en Facebook?

Charles hizo un gesto de cierta exasperación.

—*Sí.* ¿Y tú por qué no? Cariño, no sabes lo que te pierdes. Pero sí, Sylvia y yo nos pasamos la vida chateando por Facebook. Me imagino que incluso lo hace desde la mesa del comedor, sentada justo delante de ti. —Bajó la voz—. Me cuenta todos sus secretos.

Franny se separó del hombro de Charles e hizo chocar el cuerpo contra el de él, amenazando el expositor de tabletas de chocolate que tenía detrás.

—No creo —dijo Franny, celosa tanto del hecho de que Charles supiera cosas sobre su hija que ella desconocía, como de que Sylvia hubiera encontrado un método para comunicarse con Charles cuya existencia ella ignoraba—. Sylvia no tiene secretos. Por eso es maravillosa. Es la primera adolescente del planeta que simplemente es feliz.

—Por supuesto que lo es —dijo Charles. Inclinó la cabeza. Uno de los secretos de ser un buen amigo consistía en saber cuándo había que mantener la boca cerrada—. Y eso es lo bueno, al fin y al cabo. Pase lo que pase con Jim, siempre tendrás a Syl y a Bobby. Por mucho que el amor no sea eterno, los hijos sí lo son, ¿no?

—Yo a ti te amaré eternamente —replicó Franny, y sacó la

tarjeta de crédito de la cartera—. Y a mis hijos también, imagino.

A pesar de que la casa era tanto de él como de los demás, Bobby llamó a la puerta antes de entrar. Al ver que no respondía nadie, giró el pomo y descubrió que no estaba cerrada con llave. Se volvió hacia Carmen y Lawrence y ambos asintieron. Empujó la puerta y abrió.

—¿Hola? —La casa estaba completamente en silencio con la excepción de los sonidos de los árboles, que susurraban al ritmo de la brisa y algún que otro coche que pudiera pasar por la carretera—. ¿Hola? —repitió Bobby, adentrándose tentativamente en el vestíbulo.

Se oyó un ruido sordo en la planta de arriba y luego el crujido de una puerta al abrirse lentamente. Acto seguido, apareció Sylvia en lo alto de la escalera, gateando.

—Tengo *jetlag* —anunció.

—¡Baja a ayudarnos con las maletas! —dijo Bobby, con voz atronadora.

—Sí, señor, ahora mismo voy —replicó Sylvia, antes de dar media vuelta y regresar a cuatro patas a su habitación.

La puerta se cerró con un ruido seco.

Joan quería conocer el nivel de español de Sylvia y se presentó con un cuaderno de ejercicios similar a los que ella tenía cuando estaba en secundaria, con dibujitos de vacas, escobas y otros objetos que identificar. «¿Cómo le dice Mercedes a su amiga que TAL VEZ irá a cenar? ¿Cómo le diría que IRÁ a cenar?» Aplicadamente, Sylvia completó varias páginas antes de que Joan, que por encima del hombro iba leyendo lo que ella escribía, le dijera que ya podía parar. Se sentó entonces tan cerca de Sylvia que ella podía oler incluso el aroma de su colonia. Cuando los chicos de su clase se perfumaban con colonia, a Sylvia le parecía repugnante, pero a Joan le daba un aspecto sofisticado, como de James Bond mallorquín. Sylvia se imaginó el armarito del cuarto de baño de Joan, las estanterías abarrotadas de productos para el cuidado masculino. Solo su pelo, para moverse como lo hacía, debía de exigirle media docena de potingues distintos. Sylvia intentó respirar del modo más leve que le fue posible durante el rato que Joan destinó a examinar su trabajo. Y mientras lo hacía, iba dando golpecitos con el bolígrafo contra la mesa: abierto, cerrado, abierto, cerrado.

—Sylvia —dijo por fin—, tienes un buen nivel de español escrito.

Cuando pronunció su nombre, lo hizo alargándolo hasta formar con él cuatro sílabas, como si estuviera hecho de miel. «Si-il-vi-a.»

—Estupendo —replicó ella, deseosa de que volviera a pronunciar su nombre.

Joan apartó su silla unos centímetros.

—Deberíamos dedicar las clases a hablar, ya sabes, a practicar conversación.

Llevaba un polo con los botones del cuello desabrochados. En el exterior se oían risas y Sylvia se volvió para mirar por la ventana del comedor. Bobby y su novia estaban en la piscina, ella montada sobre los hombros de él en un intento de jugar a las peleas de caballitos con un solo equipo. Carmen era mayor, tenía más de cuarenta. Bobby le llevaba diez años a Sylvia, por lo que ya le parecía viejo, pero el hecho de que Carmen fuera más de una década mayor que él, le hacía pensar a Sylvia en que intentaba chuparle la sangre a su hermano. Se habían conocido seis o siete años atrás en el gimnasio donde Carmen trabajaba como entrenadora personal. Bobby iba a practicar deporte allí y luego la instaló en su casa. A Sylvia todo aquello le parecía una horterada, del mismo modo que Carmen le parecía una hortera: llevaba los ojos siempre maquillados con raya negra y no se quitaba jamás esas zapatillas deportivas que supuestamente te dejan el culo prieto, por mucho que fuera entrenadora personal, tuviera un buen culo y pudiera ser más sensata.

—Es raro ir de vacaciones con toda la familia —dijo Sylvia en español—. Muy raro.

—Cuéntame cosas sobre ellos —replicó Joan. Hizo girar la silla para quedarse también de cara a la ventana—. ¿Es ese tu hermano?

—Eso dicen —respondió Sylvia.

Se oyeron pasos en el pasillo y tanto Joan como Sylvia se volvieron para mirar hacia allí. Lawrence se había cambiado para ponerse el bañador y caminaba con un empañado vaso de agua en la mano. Salió al jardín y se quedó mirando a Carmen y Bobby, que se entretenían ahora turnándose para hacer la vertical en el lado menos profundo de la piscina.

—Mejor que me vaya a echar una siesta —dijo Lawrence, y dio media vuelta.

—¿Y ese quién es? —preguntó en español Joan.

—El marido del mejor amigo de mi madre. Son gais. Me parece que no quería venir.

Sylvia hizo una pausa. Quería que su comentario sobre la desgana de Lawrence le hiciera gracia. Era importante.

—¿Y cuánto tiempo tendrá que aguantar aquí con vosotros? —dijo Joan, formulando la pregunta adecuada.

—Dos semanas —respondió Sylvia, con una sonrisa tan exagerada que tuvo que inclinarse hacia delante y fingir que daba un trago a su vaso vacío de agua.

Si durante aquellas dos semanas no interactuaba con nadie más, ya le estaba bien, pensó Sylvia. Joan parecía un candidato excelente para iniciarse en el sexo. De hecho, si alguien hubiera creado un póster publicitando las virtudes del sexo, podrían haberlo hecho con el rostro de Joan. Sylvia prolongó el contacto de sus labios con el borde del vaso. ¿Acaso no era eso lo que se tenía que hacer, atraer la atención hacia la boca? Le dio un pequeño lametón al vaso, decidió que debía de parecer un camello en el zoológico, y lo dejó de nuevo sobre la mesa confiando en que él no se hubiera dado cuenta de nada.

Hacía demasiado calor para salir a caminar al mediodía, de modo que Jim esperó a que bajase un poco el sol. Se vistió con la ropa de deporte (licra, cortavientos) y las zapatillas y salió después de decirle adiós con la mano a Sylvia, que estaba enroscada en uno de los sofás del salón con un libro a medio palmo de la cara. Estaba inmersa en *Villette*, decidida a conocer el trabajo de las hermanas Brontë. Aquel año había leído toda la obra de Jane Austen. Austen estaba bien, aunque cuando le comentabas a la gente que *Orgullo y prejuicio* te había gustado, todo el mundo esperaba de ti que te encantaran el sol y los velos de novia; Sylvia, sin embargo, prefería los páramos lluviosos. A las Brontë no les daba ningún miedo dejar morir a alguien de inanición, y eso Sylvia lo respetaba.

—Enseguida vuelvo —dijo Jim.

Sylvia emitió un gruñido a modo de respuesta.

—Dile a mamá que he ido a caminar un rato.

—¿Y adónde irías si no? —preguntó Sylvia sin levantar la vista del libro.

Jim echó a andar colina arriba. Mallorca era un lugar más polvoriento de lo esperado, menos montañoso y verde que la Toscana o la Provenza, más pedregoso y blanqueado por el sol, como Grecia. Supuestamente, unos pocos centenares de metros más arriba, siguiendo la carretera, tenía que haber una meseta desde donde poder divisar el mar, y a Jim le apetecía la idea de disfrutar de la vista.

Los fines de semana eran fáciles; antes tampoco los pasaba en la oficina, razón por la cual realizar los recados habituales le sentaba bien y le resultaba natural. Veía alguna película con Sylvia si ella le dejaba, discutían a qué restaurante pedir la cena y daba un par de vueltas corriendo por el parque. Entre semana era más complicado, sobre todo los lunes por la mañana. Estar en Mallorca facilitaría las cosas. Seguía despertándose a las siete de la mañana, saltaba de la cama y se daba una ducha. A Jim ni se le pegaban las sábanas ni era gandul, tampoco era como esos jóvenes que vivían con sus padres hasta los treinta y se pasaban la vida enganchados a los videojuegos. A Jim le gustaba trabajar. El fin de semana no había estado mal, pero ese día era peor, aunque no tan malo como cuando estaban en casa. Esos fines de semana sentía un dolor en el pecho en el instante en que sonaba la alarma y su cuerpo entraba en estado de pánico por la falta de impulso.

Durante los últimos cuarenta años, había pasado todos sus días laborables tirando hacia delante, intentando ser lo más inteligente posible, intentando ser lo mejor posible, intentando abrir el máximo de puertas posible y ahora, de repente, las puertas se habían cerrado y no tenía nada que hacer excepto quedarse sentado en casa y esperar a que sonara el teléfono. Y no sonaría. El consejo directivo lo había dejado muy claro: no era una amenaza, sino una promesa. Jim estaba acabado, profesionalmente. Si quería que mantuvieran la boca cerrada, se quedaría en casa y se dedicaría a la observación de las aves. Se lo habían presentado como una gentileza. La bocaza abierta al otro lado del silencio significaba que todas las revistas de Nueva York y todas las páginas web que tuvieran una columna de chismorreos estarían encantadas de hablar en profundidad sobre los libidinosos detalles. Jim se habría plantado ante aquella amenaza de no haberla reconocido como la pura verdad. El nuevo editor de *Gallant* sería un hombre de ojos claros de treinta y cinco años y, aunque no hubiera tenido lugar aquella tragedia, el puesto de trabajo de Jim tenía fecha de caducidad. A nadie le apetecía oír los consejos de su padre.

La carretera era empinada, y a pesar de que el calor empezaba a mitigarse, Jim no había cogido nada para cubrirse la cabeza y notaba el sol abrasador en la nuca. Si lo de aquella casa se hubiera planteado tres meses más tarde, Franny no la habría alquilado. De no haberse graduado Sylvia, de no haberle presentado aquellas vacaciones como un regalo, Franny las habría cancelado. Jim no sabía si estar agradecido de que todo hubiera estado ya en marcha, o si se sentía acorralado, como cautivo en una trampa para osos. En casa había habitaciones tranquilas, lugares donde esconderse. En su día, cuando había dos niños, una niñera y los abuelos de visita, la casa era del tamaño adecuado, pero ahora era excesivamente grande. Todos tenían no solo su propia habitación, sino varias más: Jim ocupaba el despacho y un cuartito que Franny evitaba; Sylvia, su dormitorio y el de Bobby, que había transformado en una especie de refugio para jóvenes desafectos, y Franny, todo lo demás: la cocina, el jardín, el dormitorio de matrimonio, su despacho. No tenían necesidad de verse si no querían, podían pasar días caminando en bucle, como las figuritas que coronaban la entrada del zoológico de Central Park.

El consejo directivo de *Gallant* se había mostrado unánime en su decisión. Y eso era lo que más había sorprendido a Jim; esperaba censura, sí, pero no aquella actitud corrosiva. La chica —odiaba recordar la excitación que le provocaba la sola mención de su nombre, Madison, un nombre que en otras circunstancias habría ridiculizado— tenía veintitrés años, la edad que tenía Franny cuando se casaron, hacía muchos miles de años. Esos veintitrés años querían decir que era una adulta, que había terminado la universidad y que estaba lista para incorporarse a la vida laboral. Asistente editorial. Franny le había hecho notar que Madison era solo cinco años mayor que Sylvia, pero veintitrés años significaban que era una persona formada, una mujer hecha y derecha. Capaz de tomar sus propias decisiones, por muy malas que fueran. Cuando los miembros del consejo directivo mencionaron a Madison, utilizaron la palabra «chica» y, en una ocasión, «niña», a lo que el abogado de Jim presentó, con mucho acierto, sus objeciones. Aunque aquello no era un tribunal y aquel tipo de lenguaje no tenía consecuencias. Todo sucedió sentados en torno a la mesa de la sala de conferencias, como tantas otras veces, cuando discutían asuntos tediosos. En la reunión estaban presentes los diez miembros del consejo directivo, un hecho excepcional, y en el momento en que los vio entrar, Jim comprendió que las cosas no iban a inclinarse a su favor. Ninguna de las tres mujeres del consejo directivo lo miró siquiera a los ojos.

Jim dobló una esquina. Unos metros más adelante, en el lado mar de la carretera, había un murete de piedra. Con la elevación, las montañas parecían haber cambiado de color y estaban ahora teñidas de azul. Saltó el murete y se sentó de espaldas a la carretera con las piernas colgando a escasos centímetros del suelo. Delante de él, pastaba un rebaño de ovejas, cabizbajas y satisfechas. Los cencerros que llevaban colgados al cuello emitían un tintineo agradable mientras las ovejas olisqueaban la hierba. Jim no sabía cuánto le había contado Franny a Charles sobre la situación en la revista. Los niños tampoco sabían demasiado —Bobby, de hecho, no sabía nada— y prefería que siguiera así. Según la carta de dimisión de Jim, había abandonado su puesto de editor para consagrarse a otras pasiones, para dedicar más tiempo a la familia y viajar más. Pero por mucho que Jim estuviera haciendo justo eso, los motivos implícitos eran completamente falsos. De poder hacerlo, Jim habría vuelto al trabajo a su regreso de Mallorca, habría vuelto a trabajar todos los días hasta caer muerto en su despacho, horrorizando con ello a los jóvenes del personal que intentaban hacerse los adultos con sus elegantes alfileres de corbata y sus relucientes zapatos.

El sol no se pondría hasta al cabo de unas horas, pero se había sumergido detrás de las montañas y el azul era más oscuro, como si un pincel con acuarelas hubiera cubierto los árboles, las rocas y la colina. Jim podría haber seguido su paseo, pero la carretera era empinada y, más que hacer deporte, lo que buscaba era alejarse unos minutos de la casa. Jim siguió sentado observando las ovejas hasta que dejaron de moverse y se quedaron con la vista perdida en la distancia, o mirándose entre ellas, o contemplando la hierba, como si de antemano hubieran coordinado entre todas aquel instante de silencio. Era el tipo de cosas que comentarías con la persona sentada a tu lado, una parte minúscula e insignificante, aunque no por ello indigna de mención, de la jornada. De haber sido otro hombre, tal vez habría escrito un poema. Pero Jim, en cambio, levantó las piernas por encima del murete, saltó y echó a andar colina abajo. A sus espaldas, empezaron a repicar de nuevo los cencerros de las ovejas, sin prisas. Al final, todo dependía de Franny. Había dicho que quería aquellas dos semanas. Aquellas dos semanas para tomar una decisión, con todos juntos como una familia de verdad. Él ya había empezado a marcar mentalmente las cosas como «la última vez»: la última vez que haría eso con su hija, la última vez que haría aquello en su casa. Había tardado treinta y cinco años en construirlo y en solo dos semanas se derrumbaría todo. Jim no podía deshacer lo que había hecho. Se había disculpado, con Franny y con la revista, y ahora dependía de ellos decidir cuál sería su castigo. Solo esperaba que su esposa fuera menos dura que el glacial tribunal de los miembros del consejo directivo, aunque ella (y Jim lo sabía, lo sabía) era quien más derecho tenía a descargar toda su ira contra él.

Daba igual que la mayoría del grupo hubiera aterrizado por la mañana y que necesitara descansar para recuperar fuerzas y mantenerse despiertos a la hora del postre. Franny había cocinado y todo el mundo se sentaría a la mesa. Había comprado pescado en el mercado, y limones, y cuscús israelí, y fruta para preparar una tarta y vino suficiente para bañarlo todo. Le olían las manos a romero y ajo, un aroma mucho mejor que el del jabón. Había descubierto el romero en el jardín, un arbusto enorme, bien cuidado y justo al lado de la puerta de la cocina. Carmen estaba en la ducha y Bobby, quitándose el bañador, pero todos los demás estaban ya vestidos y en el comedor. Era el momento que más le gustaba a Franny: estar sola en la cocina con casi todo a punto y escuchar la conversación feliz de los invitados, conscientes de que pronto les darían de comer. Charles no había estado de vacaciones con ellos desde que Bobby era un bebé, y en aquella ocasión no había sido más que un fin de semana. A Franny se le aceleró el pulso de felicidad al escuchar su voz junto con la de Sylvia. Eran amigos. ¿Y cómo habría sido? Le parecía imposible que Sylvia ya tuviera dieciocho años y que fuera a partir de casa tan pronto. A partir. Era la expresión que le gustaba utilizar a Franny. No a marcharse, que implicaba un regreso, sino a partir, que implicaba un vuelo de avión. Franny nunca había sido tan cruel con su madre, que había insistido en que fuese a cenar una vez a la semana durante el primer año que estudió en Barnard, como si Brooklyn y Manhattan tuvieran alguna cosa que ver, como si no se hubiera mudado a otro hemisferio. Si lo de Jim y ella estaba realmente acabado, Sylvia lo tendría aún peor. Cuando volviera a casa de visita, ¿dónde iría? ¿A la casa vacía de su madre? ¿Al apartamento de soltero de su padre, un espacio práctico y triste con mobiliario nuevo? Franny perdió la mirada en la nada, las manos todavía en el sacacorchos.

—¿Puedo ayudarte en algo? —preguntó Carmen, que acababa de aparecer justo por detrás del hombro derecho de Franny, lo que la sobresaltó.

—No, no, ya está todo hecho —respondió Franny—. Bueno, sí, lleva esto a la mesa. —Dejó la botella de vino y le pasó un cuenco a Carmen—. No, espera —dijo, y le pasó otro.

Por mucho que todo el mundo supiera que ella cocinaba todo lo que se ponía en la mesa, Franny siempre quería servir el plato más impresionante.

Carmen tenía el pelo mojado y los rizos oscuros le caían sobre los hombros. Era como el vello de Franny antes de hacerse las ingles brasileñas con láser, o lo que quiera que le hiciesen en el salón de belleza. Fue el primer tratamiento estético que realmente le cambió la vida, después de que siendo una adolescente descubriera la decoloración del bigote.

—Gracias por habernos invitado a venir —dijo Carmen.

Se había maquillado, un detalle que Franny encontraba de mal gusto. Al fin y al cabo, estaban en familia y cenando, simplemente. En pocas horas tendría que volver a lavarse la cara. Maquillarse para aquella audiencia y a aquellas horas dejaba entrever una inseguridad profundamente arraigada, un rasgo para el que Franny tenía muy poca paciencia, tanto por ser la anfitriona como por ser la madre del novio de Carmen. Además, por supuesto, le resultaba imposible confiar en alguien cuyo trabajo consistía en dar forma a los altoides de los demás. No, los Altoids eran esos caramelos mentolados. Los deltoides. Pero con todo y con eso, le parecía correcto que estuviera haciendo el esfuerzo.

—Pues claro —dijo Franny—. Estamos muy contentos de que hayáis decidido acompañarnos. ¿Y qué tal va todo, en el gimnasio?

—¡Estupendamente! Hay mucha gente. Muy bien, de verdad. Sí —dijo Carmen, asintiendo repetidas veces.

—Fenomenal, ¿vamos? —preguntó Franny, moviendo la cabeza en dirección al comedor.

Esperó a que Carmen pasara delante para esbozar un gesto de exasperación. La vida sería mucho más fácil, pensaba a menudo Franny, si estuviera permitido elegir la pareja de los hijos. Carmen no presentaba físicamente ningún problema, con la salvedad de la falta de producción de óvulos de sus ovarios de cuarenta años, pero eso no era ni mucho menos lo peor del tema. Era mortalmente aburrida, y eso sí que no se solucionaba ni in vitro. Al menos había entrado en la cocina y se había ofrecido a ayudar, que ya era mucho más de lo que habían hecho sus hijos.

Día cuatro

La habitación de Bobby y Carmen estaba entre la habitación de Sylvia y el cuarto de baño, y daba a la piscina, lo que significaba que toda la casa podía oír cualquier sonido que se elevara por encima del nivel de un susurro. Bobby estaba despierto pero no había salido todavía de la cama, ni siquiera había meneado los dedos de los pies. Carmen seguía roncando suavemente a su lado y no quería molestarla.

En su apartamento de Miami, Carmen se levantaba antes del amanecer. A sus clientes les gustaba hacer deporte antes de ir a la oficina, de modo que el desfile se iniciaba a las cinco y media de la mañana y se prolongaba sin parar hasta las diez. Luego había un descanso hasta que llegaba la multitud a la hora de comer, y después volvía a estar a tope desde las once hasta las dos del mediodía. Pasaban por ella unos ocho clientes al día, a veces más. En Total Body Power todo el mundo sabía que con Carmen se obtenían resultados y que te forzaba más que otros entrenadores. Tenía clientes que le eran fieles desde hacía más de una década, desde que había salido de la escuela de quinesiología y trabajaba en la YMCA. Bobby había llegado al gimnasio en busca de alguien que le ayudara a desarrollar los dorsales y el trapecio, y bastó con eso. Naturalmente, era en los tiempos en que Bobby tenía dinero para gastar en dos sesiones semanales con un entrenador personal.

Su madre ya estaba en pie. Se oían cazuelas entrando y saliendo del horno, el sonido de los panqueques al ser depositados en los distintos platos, el que emiten los huevos al ser cascados. Tal vez ambos. A Franny le gustaba lucirse cuando tenía público, separar las claras de las yemas con una sola mano, calentar el jarabe en el horno. La divisa favorita de su madre era la comida. Cuando Sylvia era pequeña y Bobby vivía todavía en casa, Franny preparaba panqueques con forma de animalitos y a ambos les encantaba, por mucho que Bobby siempre pensara que su deber como hijo mayor era fingir indiferencia.

Carmen refunfuñó y se volvió hacia su lado, llevándose la sábana.

—Buenos días —dijo Bobby con la mejor voz de locutor de la que fue capaz. Carmen le aporreó el pecho sin abrir los ojos—. Es tarde.

—¿Cuánto de tarde? —replicó ella, con los ojos todavía cerrados.

—Más de las ocho.

—Dios mío.

Carmen se movió hacia atrás hasta incorporarse y quedarse sentada con la espalda apoyada contra el cabezal de hierro forjado. Llevaba su pijama: unos calzoncillos tipo bóxer descoloridos anteriores a su relación con Bobby (que iba ya para seis años) y una camiseta rosa que se le adhería a las costillas y a sus minúsculos pechos y dejaba ver con claridad unos pezones oscuros como el ojo de un toro. Si les preguntaran a los Post, todos coincidirían con el tipo de cuerpo que le resultaba atractivo a Bobby: el de una gimnasta adolescente pero más gruesa, el de una mujer incapaz de ovular aunque le regalaras un millón de dólares. Pero a él eso le daba igual. A Bobby le entusiasmaba que Carmen cultivase su cuerpo de aquella manera. Sus muslos eran su tarjeta de presentación; sus bíceps, su publicidad. Su aspecto era el de una mujer fuerte y seria, y así era. Bobby respetaba que siempre supiera lo que quería, tanto para ella como para sus clientes. Si ella le dijera que se tumbara en el suelo e hiciera veinte flexiones, Bobby lo haría. Carmen conocía muy bien el cuerpo humano y lo que la gente podía llegar a hacer, siempre y cuando se le estimulara debidamente. Era una de las cosas que más le gustaban a Bobby de Carmen.

—¿Cuándo piensas comentarles lo del dinero?

Bobby llevaba meses aplazando esa conversación con sus padres. Cada vez que llamaba su madre, le colgaba lo más rápidamente posible o le daba la vuelta a la charla para preguntarle a Franny qué tal iba todo, lo que implicaba que su madre hablaba entonces veinte minutos seguidos, un periodo de tiempo más que respetable. Odiaba tener que pedirles dinero, y más que esto incluso, odiaba el motivo por el que necesitaba ese dinero. Al principio, solo precisaba una pequeña cantidad extra para mantener la cuenta bancaria hasta que el mercado inmobiliario se recuperara. Su intención siempre había sido quedarse en el gimnasio solo unos meses. Cuando el mejor comercial de Total Body Power abordó a Bobby con la posibilidad de vender suplementos para deportistas, le pareció un negocio sin pérdidas. «Sin pérdidas», eso fue lo que dijo exactamente. Pero hasta el momento, Bobby había perdido hasta el último penique que había conseguido ahorrar, además de un millón de peniques que nunca había tenido.

—Pronto. Pero tengo que encontrar el momento adecuado. Tú no los conoces —respondió Bobby—. Tiene que ser en el momento adecuado —remarcó, apoyándose en la pared.

—Vale. Pero recuerda que dijiste que lo harías y que tendrás que abrir la boca y soltarlo todo, ¿entendido? —Se levantó y estiró el cuerpo—. Creo que deberíamos ir a la playa, ¿no te parece? ¿O eso también tienes que pensártelo?

—De acuerdo, voy, sí —dijo Bobby, aunque la idea de quedarse en la cama, solo, de repente le pareció una bendición. Movió las piernas hacia su lado y los dedos de los pies rozaron el frío suelo de piedra. Charles y Lawrence estaban en la cocina; se oían sus voces y también las carcajadas de su madre. Tendrían mucho tiempo para sentarse con ellos y escuchar sus historias una y otra vez mientras Sylvia se reía interiormente de todo. Bobby sabía que los convencionalismos dictaban que ella había sido la hija accidental, la que había nacido demasiado tarde, pero no podía evitar la sensación de que era justo al contrario, que él había nacido demasiado temprano, antes de que sus padres fueran adultos. Bobby había tenido que buscarse la vida solo en muchos aspectos, aunque ellos nunca lo reconocerían. Los Post eran maestros del autoengaño, todos—. Sí. Vamos.

Gemma había prometido wifi (la contraseña era «¡MALLORCA!»), pero no había hecho mención de los detalles: la red era más lenta que la conexión por llamada telefónica y funcionaba solo cuando el ordenador portátil o el teléfono implicado estaban cerca del fregadero de la cocina. En teoría, Lawrence no estaba de vacaciones, pero como trabajaba habitualmente desde casa, no había ninguna diferencia. España era lo mismo que Nueva York, que a su vez era lo mismo que Provincetown, sin tener en cuenta, eso sí, las diferencias horarias. A Charles le gustaba bromear acerca de Lawrence y siempre decía que él tenía el trabajo menos glamuroso en el sector más glamuroso: se dedicaba a llevar la contabilidad de las películas, a controlar los presupuestos de producción, los sueldos y los elementos que pudieran desgravar. Controlaba los alquileres de los tráileres, de los focos, la compra de fajitas sin gluten, de humus y de brotes de soja. Ahora estaba trabajando en una película que se rodaba en Toronto, una comedia protagonizada por un hombre lobo y ambientada en Navidad titulada *Lobo Noel*. Gran parte del presupuesto iba destinada a pieles falsas y escamas de jabón para utilizar a modo de nieve.

—¡Oh! Lo siento, Lawrence —dijo Franny, después de darle un golpe en la cadera con el trasero al agacharse para comprobar el estado de la quiche que se cocía en el horno—. ¡La cocina es estrecha!

—No, no, el que lo siente soy yo, que estoy aquí en medio —replicó él, agitando una mano en señal de frustración—. Solo tengo que enviar esta hoja de cálculo y termino. —Lawrence levantó el ordenador hacia el techo y lo movió un poco hacia un lado y hacia otro hasta que oyó el revelador ¡fiuuu! que significaba que el mensaje de correo electrónico había salido. Se oyó también el sonido de entrada de otros mensajes, pero ni siquiera les echó un vistazo antes de bajar el ordenador de las alturas y cerrarlo—. Te dejo espacio, todo tuyo.

Estaban solo los tres. Sylvia seguía en la cama. Bobby y su novia se habían marchado a la playa, ambos vestidos de arriba abajo con tejidos de última tecnología, como si fueran a correr un triatlón, y Jim, al que veían a través de las ventanas de la cocina, estaba en la piscina nadando unos largos. Charles ocupaba la cabecera de la mesa, con una taza de café delicadamente sujeta entre las manos, como si esperara que en cualquier momento fuera a cruzar la puerta la reina de España. A Lawrence le agradaban muchísimas cosas de su marido: el efecto de las canas en la cara y la cabeza, todas aproximadamente de la misma longitud y espesor; la expresión de su rostro cuando miraba alguna cosa que quería conservar, alguna cosa que deseaba pintar. Pero lo que a Lawrence no le gustaba era sentirse invisible en presencia de Franny Post.

—Querido, ¿te acuerdas de esa mujer que estaba casada con George? ¿Cómo se llamaba? ¿Mary no sé qué? —preguntó Franny.

Tanteó con un dedo la superficie cubierta de huevo de la quiche, que se pasaría el día en la encimera de la cocina para que todo el mundo picoteara un poco cuando le apeteciera. Franny era magnífica produciendo cantidades descomunales de ese tipo de comida cuya presencia pasa desapercibida: esas magdalenas, densas y oscuras, que resultaban igual de buenas a las cuatro de la tarde que a la hora del desayuno; la fruta cortadita que dejaba en un cuenco grande en la estantería central de la nevera. Le gustaba tener la casa llena de rumiantes, pues era de la opinión de que un estómago satisfecho equivalía a un invitado satisfecho.

—¿Mary Rich? ¿La de la cojera?

Charles no le quitaba los ojos de encima a Franny. Lawrence rodeó la mesa para sentarse a su lado. Volvió a abrir el ordenador con la intención de mirar el correo, confiando en que los estúpidos hombres lobo lo dejaran tranquilo por unas horas. Había un montón de correo basura: venta de muestrarios en Chelsea, en el establecimiento donde le gustaba comprar las sábanas; J. Crew; una tira de cómics de carácter político que le reenviaba su madre; la Biblioteca Pública de Nueva York; MoveOn.org. Lawrence los eliminó rápidamente. Entonces, arriba del todo, vio un mensaje de la trabajadora social de la agencia de adopción. Se le cortó de repente la respiración. Charles y Franny seguían hablando, pero había dejado de oírlos. Leyó el mensaje una vez, luego otra. Las palabras empezaron a mezclarse en la pantalla. «Sé que están ustedes de vacaciones, pero hay un bebé. Un niño. Llámenme en cuanto puedan.» Intentó sintonizar de nuevo con la conversación para poder liberar a su marido lo antes posible. Le daba igual lo que costara llamar a Nueva York o la hora que fuese allí. Tenían que hablar por teléfono.

—¡Mary Rich! ¡Pues tendrías que verla ahora! Tiene la cara como la superficie de un globo. Antes tenía ángulos, pero ahora es completamente —Franny emitió un sonido que emulaba una succión— lisa. Y ya no están casados. Imagino que ella dedicó todo el dinero que obtuvo en el divorcio para que le pasaran el aspirador por la cara —dijo, apagando el horno con una expresión de satisfacción.

—Hay gente para todo —dijo Charles, meneando la cabeza y riendo.

Pero Lawrence sabía que tanto Franny como Charles se habían inyectado bótox en la frente para que les desapareciesen las arrugas. Habían ido al mismo dermatólogo. La vanidad solo era un problema cuando la sufrían los demás. Lawrence se preguntó cuál sería la línea divisoria: bisturís, tal vez, o anestesia general.

—¿Cariño? —dijo Lawrence, levantándose—. ¿Podría hablar un segundo contigo?

Jim, con el pelo pegado a la cabeza como el muñeco Ken, irrumpió por la puerta trasera antes de que a Charles le diese tiempo a responder. Iba encorvado, con la toalla sobre la espalda mojada.

—¿Cómo está el agua? —preguntó Charles.

Franny se cruzó de brazos y se apoyó en la nevera.

—Bien —respondió Jim, y ladeó la cabeza para destapar un oído.

—¿Qué tal va por *Gallant*? —preguntó Lawrence por pura fuerza de la costumbre y por ser educado, cuando lo que en realidad deseaba era salir de la cocina lo antes posible. Cayó en la cuenta justo cuando ya lo había dicho. Charles le posó la mano en la rodilla y se la apretó, con una fuerza que no tenía nada que ver con una caricia—. Quería decir, que qué tal eso de estar en casa. —Se ruborizó. Lo único que sabía era que a Jim lo habían «soltado»; Charles no había querido darle más detalles.

—Bien —dijo Jim, enderezándose. Miró a Franny, que no se había ni movido ni sonreído—. Es un cambio, eso seguro. —Entrecerró los ojos y miró un punto del techo. Lawrence siguió su mirada y no encontró más que una minúscula raja en la pintura blanca—. Creo que iré a ducharme.

Lawrence, Charles y Franny siguieron exactamente donde estaban, como actores en un escenario justo en el momento en que se encienden las luces, hasta que oyeron que se cerraba la puerta del baño. Charles se levantó de la silla y cruzó la estancia antes de que Lawrence pudiera volver a hablar. Y el marido de Lawrence estrechó a Franny entre sus brazos. Ella respondió al abrazo y enlazó las manos por detrás de la espalda de Charles, igual que los chicos de secundaria enlazan las manos por detrás de su pareja de baile. Franny empezó a sacudirse, aunque su llanto no emitió sonido alguno. A Lawrence le habría gustado ver la cara de Charles, pero miraba hacia el otro lado.

—Lo siento mucho, de verdad. No sé qué ha pasado —dijo Lawrence, refiriéndose a que ni sabía qué había pasado en la revista ni tampoco qué había sucedido en el transcurso de los últimos tres minutos.

Ni Franny ni Charles dieron signos de haberlo oído. La cocina olía a comida caliente y ternura. Lawrence enlazó las manos sobre su regazo y esperó a que pasara el momento, que terminó. Franny meneó la cabeza y se secó las mejillas con la punta de los dedos. Charles le estampó un beso en la frente y regresó a su silla. Nadie habría llorado si hubieran ido a Palm Springs y hubieran consagrado aquellas dos semanas a practicar el sexo y leer libros. Lawrence fantaseó con las vacaciones que le habría gustado disfrutar y al instante, pof, la ilusión se esfumó en el aire. Necesitaba que Franny dejara de llorar y luego necesitaba la plena atención de su marido, antes de que otro llamara a la agencia y reclamara el niño, antes de que la puerta abierta se cerrara y su bebé dejara de ser su bebé, antes de que acabaran convertidos en un par de personas viejas, arrugadas y solas, únicamente ellos dos y las pinturas que Charles hiciera de los hijos de los demás. Esperó con paciencia, contó sus respiraciones hasta llegar a diez y luego volvió a empezar.

Sylvia se despertó con la boca seca. Había bebido cuatro copas de vino con la cena y se sentía como si tuviese un par de tocones de madera atados a los tobillos por culpa del *jetlag*. Rodó por la cama hasta quedarse bocabajo y alargó el brazo en busca del reloj... su reloj, conocido también como su despertador, conocido también como su iPhone, estaba en modo avión permanente, carente de sus habituales distracciones y comodidades, y la separación con respecto a aquel objeto le resultaba discordante, como si se hubiese despertado y descubierto que le faltaba un dedo. Un buen dedo. Era algo que no se había planteado cuando sus padres le propusieron la idea de viajar a España. Naturalmente, Internet seguía ahí, pervirtiéndola a todas horas, y podía acceder a lo que le apeteciera a través del ordenador portátil. De no ser tan enorme la sensación de pérdida, a Sylvia tal vez le habría gustado eso de mantenerse un poco alejada del resto del mundo. El problema estaba en que era imposible saber qué decían de ti los demás en tu ausencia. Un problema más grande si cabe que saber qué decían los demás de ti cuando podías oírlos.

Las fotografías fueron tomadas durante una fiesta, durante una de las primeras «últimas fiestas» del año. Había la última fiesta en el parque en la que la poli no había hecho acto de presencia, había la última fiesta en la casa sin padres de alguien, luego la última fiesta en la casa sin padres de otro alguien. La fiesta en cuestión había tenido lugar en un apartamento de la sexta planta del Apthorp, un gigantesco edificio de la calle Setenta y nueve, a solo cinco manzanas de casa de la familia Post. Sylvia no quería ir, pero había acabado asistiendo porque le gustaba parte de los compañeros, aunque no todos, de su último curso de secundaria. Cuando al día siguiente las fotos aparecieron en Facebook, fotos en las que se la veía con la piel empapada en sudor, los ojos vidriosos después de un montón de vasos de plástico llenos a rebosar de cerveza barata, la lengua en la boca de un chico y de otro y de otro, chicos con los que ni siquiera recordaba haber cruzado palabra, se juró que nunca jamás asistiría a una fiesta. Ni entraría en Internet. Viajar a España le había parecido una idea cada vez mejor.

—¡Mierda! —exclamó después de ver la hora.

Disponía de tres minutos para vestirse y bajar antes de que llegara Joan. Sylvia cogió unos vaqueros y una camiseta negra del montón de ropa que había en el suelo. Se acercó al espejo y se miró los poros. Había chicas del colegio que se pasaban horas en el baño maquillándose como profesionales, como si filmaran un tutorial para colgar en YouTube, pero Sylvia no sabía maquillarse, ni tampoco quería aprender a hacerlo. Era consciente de que era prácticamente imposible cambiar cualquier cosa sobre uno mismo mientras siguiera en un colegio en el que estaba desde los cinco años de edad; cuando alguien daba un paso, por minúsculo que fuera, con la intención de alejarse de su anterior caparazón, siempre había los mismos comentarios: «¡Oye! ¡Si esa no eres tú! ¡Estás fingiendo!» Sylvia vivía con miedo a caer en ese fingimiento. Ir a la universidad sería magnífico por muchos motivos y el primero de ellos era el simple hecho de que tenía pensado ser una persona completamente distinta desde el instante en que llegara allí, incluso antes de que hiciese la cama y colgara con chinchetas pósteres absurdos en las paredes de su habitación. Esa nueva persona sabría maquillarse a la perfección, incluso aplicarse delineador de ojos. Abrió la boca y se observó la garganta pensando, no por primera vez, que lo suyo era un caso perdido y que a buen seguro acabaría muriendo como una triste y solitaria virgen que se emborrachó por casualidad y se pegó el lote con todos los chicos en el transcurso de una fiesta que se celebró durante su último año de secundaria; una buscona sin el valor añadido del sexo de verdad. Hurgó en el interior de la bolsita de plástico que utilizaba como neceser de maquillaje hasta localizar un tubo de bálsamo labial con sabor a fresa y se untó los labios. Al día siguiente intentaría esmerarse un poco más.

Lawrence tiró de Charles para encerrarse con él en la habitación.

—Pero ¿qué haces, criaturita mía? —dijo Charles en plan de broma, aun habiéndose deshecho hacía tan solo unos instantes del lagrimoso abrazo de Franny.

A modo de respuesta, Lawrence abrió de nuevo el portátil y lo movió para que pudiera verlo Charles.

—Pásame el teléfono —dijo Charles—. ¿Qué hora es ahora en Nueva York?

En Nueva York eran casi las cinco de la tarde y consiguieron localizar a la trabajadora social antes de que se marchara. Deborah les leyó los detalles del informe: el bebé pesaba dos kilos y medio, medía cuarenta y cuatro centímetros y era hijo de una mujer afroamericana de veinte años. El padre era puertorriqueño, pero estaba desaparecido. La madre había elegido su carta entre las varias que le habían presentado en la agencia. El bebé se llamaba Alphonse, un nombre que, por supuesto, podían cambiar si así lo deseaban.

—¿Les interesa seguir adelante? —preguntó Deborah.

Charles y Lawrence tenían el teléfono entre la cara de ambos y estaban inclinados de tal manera que sus cuerpos formaban lo que parecía el perfil de un campanario. Se miraron, los ojos abiertos de par en par. Lawrence tomó la palabra.

—Sí —respondió—. Por supuesto que sí.

Deborah les explicó lo que pasaría a partir de aquel momento; ya lo sabían pero, como sucede con las cosas importantes, en el momento en que el sueño se hacía realidad, los detalles se olvidaban por completo. La madre podía elegir entre diversas familias y la agencia se ponía en contacto con todas ellas en su nombre. Si las familias respondían positivamente, la agencia presentaba la lista definitiva a la madre, que elegía entonces a los ganadores. La decisión definitiva, pues, no quedaba en manos de ellos.

—Estamos en España —le explicó Lawrence—. ¿Deberíamos volver? ¿Deberíamos volver a casa ahora mismo? —insistió, y echó un vistazo a su alrededor para calcular cuánto tiempo les llevaría recoger las cosas y trasladarse al aeropuerto.

—Sigan de vacaciones —dijo Deborah—. Aun en el caso de que la madre biológica acabara eligiéndolos a ustedes, pasarían todavía un par de semanas antes de que pudieran llevarse a Alphonse a casa. Si pueden seguir de vacaciones, sigan. Me pondré en contacto con ustedes en cuanto tenga noticias, supongo que la semana que viene.

Colgó el teléfono y Charles y Lawrence se quedaron inmóviles con el precioso objeto silenciado entre ellos.

—¿Quieres volver a casa? —preguntó Charles.

Lawrence sabía perfectamente que volar con urgencia a

Nueva York y empezar a comprar como locos cunas, balancines y tronas para luego no ser los elegidos sería incluso peor que quedarse donde estaban. Mejor dejar que Mallorca se convirtiera en su distracción. Dejar que los Post los hicieran pensar en cualquier otra cosa que en Alphonse, el dulce Alphonse, un bebé en un hospital de Nueva York, un niño que necesitaba a sus padres. Quedarse allí era mejor que regresar corriendo y no ser los elegidos. Lawrence no quería emocionarse ni dar nada por seguro. Aunque deseaba saber si la madre habría elegido a todas las parejas gais, saber a quién se enfrentaban. Deseaba ver las fotografías de las sonrientes familias y luego estrangular a la competencia.

—Podemos quedarnos —dijo Lawrence—. Quedémonos.

Joan esperaba en la puerta. Se necesitaba estar muy seguro de uno mismo para quedarse simplemente allí, sabiendo que alguien acabaría abriéndote. Sylvia se imaginaba que Joan jamás había tenido ninguna preocupación en su vida. Probablemente ni siquiera habría llamado al timbre en diez minutos y se habría contentado con respirar aquel aire limpio y ver los grupos de ciclistas que pasaban zumbando por la carretera, sus prendas de elastano fundiéndose en una mancha multicolor. O habría redactado mentalmente un poema, solo porque sí, y ni siquiera se habría preocupado si al instante se le iba de la cabeza. Cuando Sylvia abrió la puerta, Joan sonrió y siguió sonriendo cuando entró en el oscuro vestíbulo. Sylvia observó el reflejo de ambos en el espejo gigante que colgaba detrás de la cabeza de él y siguió a Joan hacia el iluminado comedor. De tener Joan novia, y evidentemente la tenía, seguro que sabía aplicarse bien el delineador de ojos. Y seguro que sabía cómo hacer la mamada ideal. Seguro que sabía hacerlo todo a la perfección.

—¿*Tienes novia?* —dijo en español, sin estar convencida del todo de formular la pregunta. Prosiguió en inglés—. Es que me lo preguntó mi madre. Y le dije que te lo preguntaría. Es muy fisgona. ¿Cómo se dice fisgona en español? ¿Pasarse todo el día metiéndose en los asuntos de los demás?

Joan se sentó y cruzó las piernas. En Nueva York solo cruzaban las piernas los gais. Los que no lo eran, procuraban (sobre todo en el metro) sentarse con las piernas lo más separadas posible, como si lo que quiera que hubiese entre ellas fuera tan enorme que no pudieran sentarse de otra manera. Sylvia respetó al instante la poca importancia que parecía darle Joan a reafirmar su heterosexualidad.

—La verdad es que no. Solo cuando estoy en Barcelona —dijo Joan, encogiéndose de hombros.

Debía de resultarle fácil encontrar chicas. *Claro.*

Se oyó entonces el sonido de unos pasos, y risas, y entonces Charles y Lawrence entraron corriendo en la cocina, uno persiguiendo al otro. Charles llegó a la cocina primero y se detuvo en seco al ver a Joan.

—*Hola* —dijo.

—*Hola* —replicó Joan.

—*Hola,* Sylvia —repitió Charles, la expresión de su cara convirtiéndose en un guiño. Se acarició la frente como si quisiera apartarse el flequillo de los ojos.

—Va, dejadnos tranquilos —dijo Sylvia, lo que puso de nuevo en marcha aquellas risillas que parecían de chicos de secundaria.

Charles y Lawrence cruzaron la cocina y salieron por la puerta de atrás para instalarse cómodamente al sol. Charles llevaba los libros y Lawrence, las toallas. Y también el bronceador y un sombrero para proteger la calva de Charles. Mientras se acomodaban, Sylvia los observó, sintiendo tanto envidia como la sensación de que el amor, en su mejor forma, era para adultos acomodados, algo que solo se encontraba después de pasar varias décadas buscándolo.

—Hablemos sobre el futuro —le dijo a Joan, que tenía la mirada perdida, tal vez pensando en su propia y bella existencia.

A pesar de que Franny era la cocinera de la familia, Bobby y Jim albergaban sentimientos muy particulares con respecto a las barbacoas de carne. Si Franny no hubiera querido entregar las pinzas de cocina, o hubiese encontrado sexista que los hombres de la familia disfrutaran echando cosas al fuego, como les sucedía a todos los hombres desde los tiempos de las cavernas, no habría renunciado a su puesto. Pero la verdad era que nunca le había gustado eso de llenarse la cara de humo y se mostró encantada de dejar que otros cargaran con el peso de la tarea para variar. A Jim le gustaba asegurarse de que la parrilla estuviera lo suficiente caliente, ir añadiendo papel de periódico o carbón y, de vez en cuando, regarlo todo con un buen chorro de líquido combustible. A Bobby le gustaba la cocción de la carne en sí, el olor a chamuscado inicial, la firmeza de la carne al contacto con el dedo cuando ya estaba casi lista. Charles y Lawrence no mostraban el más mínimo interés y se quedaron sentados con las chicas en el otro extremo de la piscina mientras Sylvia seguía en el agua dando saltos mortales.

Habían comprado filetes finos (en la carnicería, Franny se había llevado la mano a las costillas, a la altura del diafragma, una pantomima que a la vista estaba que había funcionado) y Jim los había dejado marinar toda la tarde en un mejunje aceitoso. La barbacoa estaba casi nueva y Jim refunfuñó al verlo. Eran los años de uso lo que proporcionaba el sabor, igual que sucedía con las cacerolas de hierro colado. Jim había rascado la barbacoa con un cepillo metálico grueso que había encontrado para intentar generar una fricción que elevara la calidad de la carne. Había empezado a refrescar: al atardecer, como un reloj, el viento del oeste se abría paso entre las montañas y obligaba a todo el mundo, excepto a los niños más tercos, a abandonar la piscina y cubrirse.

La casa era tal y como le gustaba a Franny: preciosa y en medio de nada. Era el tipo de extravagancia que siempre acababa resultando encantadora. Al margen de que estuvieran en un exótico país extranjero o en un Estado de tamaño ilimitado, como Wyoming, la casa de alquiler que Franny hubiera elegido siempre estaría lo bastante alejada de todo lo demás como para tener la sensación de sentirse en casa, pero con un paisaje de fondo distinto. Jim siguió rascando la barbacoa. Ya estaba casi a la temperatura adecuada; lo sabía por las ondulaciones que formaba el aire por encima de la parrilla.

—Está a punto —anunció Jim—. Bastará con tres o cuatro minutos por lado. No es cuestión de pasarse con la cocción.

Bobby apareció al lado de Jim. Cogió el primer filete de la bandeja y lo depositó sobre la parrilla. Emitió un fuerte siseo.

—Pinta bien —comentó Jim—. Es el nivel de calor que necesitamos.

Era como si le estuviese hablando a una cámara invisible situada al otro lado de la barbacoa, como si estuvieran filmando un documental sobre las conversaciones entre padre e hijo. Y Jim era consciente de que no sabía hacer esas cosas. Le habría gustado preguntarle a Bobby sobre Carmen, sobre qué demonios hacía en Florida, un lugar tan alejado y rancio como aquel. Deseaba explicarle a Bobby lo que había hecho, lo confuso que era su futuro, lo mucho que sentía haberlos defraudado a todos de aquella manera. Pero solo era capaz de hablarle sobre la cena.

Bobby colocó los demás filetes formando una fila perfecta

y luego se apartó para quedarse junto a su padre. Eran más o menos de la misma altura, aunque Bobby no estaba tan erguido. Bobby tenía las espaldas más anchas y los bíceps más desarrollados, pero jamás perdería aquella postura de muñeco de trapo.

—¿Alguna finca interesante en el mercado? —preguntó Jim. Se cruzó de brazos, sin separar los ojos de la carne ni un instante.

—Por supuesto, sí, claro —respondió Bobby. Llevaba años trabajando como agente de la propiedad inmobiliaria en Miami Beach, dedicándose básicamente a alquilar casas y apartamentos, aunque también vendiendo algunos, cerca de donde vivían Carmen y él. No siempre habían vivido juntos, pero ahora llevaban ya varios años en lo que parecía una buena situación doméstica: el dormitorio tenía cortinas opacas para impedir el paso de la luz y en el salón giraba un ventilador de techo, y estaban además a escasas manzanas del mar. Franny quería que Bobby tuviese un hijo; estaba a punto de cumplir los treinta y había pasado los últimos años con una mujer que empezaba a superar la edad de criar niños. Cuando por las noches se quedaban a solas, y después de media botella de vino, era el tema que Franny siempre abordaba, porque se preguntaba cómo era posible que Bobby se hubiera desviado del camino marcado de aquella manera y si era por su culpa. Jim no tenía muy claro que el chico estuviera preparado. Lo estaría, en unos años, pero todavía no. Personalmente, Jim confiaba en que el dichoso acontecimiento se produjera casi de sopetón, cuando alguna chica se pusiera en contacto con él un tiempo después de sucedidos los hechos y le presentara un bebé con rasgos Post y sus onerosas facturas acumuladas en el bolsillo de su adorable pijamita—. Tengo un apartamento encantador de dos habitaciones en Collins con la Cuarenta y cuatro, justo enfrente del Fontainebleau. Mármol, cristal, de todo. Cuarto de baño enteramente nuevo, con uno de esos retretes japoneses que son una locura, ¿sabes, esos que tienen chorritos y calor en el asiento? Una maravilla. Y luego hay un par de casas en el otro lado, en la ciudad. Buenos productos.

—¿Y los precios? ¿Se recuperan? —preguntó Jim mientras tanteaba uno de los filetes con la punta de las pinzas.

Bobby se encogió de hombros.

—No mucho. La situación sigue siendo bastante dura. No todo es como Manhattan. Vuestra vivienda, por ejemplo, ¿qué precio tiene ahora? ¿Seis veces lo que pagasteis por ella? ¿Cinco? Es una pasada. Pero en Florida no es lo mismo.

—Siempre podrías volver, ya lo sabes. ¿Quieres vender nuestra casa?

Jim se echó a reír solo de pensarlo; no hablaba en serio. ¿Quién vendía hoy en día una casa unifamiliar típica del Upper West Side? ¿Aunque fuese enorme? ¿Aunque se divorciasen? Jim creía que acabarían capeando aquel temporal, estaba casi seguro, y que si lo lograban, lo harían en su casa. Con los pies por delante, solían decir ambos. Cada vez que volvían a pintar un techo o a reparar el pobre cableado de 1895 que seguía todavía en el sótano, es lo que decían: con los pies por delante, solo abandonarían la casa si era de aquella manera. Pero ahora Jim no lo tenía tan claro. Franny había mencionado una docena de veces la posibilidad de vender, a veces a viva voz, y él había empezado a mirar cómo estaban los alquileres por el barrio, pero no, no venderían la casa, no podían. Solo de pensarlo, le flaqueaban las rodillas.

—Caray, sería una oportunidad increíble, papá —dijo Bobby, mirándolo entre los rizos que le caían sobre la frente.

A Jim no le gustaba nada que Bobby llevara el pelo largo, le daba un aspecto demasiado blando, demasiado joven, parecía un puñetero cervatillo. Igual que Franny con veinte años, solo que sin ese espíritu incendiario que lo llevó a enamorarse de ella.

—Oh, no lo decía... Lo de volver, sí. Sería estupendo. Pero no creo que estemos todavía preparados para ceder las llaves de la casa, colega —dijo Jim, confiando en que su tono de voz sonara despreocupado.

—Tienes razón, claro, por supuesto. —Bobby se retiró el pelo de los ojos y cogió las pinzas—. ¿Te importa si les doy la vuelta?

—En absoluto —dijo Jim.

Retrocedió un paso, luego otro, hasta que notó que algo le pinchaba la nuca. Se volvió y, sorprendido, descubrió que marcha atrás había llegado hasta los árboles que flanqueaban la parte más cuidada del jardín, antes de que el terreno descendiera en abrupta pendiente hasta un pueblo de aspecto muy antiguo, donde padres e hijos españoles llevaban siglos cuidando juntos de olivos y ovejas, trabajando en tándem, como dos partes del mismo organismo.

Bobby se había retirado pronto después de la cena, alegando dolor de cabeza, y Jim, Sylvia y Charles se habían instalado en el sofá del salón para ver por enésima vez *Charada*, que Gemma tenía casualmente en DVD. Era una de las películas favoritas de Sylvia. Cary Grant se parecía bastante a su padre, con la excepción o la adición del hoyuelo en la barbilla: pantalones de cintura alta y una manera de hablar que resultaba a la vez insinuante y despreciativa. Era lo que las chicas estúpidas de su clase solían clasificar como «un poco sexista», y ella en su día se lo habría discutido, aunque ahora ya no estaba tan segura, puesto que tal vez tuvieran razón. Sylvia estaba sentada en medio, con la cabeza recostada en el regazo de Charles y las piernas recogidas contra el pecho, para no tocar los muslos de su padre. Era un momento excepcional, uno de esos en los que Sylvia pensaba que tal vez echaría de menos la vida en casa, y que existían, aun estando a tantos miles de kilómetros de distancia. Walter Matthau perseguía a Audrey Hepburn, su flácida cara de perro era una de las cosas más tristes que podía haber en muchos kilómetros a la redonda. Sylvia cerró los ojos y escuchó de este modo el resto de la película. Solo la mantuvieron despierta las risillas y las exclamaciones de sus dos acompañantes.

Se suponía que parte de la gracia de ir de vacaciones con tanta gente era que no había ninguna obligación de estar juntos todo el tiempo... o eso era lo que Franny se imaginaba. Estaba limpiando la cocina y la zona de la piscina. Era evidente que a Carmen la habían criado humanos de verdad, puesto que recogía las cosas y ayudaba a lavar los platos, aunque Franny no podía decir lo mismo de sus hijos. La zona de la piscina era un auténtico caos: platos olvidados con pedazos grasientos de filete, estupendo para animar a salir de su escondite a coyotes, dingos o los perros salvajes que hubiera en la zona.

—Deja que te ayude —dijo Lawrence, cerrando la puerta de la cocina a sus espaldas.

Habían tenido que ponerse jerséis. En Nueva York, estarían aún empapados en sudor, el cemento de las aceras y los edificios actuando a modo de conductores del calor y haciendo sudar a todo el mundo desde junio hasta septiembre. En Pigpen la noche era encantadora, despejada y oscura. En cuanto se ponía el sol, las luces de la casa eran las únicas que se distinguían entre las montañas. A Lawrence le recordaba Los Ángeles, solo que con una cuarta parte de casas y oxígeno de verdad.

—Oh, gracias —dijo Franny—. Mis hijos son como animales.

—También los míos —replicó Lawrence, proyectándose hacia el futuro e imaginándose con un cuerpecito envuelto en algodón entre sus brazos. Sintió un escalofrío—. Me refiero a que deberías ver cómo está el estudio de Charles.

—Lo sé de sobra —dijo Franny—. Restos de *pad-thai* pegados a platos de papel. Supongo que no es más que su respuesta a los excesos del expresionismo de los ochenta.

Franny tomó asiento en una de las tumbonas y recogió un montón de servilletas, revistas y pieles de naranja, el rastro de Sylvia.

—Pronto entrará en la universidad. Ivy League. Cabría pensar que es capaz de tirar las cosas a la basura.

Lawrence cogió el cubo y se lo acercó al pecho. Se situó entre Franny y la casa. Si Sylvia y los chicos se levantaran en aquel momento y se acercaran a buscar algo más que comer, solo verían la silueta de él recortada en la oscuridad.

—Mira —dijo—, siento muchísimo lo de antes. Lo de haberle mencionado a Jim la revista. Sinceramente, no sé qué sucedió, pero lo que sí sé es que he metido la pata.

Franny se recostó en la tumbona y dobló las piernas. Estiró los brazos por encima de ella y luego los hizo bajar hasta dejarlos a la altura de los ojos. Emitió un gemido. Franny nunca se había sentido tan vieja como en los últimos seis meses. Era cierto, por supuesto, eso siempre era cierto, que nunca has sido tan viejo como lo eres en este preciso momento, pero Franny había pasado en un tiempo récord de sentirse jovencita a sentirse arrugada y marchita. Percibió la tensión de los nudos de la espalda, el nervio ciático que empezaba a emitir oleadas de dolor en dirección a las caderas.

—Lo siento —dijo Lawrence, sin saber muy bien si se disculpaba por empeorar el estado de ánimo de Franny, por lo que había pasado con Jim en la revista, o por ambas cosas.

—No pasa nada —dijo Franny, con los ojos escondidos todavía detrás de los brazos—. Me sorprende que Charles no te lo haya contado.

Lawrence se sentó en la tumbona contigua a la de Franny y permaneció a la espera.

—Se folló una becaria. —Agitó las manos como si estuviera diciendo «¡Abracadabra!»—. Lo sé, eso es todo. Jim se folló una becaria. Una chica de la revista, poco mayor que Sylvia. De veintitrés años. Su padre es miembro del consejo directivo y supongo que la chica se lo contó... y aquí estamos.

—Oh, Franny —dijo Lawrence, pero ella ya estaba incorporándose, sin dejar de menear la cabeza.

Lawrence se había imaginado muchos escenarios, tanto para el repentino abandono de *Gallant* por parte de Jim como para la tensión que se percibía en la familia Post (cáncer de próstata, demencia senil prematura, una inoportuna conversión a Testigos de Jehová), pero nunca aquel. Jim y Franny siempre le habían parecido felizmente sólidos, capaces aún de hacerse arrumacos en la cocina, por desagradable que fuese la imagen.

—No, no pasa nada. Quiero decir, que sí que pasa... llevamos treinta y cinco años casados y no es correcto por su parte enrollarse con una veinteañera. Con una chica de veintitrés años. Como si hubiera alguna diferencia. No lo sé. Gracias. Sylvia sabe algo, pero Bobby no tiene ni idea, de eso estoy segura, e intento que la cosa siga así el máximo tiempo posible. Que siga así tal vez para siempre.

Le parecía extraño que Charles no se lo hubiera contado. Lawrence notó que se ruborizaba por la turbación que sentía, por él, no por Franny. ¿Cómo era posible que Charles no se lo hubiese contado? Rápidamente, se imaginó las miles de maneras con que podría haber torturado a Jim y a Franny en el transcurso de aquellas dos semanas, sin tener ni idea de lo que estaba haciendo; pensó en todas las cosas erróneas que podía haber dicho.

Lawrence posó una mano en el hombro de Franny.

—Lo siento de verdad, Fran. No diré palabra a los niños, te lo prometo. Y estoy seguro de que Charles estaría encantado de asesinarlo por ti. Bastaría con que se lo dijeras.

Eso hizo sonreír a Franny.

—Sí, supongo que sí. —Se levantó—. Al menos hay alguien con un buen marido. Vamos, acabemos la limpieza antes de que amanezca y esos cretinos vuelvan a destruirlo todo. No tener hijos no es lo peor del mundo, que lo sepas. Solo sirven para convertir tu vida en un caos.

Le estampó un beso en la mejilla, casi con ternura, y entró en la casa. Lawrence se volvió y vio a Franny al otro lado de la ventana, abriendo el grifo y echando un chorro de jabón a la insultante pila de platos sucios. Lawrence tenía todavía un montón de basura en la falda, y destacaba entre ella una revista de las que habían comprado para el avión, repleta de «Consejos sexuales para volverlo loco» y «Lo que de VERDAD debes esperar cuando él baja allí». Le costaba creer que Jim y Franny le dejaran comprar a Sylvia aquel tipo de porquerías; le parecía tan terrible como leer en público un ejemplar de *Hustler*. Hojeó el artículo sobre el sexo oral, que era más bien una lista complementada con sugerencias de los lectores. En opinión de Lawrence, sin embargo, a las chicas heterosexuales les bastaría con ver un par de películas de porno gay para aprender todo lo que necesitaban saber. Tal vez se lo comentara a Sylvia un día de estos. Percibió entonces un movimiento por el rabillo del ojo y miró hacia arriba. Carmen estaba junto a la ventana abierta de su habitación. Sus miradas se cruzaron y Carmen se llevó un dedo al oído, como queriendo decir «No he oído nada». Apagó la luz, corrió la cortina y desapareció.

Día cinco

Franny y Sylvia iban con Joan en un coche, mientras que Charles, Jim y Lawrence los seguían en el otro. La idea de realizar un peregrinaje hasta la casa de Robert Graves en Deià había sido idea de Franny, por mucho que afirmara no saber nada sobre Graves excepto que era el autor de la serie *Yo, Claudio*, que se había emitido por televisión en 1976 y que, según Jim, la había convertido en pagana. Claro que eso había sido antes de que subieran en coches separados y realizaran un trayecto de cuarenta minutos en dirección norte. Sylvia tenía ganas de salir de la casa, aunque habría preferido una excursión a la playa, pese a tener que gestionar el claro inconveniente que planteaba la arena. Aquello era como ir de excursión escolar con su madre, un placer que no había vuelto a disfrutar desde tiempos de primaria, cuando Franny se presentaba siempre voluntaria para acompañar a la clase al zoo o al Museo de Historia Natural y luego eludía sus obligaciones, se descontrolaba y acababa anadeando delante de los pingüinos como todos los niños. Pero, al menos, iban con Joan. Franny le había pedido que condujera, por supuesto, ya que él sabía adónde iban y no destrozaría la palanca de la minúscula caja de cambios del coche de alquiler, y también porque le encantaba ocupar el asiento del acompañante y dejarse pasear por la isla con un guapo veinteañero. Si Jim podía degradar a la categoría de mero objeto a alguien que apenas acababa de dejar atrás la adolescencia, también podía ella.

—Siento haberte fastidiado tu cita de hoy con Joan, Syl —dijo Franny, volviéndose hacia el asiento de atrás para guiñarle el ojo a su hija.

Joan comprobó brevemente la reacción a través del espejo retrovisor, sus ojos veloces como una serpiente.

—Intentemos comportarnos como adultos, ¿de acuerdo? —dijo Sylvia—. Siento mucho que mi madre te acose sexualmente, Joan. *No le prestes atención* —remató, y se cruzó de brazos, segura de que su madre se enfadaría después de aquello y, en consecuencia, permanecería callada durante lo que quedaba de viaje.

Franny se puso a mirar por la ventana y a canturrear casi para sus adentros una canción que no tenía nada que ver en absoluto con la canción que sonaba en la radio barata del coche, un tema de Céline Dion que iba y venía mientras las carreteras de montaña se desplegaban ante ellos. Bajó un poco la ventanilla, lo bastante para que el aire le alborotara su corto cabello oscuro.

Sylvia se recostó en el asiento y se acurrucó en la esquina. El coche tenía el tamaño de un bici-taxi y sus mismas condiciones de seguridad. Durante el ascenso, el chasis no paraba de balancearse hacia ambos lados. Sylvia cerró los ojos, feliz con la idea de que si tenía que morir en aquellas carreteras de Mallorca, lo haría al menos después de haber cruzado sus últimas palabras con su madre. No era justo enfadarse con ella, pero no podía evitarlo. Era evidente que su padre era peor, y que la culpa era de él, pero Sylvia conocía aquel matrimonio desde hacía tanto tiempo que sabía que no era sencillo, que nada lo era, y mucho menos una relación que le doblaba a ella la edad. En el asiento trasero del coche, con los ojos cerrados, Nueva York parecía estar aún más lejos que la extensión del océano que los separaba, pero no por ello lo echaba de menos. Sin duda alguna, sus amigos estarían celebrando fiestas, marcha a todo trapo, en la casa sin padres de alguien, con botellas de alcohol y limonada mezclados en un recipiente gigantesco hasta obtener un brebaje de horrible sabor cítrico, pero Sylvia nunca jamás pensaba volver a asistir a una fiesta de ese estilo. Cualquiera pensaría que toda una vida de ser buena chica seguida por un error estúpido daría como resultado un empate, pero se equivocaría.

Había cuatro más de su clase que también irían a Brown, dos de ellos con los que no pensaba volver a hablar nunca más, un acuerdo evidente y tácito basado en el hecho de que tampoco ellos se habían dignado cruzar más de tres palabras con ella a lo largo de todo el bachillerato. El problema estaba en los otros dos: Katie Saperstein y Gabe Thrush. Si Sylvia pudiera elegir dos personas a las que excomulgar para el resto de su vida, dos personas a las que poder hacer desaparecer de la faz del planeta con solo pulsar un botón, serían precisamente Katie Saperstein y Gabe Thrush. Ambos, juntos y por separado.

Sylvia y Katie habían sido buenas amigas; habían disfrutado juntas de mascarillas de belleza, dormido la una en casa de la otra, compartido búsquedas en Google de estrellas de cine medio desnudas. Katie era más vulgar que Sylvia, y afirmarlo no le parecía ninguna crueldad: tenía el pelo apagado por un exceso de tintes y una nariz que parecía que se hubiera estampado contra una puerta de cristal. En una ocasión, cuando Katie le expresó su frustración por lo mucho que tardaba en crecerle el flequillo, se lo cortó de tal modo que parecía que le hubiese salido un cuerno en la frente. Ambas vestían ropa horrorosa (y ahí estaba la gracia) del Ejército de

Salvación, pantalones tejanos que les caían mal y camisetas irónicas con publicidad de lugares donde no habían estado nunca. Habían sido íntimas desde el último curso de secundaria, comían juntas casi todos los días en una de las terrazas próximas al colegio, y Sylvia procuraba ignorar el descarado abuso que Katie hacía de la mayonesa, mientras Katie bromeaba sobre la oposición de Sylvia a cualquier cosa que llevara beicon. Era una buena amistad, que habría sobrevivido el salto del abismo hacia la vida universitaria. Habían hablado incluso de compartir habitación... antes de que Gabe lo echara todo a perder.

Las cosas fueron como fueron, se vio obligada a recordarse Sylvia. A pesar de que preferiría echarle la culpa de todo a Katie, esa guarra con cara de bulldog, fue en realidad Gabe el que se la pegó. La suya no era una relación exclusiva, por supuesto. Nadie mantenía una relación exclusiva, excepto los idiotas que creían estar prometidos e iban a casa y mantenían relaciones sexuales durante los periodos de vacaciones escolares porque sus padres no estaban y sabían que la criada no se chivaría. La mayoría de la gente dejaba las cosas a medias, temerosa de decir lo que quería y temerosa de conseguirlo. Gabe había adquirido la costumbre de visitar semanalmente la casa de los Post. Él, junto con algunos amigos, llamaba al timbre a media tarde, durante aquella franja horaria mágica en la que Franny trabajaba en su despacho y Jim estaba todavía en la revista y nadie formulaba muchas preguntas. A Sylvia le ponía histérica lo poco que su madre sabía acerca de su vida, cuando su trabajo supuestamente consistía en prestar atención a los detalles. Franny sabía cómo preparar un mole siguiendo la receta de una abuela mexicana que había conocido en Oaxaca en 1987, pero no tenía ni idea de que Gabe Thrush acudía con regularidad a su casa para sobarle las tetas a su hija.

No habían mantenido relaciones sexuales, por supuesto. A Sylvia le costaba imaginarse a Gabe prestándole menos atención, pero mantener relaciones sexuales era probablemente la única manera de que eso sucediese. Lo había intentado una vez, le parecía, aunque no lo sabía con total seguridad. Lo que normalmente hacían era rodar por la cama con la blusa abierta, o sin ella, y rezar para que no entrara nadie. Sylvia consideraba aquel romance como su mayor logro en la vida hasta la fecha, puesto que Gabe era guapo (a diferencia de los mutantes a los que había besado por puro aburrimiento durante el campamento de verano) y popular, y cuando la llamaba por teléfono, mantenían conversaciones realmente divertidas. El problema era que Gabe Thrush tenía relaciones similares con media clase, incluyendo entre ellas a Katie Saperstein.

A diferencia de Sylvia, Katie no albergaba sentimientos encontrados en lo referente a mostrarse en público. Un lunes llegó al colegio con un chupetón enorme en el cuello y con Gabe Thrush colgado del brazo. Sylvia los vio cruzar las puertas, rezumando engreimiento postcoital, y se sintió tan aplastada como la nariz de Katie. Eso fue en abril, justo antes de que averiguaran quién había entrado dónde. Como Sylvia ya no se hablaba ni con Katie ni con Gabe, tuvo que enterarse de la buena nueva a través de la señora Rosenblum-Higgins, su incompetente asesora escolar. ¿No le parecía estupendo poder ir a Brown con sus amigos? Porque eran amigos, ¿verdad? Ese fue el fin de semana que Sylvia asistió a la fiesta y se emborrachó de aquella manera, el fin de semana durante el cual se tomaron las fotos, el fin de semana en que Facebook explotó y Sylvia se planteó delatar a alguien de la Mafia por el simple hecho de quedar al amparo del programa de protección de testigos.

El coche dio un nuevo bandazo, como si amenazara con

ponerse en huelga, y Joan giró abruptamente para enfilar otra cuesta. La carreterita no tenía quitamiedos, ni vallas, nada que los separara de sumergirse en sus profundidades en el caso de que Joan tuviese que virar de repente.

—¿Falta mucho, Joan? —preguntó Sylvia.

El paisaje al otro lado de las ventanillas del coche era siempre similar: soleado y luminoso, con casas del color de la cerámica rústica. Pasaron por delante de un campo lleno de árboles nudosos y retorcidos, con las ramas cargadas de limones enormes.

—Deià está a pocos kilómetros. Ya casi hemos llegado.

Joan iba vestido con una camiseta sencilla de algodón, pero llevaba su característica colonia. Sylvia la olía desde el asiento de atrás. Pensó en Gabe Thrush aquel día que intentó ponerse colonia en medio de una abarrotada planta de Macy's, cuando le rociaron centenares de ansiosas y jóvenes vendedoras, y se echó a reír. Si cualquiera de esos dos intentaba aproximarse a ella durante sus primeros y solitarios días de universidad, les prendería fuego mientras dormían. Aquella gente no se la merecía. No se la merecía ningún chico del colegio. Ella era mucho mejor, lo sabía, más grande y mejor, y estaba dispuesta a mudar de piel como una serpiente.

—Estupendo —dijo, retorciéndose del modo más sexy posible en el asiento de atrás—. Estoy segura de que mi madre tiene que hacer pipí.

La casa estaba justo después de Deià, en la carretera que salía de la población. Llevaba una docena de años convertida en museo pero, como sucede con tantas casas de escritores que están abiertas al público, se habían esmerado en intentar que el entorno cambiara poco con respecto a la época en que Graves estaba en la flor de la vida. Se habían retirado todos los objetos modernos y los habían sustituido por sus equivalentes más antiguos, de manera que la casa parecía una burbuja de aquel tiempo, salpicada todavía por el chasqueo de las teclas de la máquina de escribir en vez de por el sordo sonido de los ordenadores portátiles. Jim admiró la simplicidad de la casa, que era similar a las demás de la zona, un edificio de piedra clara con puertas coronadas con arcos de medio punto de ladrillo y suelos fríos. De un modo inexplicable, habían conseguido llegar antes que el mallorquín y las chicas, y estaban ya paseando por los terrenos del pequeño museo. Una simpática mujer los guio por las dos partes del extenso terreno y les comentó los puntos más destacados del impresionante jardín de Graves. Un potente aroma a jazmín flotaba por encima de los brillantes rostros de las cinias y de las gigantescas buganvilias. Charles imaginó que era un naturalista y se inclinó para acariciar las coloridas hojas de las violetas y el cosmos.

—Mataría por tener un jardín como este.

En su casa de verano de Provincetown no había más que jardineras en las ventanas. En la ciudad, el apartamento dominaba el río Hudson, pero la terraza permanecía sumida en la oscuridad durante casi todo el día, puesto que daba a las frías fachadas traseras de varios edificios más altos.

Lawrence le posó una mano en el hombro.

—Siempre podríamos trasladarnos fuera de la ciudad. Comprar una casa más grande en el Cape. Menos dunas, más polvo.

Se imaginaba ya a Alphonse caminando tambaleante por los huertos, con un tomate en sus rechonchas manitas. Lawrence deseaba ser ese tipo de padre estimulante y aventurero. Dejar que el pequeño jugara en la tierra, que el pequeño explorara.

—Por favor —dijo Jim—. Buena suerte, a ver si consigues sacarlo de ahí.

Por un momento, Lawrence pensó que se refería al pequeño, pero no, por supuesto que no. Miró a Charles, aliviado de saber que aquel estado de limbo en el que se encontraban seguía siendo un secreto. Seguramente, las parejas mixtas debían de sentirse igual durante las primeras e inciertas semanas del embarazo, cuando el óvulo y el espermatozoide que se habían unido eran tan vulnerables que cabía aún la posibilidad de que no echaran raíces.

Se oyó un bocinazo en la entrada y a continuación la carcajada de Franny mientras ascendía la pequeña cuesta para llegar hasta donde estaban ellos.

—¿Vamos a venir a vivir aquí? —preguntó—. Porque no creo que pueda repetir este trayecto en coche. —Le dio un beso en la mejilla a Charles, como si hiciera semanas que no se veían—. El pobre Joan ha tenido que aguantar todo el rato nuestros gritos y oraciones —añadió, volviéndose para guiñarles el ojo a Joan y Sylvia, que estaban ya a unos pasos de ella.

—¿Les gustaría visitar la casa? —preguntó amablemente la guía, tal vez con ganas de quitarlos del medio.

Franny frunció los labios y asintió con entusiasmo, como si Robert Graves hubiera sido su escritor favorito toda la vida y no creyera todavía la suerte que tenía de poder estar en su recinto sagrado. Era una de las cosas que más le cabreaba a Sylvia de su madre, esa mirada de loca que ponía cuando quería que alguien pensara que le estaba prestando una atención especial. La mujer guio a los mayores hacia la casa y Joan y Sylvia los siguieron.

Cuando estuvo a una distancia suficiente para que sus padres no pudieran oírla, dijo Sylvia:

—Siento lo de mi madre.

—No es tan terrible —replicó Joan—. Mi madre también es un poco así —añadió, acercándose un dedo a la sien para hacer el gesto que universalmente indicaba locura.

Sylvia no lograba imaginarse a Joan con una madre loca, ni siquiera con una madre, de hecho. Ni con un padre. O con la necesidad de tener que ir al baño como todo el mundo. O de sonarse la nariz. Joan se hizo a un lado para que ella pudiese seguir al grupo y entrar en la casa y Sylvia recibió una bocanada de colonia que, mezclada con el jazmín del jardín, la llevó a atragantarse. Joan era demasiado, una fuente de agua en medio del Sahara, un caballo perdedor ganando la Triple Crown. Era inabarcable. Echó a correr hacia Charles y le cogió la mano, apartando casi a codazos a Lawrence.

Visitaron el austero salón, la cocina con su maravilloso horno AGA, la despensa llena de latas de galletas británicas, los cuerpos apiñados en las partes acordonadas de las salas. Subieron en fila india a la planta de arriba y visitaron un despacho cuyo ocupante parecía haber salido un momento a prepararse una taza de té. Se quedaron maravillados ante la minúscula cama donde Graves había dormido sucesivamente con dos esposas y una amante.

—No puede tratarse de la misma cama —observó Charles—. Ninguna mujer lo habría aceptado.

—Esto no es Manhattan, querido —dijo Franny—. No creo que justo aquí en la esquina haya una tienda de colchones. —Se giró en redondo en busca de la guía, pero la mujer los había dejado para que siguieran la visita por libre—. Supongo que nunca lo sabremos.

—¿Tú qué opinas, Joan? —preguntó Franny, mirando a los ojos al profesor de inglés—. ¿Habías estado ya aquí?

—Con el colegio, sí —respondió, acompañando sus palabras con un gesto de asentimiento—. Aprendimos uno de sus poemas, *Gota de rocío y diamante*.

—¿Lo recuerdas aún? —Franny juntó las manos y le indicó a Joan que se acercara. Joan cruzó la puerta, pasó por delante de Jim, de Charles y de Lawrence hasta situarse en el centro de la estancia, de espaldas al cordón de protección—. Adelante —dijo Franny—, adelante. Me encanta la poesía.

Sylvia se encogió de angustia y fijó la vista en un punto del suelo.

—«Ella brillaba como un diamante, mas tú brillas como una gota de rocío...» Es la primera parte, creo. ¿Cómo se llama? ¿Estrofa?

Joan cerró los ojos un momento, rememorando mentalmente las palabras.

—Sí, es así.

Franny lo agarró por el bíceps.

—Dios mío, chico. —Lo soltó y se abanicó con la mano—. ¿No tenéis calor? —preguntó y, al levantar la vista, tuvo un destello repentino con la imagen de la chica, esa chica estúpida, y notó que le subía más si cabe el color a las mejillas. Soltó el brazo de Joan.

Lawrence rio entre dientes y Charles lo miró de reojo.

—¿Qué? —dijo Lawrence—. Sí que hace calor.

Sylvia se alegró de estar cerca de la puerta y salió rápidamente. Bajó corriendo las escaleras, seguida de cerca por su padre.

Se habían perdido el vídeo de presentación, una sesión continua de veinte minutos que se proyectaba en una habitación tan limpia y desnuda como una sala de reuniones cuáquera, de modo que Jim y Sylvia se dirigieron hacia allí, entraron justo cuando ya había empezado y se sumaron a otro grupo de turistas. Sabían que Franny no los seguiría por miedo a aburrirse hasta echarse a llorar y que Charles preferiría quedarse en el jardín para frotarse las manos con el romero e imaginarse una vida en la cima de una escarpada montaña, antes que sentarse en un cuarto oscuro, de modo que de momento estaban a salvo. Sylvia tomó asiento en el banco de madera al lado de su padre, pero lo bastante alejada como para que sus caderas no estuvieran en contacto.

La voz en *off* del vídeo («Yo, Robert Graves») parecía narrarlo todo con carácter póstumo y Jim y Sylvia rieron en diversas ocasiones. Robert Graves resultó ser un divertidísimo excéntrico ególatra, que hacía bajar a sus hijos en burro a la playa y que tenía una amante desequilibrada que se había tirado por la ventana y había sobrevivido.

—Esto es mejor que un *reality* televisivo, Syl —dijo en voz baja Jim, y ella asintió, completamente de acuerdo.

El documental era un auténtico anuncio publicitario de la idea de dejar atrás la vida de la ciudad, de encontrar una parcela de perfección y quedarse allí, por remoto que fuera el lugar. Jim y Franny nunca se habían planteado marcharse de Nueva York o, al menos, nunca se lo habían planteado en serio. Ella pasaba tiempo viajando, pero el trabajo de Jim no existía en ningún otro lugar. Jim se preguntó si Franny le guardaría rencor por ello, por haberla encadenado a Manhattan. No le parecía probable, aunque tampoco lo había parecido Madison Vance.

Había empezado a trabajar el verano anterior, después de terminar sus estudios en Columbia. La revista tenía un sólido programa de becarios y había un montón de jóvenes brillantes que realizaban tareas serviles a cambio de nada. Se ocupaban de la fotocopiadora, realizaban incesantes viajes de ida y vuelta al cuarto de suministros de oficina, ordenaban la biblioteca, tomaban detalladas notas en las reuniones (con qué fin, siempre había sido un enigma para Jim). Los becarios más prometedores recibían a veces responsabilidades más relevantes: comprobación de datos, investigación, lectura de material sensiblero. En otoño, la habían ascendido a asistente editorial, un puesto de verdad, con paquete de beneficios y plan de jubilación. Madison tenía el pelo largo y lo llevaba siempre suelto, y cuando pasaba por su despacho —mucho antes de que sucediera nada—, Jim encontraba hebras rubias, como filamentos de oro, adheridas a los muebles.

La facilidad con que había sucedido todo resultaba turbadora, el poco esfuerzo que había tenido que aplicar.

—Está guay, ¿no te parece? —dijo Sylvia.

—Sí —replicó Jim, reenfocando los ojos para ver bien la pantalla.

Pero en lugar de ver imágenes fijas de Robert Graves trabajando o de Robert Graves con su familia, Jim veía el cuerpo desnudo de Madison Vance. Se quedó sorprendido la primera vez que introdujo la mano por debajo de la falda y le acarició el coño, depilado y fresco, suave como la funda de almohada de un hotel. Era una de esas cosas que Franny jamás haría por cuestión de principios; conservaba todo el vello, siempre, y se sentía orgullosa de ello, como una conejita de *Playboy* de los años setenta. Madison era todo lo contrario, el resbaladizo resultado de una juventud criada con la pornografía de Internet. Había gemido en el instante en que Jim había deslizado la palma de la mano por encima del clítoris. Cuando él tenía su edad, apenas sabía qué era un clítoris. Se arrepentía mucho de lo sucedido, pero había imágenes que se negaban a abandonar su cerebro. Jim amaba a su esposa, amaba a su esposa, amaba a su esposa. Pero algo lo había empujado, después de tantos años, a recorrer con la mano la piel de una mujer nueva, sin saber cómo respondería su cuerpo, o cómo se movería al ritmo de sus caricias. Estaba sudando a pesar del aire acondicionado. El documental era largo, y se alegraba de ello. Lo último que deseaba en aquel momento era mirar a la cara a su hija.

A Carmen no le gustaba saltarse sus ejercicios. A sus clientes les exigía un mínimo de dos sesiones semanales de gimnasio. Y eso era solo mantenimiento. Con menos práctica, el tono muscular empezaba a perderse. Tomarse dos semanas de vacaciones era como estar suplicando volver a empezar con sentadillas desgarbadas y no parar de resoplar. Carmen había intentado que sus clientes siguieran con la rutina en su ausencia de la mano de una entrenadora sustituta, pero Carmen no confiaba en los demás profesionales de Total Body Power y temía que trataran de robarle la clientela. Jody era la segunda mejor entrenadora del gimnasio, una auténtica asesina, y después de que la viera tachar las fechas en el calendario, había estado semanas rondándole. July tampoco era para tomársela a broma. Y a pesar de que era temporada baja para los residentes en Florida, el gimnasio estaba muy concurrido con turistas que conseguían pases en el hotel, y los cuerpos de esa gente solían necesitar más ayuda que los de los clientes habituales.

Ahora estaba entrenando en un circuito que había ideado alrededor de la piscina. Flexiones, saltos de rana, sentadillas, saltar a una comba invisible. Mientras, Bobby nadaba con lánguidas brazadas y de vez en cuando le daba consejos.

—¡Esa es mi chica! ¡Explota!

Bobby estaba todavía en fase de aprender el argot.

Se habían conocido en Total Body Power hacía casi seis años, dos meses después de que Bobby saliera de la universidad y mientras vivía aún de la tarjeta de crédito de los Post. Se había apuntado al paquete *premium*: doce sesiones con un entrenador personal, dos veces por semana, durante seis semanas. Le dijo a Carmen que se había tomado muy en serio lo de ponerse en forma. Nunca había sido un tipo deportista, ni mucho menos, y carecía de coordinación óculo-manual. Bobby tenía un cuerpo largo que parecía un calabacín marchito, con el mismo grosor desde la cabeza a los pies. Pero Carmen sabía cómo solucionarlo. Lo sometió a un régimen de proteínas en polvo y levantamiento de pesas que iba aumentando cada semana. Banco de pesas, ejercicios de peso en modalidad de arrancada, giros con mancuernas. Bobby se machacó con abdominales, flexiones y saltos. Carmen conocía todas las máquinas y cada día que pasaba iba incorporándole más peso. Terminadas las seis semanas, los brazos de Bobby habían doblado su tamaño, y su vientre, que siempre había sido casi cóncavo, mostraba indicios de una tableta de chocolate. Carmen era una artista del cuerpo, y había construido el de Bobby a partir de cero.

No se acostaron hasta el final, la última semana. Bobby estaba apesadumbrado por el fin de las sesiones y estaba seguro de que su padre le echaría la bronca si cargaba en la tarjeta mil dólares más en concepto de gimnasio. Le preguntó a Carmen si le apetecía tomar una copa con él, sin saber si solía envenenarse el cuerpo con aquel método o con cualquier otro. Ella le dijo que sí y quedaron en el bar del hotel Del Mar. Bobby eligió expresamente uno de los bares menos ostentosos del paseo, puesto que no sabía cómo vestía Carmen cuando no llevaba ropa deportiva y no quería que se sintiese incómoda, pero se había preocupado en vano. Cuando llegó, con cinco minutos de retraso, lo hizo calzada con taconazos transparentes y un vestido blanco que terminaba solo un suspiro por debajo de su firme y redondeado trasero.

—Cierra el pico —dijo Carmen, y empezó sus sentadillas.

Giró sobre su propio eje para quedarse de espaldas a la piscina. En pocos meses cumpliría cuarenta y un años. Todo el mundo en el gimnasio decía que los cuarenta eran los nuevos veinticinco, y tenían razón. Estaba pensando en correr un maratón, o tal vez un triatlón, o quizás ambas cosas. La diferencia estaba en los grupos musculares, y en la tonificación.

Para correr, era imprescindible tener tendones y cuádriceps sólidos, lo cual también era bueno para la bicicleta, pero en cuanto te sumergías en el agua, el secreto estaba en la espalda y el corazón. Carmen se visualizaba en el agua, el gorro de natación adherido a la cabeza. Se imaginaba rompiendo la superficie del agua al ritmo de la respiración, extrayendo la cantidad exacta de energía que necesitaba para la siguiente brazada. Acabaría la primera de su grupo de edad, si no más arriba, estaba segura. Tenía muchos clientes en la cuarentena, cuerpos flácidos por culpa de los embarazos o la pereza. Carmen jamás se permitiría acabar de aquella manera, blanda y pasiva. Carmen era fuerte.

Bobby se impulsó para salir de la piscina y se echó, completamente mojado, en la tumbona más próxima a Carmen. El sol le daba de pleno, pero le traía sin cuidado. Los miembros de su familia parecían vampiros o enfermos de cáncer, estaban amedrentados ante la posibilidad de recibir una pequeña dosis de vitamina D, pero a Bobby le gustaba coger un poco de color.

—Y bien —dijo Carmen, extendiendo una pantorrilla y doblándose sobre ella, los dedos de los pies apuntando hacia el cielo—, ¿qué les pasa a tus padres?

—¿A qué te refieres?

—Ya sabes a qué me refiero. —Dobló la pierna izquierda y extendió la derecha—. Hay tensión.

Bobby se tumbó bocabajo.

—Siempre son así.

—Que te den por culo.

—Oh, disculpa, ¿hablábamos tal vez de culos? Porque de ser así, la conversación me interesa mucho más —dijo Bobby, levantando la cabeza y enarcando las cejas.

Carmen se acercó y se sentó junto a Bobby, sus cuerpos eran demasiado grandes para la estrecha tumbona.

—Hablo en serio. ¿Están bien tus padres? Se los ve tan... no sé, tan susceptibles.

—Están bien. Siempre son así. No sé. Es una transición, no sé si me explico. Mi padre acaba de jubilarse. ¿Te imaginas jubilarte? Es como decir: «Vale, soy oficialmente demasiado viejo para ser de utilidad. Enterradme en el hielo, o haced lo que sea.»

—Pero ¿qué dices?

—Digo que eso es lo que hacen los esquimales. Pero bueno, supongo que es eso, nada más.

Bobby se puso de costado para dejar más espacio a Carmen, que se tumbó y acunó su cuerpo seco y caliente contra el cuerpo mojado de él.

—¿Por qué se ha jubilado, entonces, si no crees que quiera sentirse como un esquimal?

Bobby la rodeó por la cintura y la atrajo hacia él. Carmen olía un poco a sudor, un aroma que a él siempre le había parecido sexy.

—No tengo ni idea —dijo Bobby—, pero la verdad es que me gustaría hablar de cualquier otra cosa. Como de quitarte este pantalón.

Deslizó la mano mojada por el interior de la cinturilla de los pantalones cortos de licra.

Carmen se escabulló, fingiendo que le daba asco. Se levantó, se sacudió, como si estuviese quitándose de encima un montón de bichos, antes de despojarse de toda la ropa.

—Deberíamos ir de vacaciones más a menudo —dijo, y se lanzó a la piscina.

Bobby estaba completamente excitado y tropezó con el bañador al quitárselo antes de seguirla y lanzarse a la piscina salpicándolo todo.

Después de dejar a Joan en su casa y recuperar al resto del grupo, todo el mundo se puso en marcha para ir a cenar a Palma. Joan les había recomendado un restaurante de tapas y Franny había tomado muchas notas sobre qué pedir. Pensar qué llevarse a la boca, y cuándo, era su especialidad, su principal fuente de alegría en la vida. Llegar antes de las nueve era impensable, pero Bobby se moría de hambre y Sylvia estaba melancólica, de modo que Franny organizó las tropas, cargó los coches y explicó en tono imperativo cómo llegar hasta el lugar.

Pasearían un poco por la ciudad antes de la cena, y eso, al parecer, había sido el plan de todo el mundo. Aparcaron los coches en una calle estrecha cerca de la catedral, un impresionante bloque de piedra gris muy próximo a la playa. Después de unos días en Pigpen, moverse por Palma era como volver a estar en casa: la ciudad era animada, sus calles estaban llenas de parejas, familias y perros, todo el mundo paseaba tranquilamente y tomaba algo en las mesitas de las terrazas. Bobby y Carmen, de la mano, formaron la avanzadilla.

—Mira —le dijo Franny a Jim, que se encogió de hombros—. A lo mejor, al final, resulta que hay amor.

—A mí ella me parece bien —comentó Jim—. No me molesta.

Franny le lanzó una mirada furiosa.

—Mientes fatal.

Era una de las cosas que siempre le habían gustado más de Jim, pero ahora, al expresarlo en voz alta, Franny lo vio como una debilidad.

Las calles adoquinadas tenían fuerte pendiente, hacia arriba y hacia abajo. Pasaron por una tienda donde vendían perlas mallorquinas y Franny entró. Charles y Lawrence la siguieron al instante. Compró dos collares, ambos azules y gruesos, como tenía que ser. Se colgó uno al cuello y el otro se lo puso a Sylvia.

—Mamá —dijo Sylvia, manoseando su nuevo collar—. Creo que mi estómago acabará devorándose a sí mismo. Mi estómago va a pensar que el resto del cuerpo intenta matarlo y atacará a todos los órganos como si fueran parásitos. Y en una hora estaré muerta.

—De nada —replicó Franny, y se colgó del brazo de Sylvia—. Sigamos a los tortolitos.

—Oh, por favor —dijo Sylvia.

Miró por encima del hombro para asegurarse de que no había nadie lo bastante cerca como para oírlas. Las calles peatonales estaban llenas de gente bien vestida de todas las edades: atildados caballeros de pelo blanco con jerséis finos y mocasines, bulliciosos adolescentes chupándose mutuamente el cuello. Caminaron una manzana entera antes de alcanzar a Bobby, que se había parado delante de una tienda de ropa.

—¿Te han abandonado? —preguntó Sylvia.

—Está dentro —respondió él. En el interior de la tienda sonaba música electrónica a tal volumen que tuvieron que levantar la voz para oírse—. Yo no aguantaba más.

Los maniquíes del escaparate lucían vestidos asimétricos que combinaban tres estampados distintos, unos modelitos que parecían cosidos por Frankenstein en persona.

—Vomitivo —dijo Sylvia—. Eso es ropa de *striptease* para ciegos.

—Pues a ella le gusta, Sylvia, ¿entendido? —dijo Bobby, y se cruzó de brazos.

—¿Sabéis qué? —dijo Franny—. Voy a entrar a ver qué tal le va. Comprar sola es muy aburrido.

Charles y Lawrence seguían a la suya y Sylvia los vio entrar y salir de una tienda de gafas de sol, de una zapatería y de una tienda de golosinas. Todo lo hacían juntos. Se preguntó si sus padres se comportarían así antiguamente, antes incluso de que Bobby naciera. Le parecía poco probable.

—¿Dónde está papá?

—No lo sé —dijo Bobby—. No me ha dicho nada.

—¿Estás bien?

—¿A qué te refieres? Pues claro que estoy bien.

Bobby se estaba dejando el pelo muy largo y los rizos negros le llegaban ya hasta las cejas.

—Bueno, da igual.

Sylvia miró en dirección al agujero oscuro de la tienda de ropa que acababa de engullir a su madre. El local estaba lleno a rebosar de estanterías con ropa de tamaño exiguo confeccionada en talleres donde a buen seguro se practicaba la explotación laboral. Franny desfiló entre el género, apartándose con repugnancia de aquellos tejidos tan brillantes y elásticos. Localizó a Carmen al fondo, cerca de los probadores, cargada con un montón de prendas.

—¿Quieres que te ayude? —dijo Franny, extendiendo los brazos—. Trae, deja que te sujete esto mientras tú sigues mirando.

Carmen se encogió de hombros y descargó el montón de ropa sobre las manos de Franny.

—¿Os lo habéis pasado bien hoy? Es una lástima que os hayáis perdido la casa de Graves, valía la pena. Creo que todo escritor confía, en el fondo, en que su casa acabe convertida en museo. O en que tenga al menos una placa conmemorativa. Muchas placas.

Carmen esbozó una sonrisa poco convincente y empezó a sobar una percha cargada con tops de lentejuelas.

—La verdad es que no soy de ir a museos.

—Bueno, en realidad no es un museo, sino una casa. Donde vivió un escritor. Se trata más de fisgonear que de contemplar obras de arte.

—Tampoco es que lea demasiado.

Franny sonrió sin abrir la boca, sus labios formaban una línea tensa. Estaba ante una mujer adulta, se recordó, una persona que se ganaba su propio pan y tomaba sus propias decisiones. No era familia. No era su problema.

—Ya.

—Aunque, ¿sabes? Acabo de leer un libro estupendo, en el avión —dijo Carmen, posando la mano en un vestido espectacularmente horroroso. A Franny se le aceleró el corazón, por mucho que intentara convencerlo de que atenuara sus expectativas—. Se titula *Tu alimento, tu cuerpo*. La verdad es que creo que te gustaría.

—¿Ah, sí? —dijo Franny.

Tal vez fuera de sociología, pensó, o de antropología, un estudio sobre las normas sociales a través de los platos tradicionales, una investigación de estereotipos a partir de las comidas que nuestros antepasados nos habían transmitido. A Franny le encantaban los libros sobre comida... tal vez fuera eso, el momento que había estado esperando, el momento en que Carmen abriera la boca para demostrar que siempre le había estado prestando atención.

—Va sobre la dieta que mejor funciona según el tipo de cuerpo que tengas. Por ejemplo, yo soy menuda y musculosa, lo que significa que no me van bien los carbohidratos complejos. Mi abuela cubana me mataría de seguir con vida. ¡Nada de arroz ni frijoles! —Carmen abrió mucho los ojos—. Es interesantísimo.

—Parece muy informativo —comentó Franny—. ¿Vas a probarte algo de todo esto?

Carmen se encogió de hombros.

—Por supuesto. —Eligió un único vestido del montón

que seguía sujetando Franny, una cosa confeccionada con plástico transparente, como el que se usa para los impermeables—. ¿No te parece una monada?

—Humm... —dijo Franny, incapaz de decir nada más.

El bar de tapas que Joan les había recomendado estaba en el laberinto de callejuelas que rodeaban la Plaça Major, donde también había un Burger King y una pizzería, ambos locales llenos hasta los topes de adolescentes españoles. En el exterior del restaurante había mucha gente, y Sylvia se dobló por la mitad como un juguete que se queda sin pilas. Decidida, Franny se abrió paso entre la clientela, llegó hasta la dueña y, en un abrir y cerrar de ojos, estuvieron sentados. Por lo visto, Joan había llamado con antelación para hacer una reserva. Como le había mencionado a Franny, sus padres conocían a los propietarios. Al fin y al cabo, aquello era una isla pequeña.

—¡Qué chico más encantador! —repetía sin cesar Franny sin dirigirse a nadie en concreto—. Un chico de lo más encantador.

—Sí —dijo Bobby—. La lástima es que se llame Joan —añadió, pronunciándolo como un norteamericano, un nombre de mujer, al fin y al cabo.

Su madre le dio una palmada en el brazo para que callase.

—Ju-ahhhhn. Y estás poniéndote muy musculoso —dijo, sin intención de que fuera un cumplido.

Bobby y Charles empezaron a pedir señalando lo que querían: una bandeja llena a rebosar de pequeños pimientos verdes chamuscados cubiertos con escamas de sal, trocitos de pan tostado con una pizca de brandada de bacalao, pulpo a la plancha ensartado en un pincho. Los platos iban apareciendo y circulando por la mesa acompañados de auténticos gemidos de placer. Franny miró la carta y pidió más cosas: *albóndi-*

gas, unas bolitas de carne que nadaban en salsa de tomate; *patatas bravas*, patatas fritas con un cordón de crema por encima; *pa amb oli*, la respuesta mallorquina a la *bruschetta* italiana.

—Esto sí que está bueno —dijo Sylvia con la boca medio llena.

—Pasa las albóndigas —dijo Bobby, extendiendo el brazo por delante de su hermana.

—¡Más Rioja! —exclamó Charles, moviendo su copa hacia el centro de la mesa y sin brindar con nadie, puesto que todo el mundo estaba ocupado con la comida.

Franny y Jim se habían sentado el uno junto al otro en un extremo de la mesa, con los respaldos de sus respectivas sillas pegados a la pared. Charles y Lawrence se levantaron para ir a mirar las tapas expuestas tras un cristal en la barra y los chicos estaban ocupados con la comida que aún tenían delante. En aquel momento, aterrizó en la mesa un plato chisporroteante de carne y Bobby cortó un trozo enorme con el tenedor, para dejarlo luego colgando por encima de la boca como si fuera un troglodita.

—¿Y bien? —dijo Franny.

Jim apoyó el brazo en la silla de ella y ella lo dejó hacer, aunque solo para ver cómo se sentía.

—Creo que es un éxito. —Franny tenía la cara de Jim a escasos centímetros, lo más cerca que había estado de ella en muchos meses. Jim llevaba un par de días sin afeitarse y estaba igual que cuando era joven, rubio, desaliñado y atractivo. Aquello había pillado a Franny completamente desprevenida. Movió la silla hacia delante y el brazo resbaló. Jim se recuperó con rapidez y entrelazó las manos sobre la mesa—. O eso me parece, al menos.

—Nuestros hijos son buenos chicos —dijo Franny—. Aunque, la verdad, no sé qué pensar de esa chica —añadió, pensando que Carmen solo había comido pimientos, y encima se había quejado por encontrarlos demasiado aceitosos.

—¿Has visto sus polvos?

—¿Qué polvos?

Jim esbozó una pequeña sonrisa y bajó la voz.

—Tiene bolsas de plástico llenas de polvos y los echa a todo lo que come. En el agua, en el yogur. Tiene que ser un alimento sintético de esos que salen en las películas de ciencia ficción.

Franny se sorprendió a sí misma con una carcajada, que sin quererlo la acercó unos centímetros más a Jim.

—Para —dijo—. No estoy preparada para reírme con tus chistes.

Pensó en la chica, más joven que Bobby, su niño. Tensó la mandíbula con tal rapidez que creyó incluso que se le iba a partir por la mitad.

Jim levantó las manos en un gesto de rendición y volvieron a recluirse en su lado de la mesa. Charles y Lawrence llegaban en aquel momento, cada uno con dos platos de bocados exquisitos.

—Traed eso aquí —dijo Franny, señalando el espacio vacío que tenía delante—. Me muero de hambre.

Día seis

Jim estaba tomándose el café junto a la piscina. Ya hacía calor y los altos y esbeltos pinos permanecían estáticos frente al telón de fondo de las montañas que se alzaban al otro lado del pueblo. Llevaban casi una semana de vacaciones y seguía yendo con sumo cuidado con Franny, seguía respirando sin hacer ruido, seguía haciendo todo lo que ella le decía. De haberle pedido que durmiera en el suelo, lo habría hecho. Si le pedía que apagara la luz cuando estaba cansada, lo hacía. Llevaban treinta y cinco años y tres meses casados.

Los primeros divorcios siempre se producían rápidamente; un par de años de matrimonio mal pensado y se acabó. La segunda oleada se producía una década más tarde, cuando los hijos eran pequeños y problemáticos. Ese era el que más temían los psicólogos infantiles y las madres que frecuentaban los parques, el tipo de divorcio que más daños causaba. Lo que Jim no había visto venir era la tercera oleada, la crisis de fe vinculada al síndrome del nido vacío. El Upper West Side estaba lleno de parejas como Franny y él que se separaban, parejas con hijos adultos y varias décadas de vida conyugal a sus espaldas. Tenía que ver con la esperanza de vida y también con el retraso de la crisis de la edad madura. La gente, cuando llegaba a los cuarenta, ya no creía estar entrando en la edad madura, y por eso los que ahora se compraban coches deportivos y seducían a jovencitas eran los de sesenta. O eso al menos diría Franny. Claro como el agua, un caso muy sencillo. Aunque, por supuesto, nada era sencillo cuando el tipo lujurioso en cuestión era tu propio marido.

Oyó que se cerraba la puerta de atrás. Jim miró por encima del hombro y descubrió, sorprendido, que era Carmen la que se acercaba hacia donde estaba él. Iba vestida con ropa deportiva, atuendo que utilizaba en lugar de un pijama o unos tejanos, lo que cualquier otro llevaría para andar cómodo por casa. Carmen siempre daba la impresión de estar preparada para tirarse al suelo a hacer cincuenta sentadillas, y Jim imaginaba que esa era la gracia.

—Buenos días —dijo Carmen. Depositó el vaso largo lleno de líquido verde junto a la taza de café que él había dejado en el suelo—. ¿Te importa si te acompaño?

—Por supuesto que no —replicó Jim.

Jim intentó recordar un momento que hubieran compartido los dos solos, pero no lo consiguió. Era posible que se hubieran quedado a solas en alguna habitación mientras Bobby iba al lavabo, tal vez, pero incluso eso le parecía improbable. Le indicó una tumbona con un gesto y ella tomó asiento. Entrelazó los dedos y tensó las palmas de las manos. Le crujieron los nudillos.

—Perdón —dijo Carmen—. Una mala costumbre.

Bebieron un sorbo de sus respectivas bebidas y contemplaron las montañas, que habían adquirido un tinte azulado gracias al luminoso cielo despejado.

—Pues sí —dijo Carmen—. Siento mucho lo que sucede entre Franny y tú. —Puso la mano plana sobre su vaso. Jim se preguntó si aquello sabría a serrín o si tendría el sabor de los productos químicos, mil vitaminas de un solo trago—. Debe de ser difícil para los dos.

Jim se pasó la mano por el pelo, y repitió de nuevo el gesto. Frunció los labios, sin saber muy bien cómo actuar.

—Vaya —dijo por fin—. Perdón, ¿te ha contado algo Fran?

—No ha sido necesario —dijo Carmen, bajando la vista—. Con mis padres pasó lo mismo. Bobby no lo sabe, pero yo me he dado cuenta. No te preocupes, no le diré nada.

—Vaya —dijo de nuevo Jim, todavía sin palabras—. Gracias.

—No hay problema —replicó ella enseguida—. Yo estaba en el instituto, sería tal vez algo menor que Sylvia, y fue muy duro. Mis padres lo estaban pasando muy mal pero no querían que lo supiéramos, y mis hermanos y yo estábamos todos al corriente, por mucho que ellos pensaran que no.

—Lo siento.

El café de Jim empezaba a enfriarse. Miró hacia la casa, confiando en que apareciera alguien más, pero no vio señales de vida.

—Si en algún momento necesitas hablar sobre el tema, puedes hacerlo conmigo —dijo Carmen. Le posó una mano en el hombro—. Quedará entre nosotros.

—Gracias —dijo Jim.

No estaba seguro ni de por qué le daba las gracias ni de qué sabía Carmen. De lo único que estaba seguro era de que le gustaría que lo rescatara de allí una avioneta. Ni siquiera tendría que parar, solo lanzarle una cuerda. Ya treparía solo.

En la casa no quedaba comida. Franny había olvidado la cantidad de comida que podían llegar a consumir sus hijos, y también todos los demás, que no paraban de picotear los trocitos de pan que había reservado para la *panzanella* del día siguiente.

—¿Quién quiere acompañarme a hacer la compra? Invito a comer. ¿Quién viene? —preguntó, hablando en general.

Charles y Lawrence habían ido a explorar una playa cercana y Carmen y Bobby estaban corriendo por la montaña. Jim leía en el salón. Solo Sylvia estaba lo bastante cerca como para oírla, justo delante de la puerta de la nevera.

—Sí, sí. Por favor.

Franny llevaba un montón de décadas sin conducir un coche con cambio de marchas manual, pero eran recuerdos que los músculos nunca olvidaban del todo. Jim se ofreció a preparar algo de picar en tres minutos, un poco alarmado solo de imaginarse a Franny conduciendo por carreteras desconocidas y en el extranjero, pero ella insistió en que sabía lo que se hacía. Sylvia se santiguó y entró en el coche.

—Tú limítate a devolverme aquí viva a la hora de mi clase con Joan.

—Jamás se me ocurriría matarte sin darte la oportunidad de volver a verlo —dijo Franny, y puso la llave en el contacto. Acercó el pie izquierdo al embrague y el derecho al pedal del gas, aunque el movimiento no fue tan fluido como lo había sido en su día, debido a tantísimos años sin practicar, y el coche avanzó de sopetón. Franny se puso colorada como un tomate y Sylvia gritó. Jim estaba junto al coche, presionándose con fuerza los codos. Los hombres de *Gallant* siempre conducían con cambio de marchas manual y enseñaban a sus hijos a hacerlo. Era una habilidad muy importante en la vida, como tener buenos cuchillos y hablar un idioma extranjero. Franny le dijo adiós a Jim con la mano y, con un nudo en la garganta, hizo marcha atrás muy despacio—. No pasa nada —dijo, más para sí misma que para Sylvia—. Sé lo que me hago. Que todo el mundo se relaje.

Según las notas de Gemma, había un supermercado a media hora en coche, en dirección al centro de la isla, más grande y mejor abastecido que el que Franny y Charles habían visitado en Palma. Franny empezó a sentirse mejor cuando se incorporaron a la autopista. Durante la travesía de Pigpen el coche se había calado varias veces en las señales de stop, pero ¿y qué? Nadie estaba examinándola. En cuanto empezaron a moverse a mayor velocidad, notó que las piernas se le relajaban siguiendo el ritmo, una arriba, la otra abajo. Sylvia toqueteó la radio, donde solo sonaba música discotequera y pop norteamericano de los setenta. Franny le ordenó a Sylvia que parara cuando encontró una emisora donde sonaba Elton John.

—Esto es como un lugar olvidado por el tiempo —dijo Sylvia.

—Querrás decir que es un lugar que se olvidó por completo del tiempo. Y así debería ser siempre: Elton John en la radio y el mejor jamón del mundo. Y la familia.

—Me gusta que te hayas acordado, mamá, aunque haya sido al final de todo —observó Sylvia, y volvió la cabeza hacia la ventanilla.

La autopista redujo su tamaño cuando se acercaron al extrarradio de Palma y acabó convertida en una carretera de un solo carril con semáforos, lo que se tradujo en que Franny recuperó sus oportunidades de calar el coche, matarlo de una muerte lenta y luego resucitarlo. Estaban paradas en un semáforo en rojo, pocos kilómetros antes de llegar al supermercado, cuando Franny se fijó en el recinto que quedaba a su derecha: el Club Internacional de Tenis Nando Vidal. Sin pensárselo dos veces, giró hacia allí.

—Estoy segura de que eso no es el supermercado —dijo Sylvia.

—Venga, cierra el pico. Nos vamos de aventura —anunció Franny, que cruzó la puerta abierta del club de tenis y entró en el aparcamiento.

Nando Vidal era la mejor y única esperanza de Mallorca de triunfar en un *grand slam* o de obtener una medalla de oro. Con veinticinco años y un carácter malhumorado, alcanzaba los extremos de la pista como Agassi o Sampras y poseía un servicio que dejaba boquiabiertos a sus oponentes. Había tenido algún que otro problema en el circuito (un jugador había perdido más de un diente en un encuentro, aunque él juraba que el accidente lo había provocado una pelota desviada) y con su escuela de tenis pagaba las indemnizaciones. De hecho se suponía que los tenistas, con sus pantaloncitos blancos y sus ensaladeras de plata, eran embajadores de los buenos valores. Era un deporte para gente civilizada, no para un simple atleta. Franny lo había practicado un poco en el instituto, aunque nunca había sido muy buena, pero era el único deporte que los cuatro Post soportaban como espectadores, lo que a su vez significaba que era el único deporte sobre el que podían mantener una conversación. A Sylvia era a quien menos le interesaba aunque, la verdad, cada pocos años aparecía un tenista guapo capaz de mantenerla mínimamente atenta.

Solo se oían golpes secos y gruñidos, el sonido de las pelotas al golpear las raquetas, de estrellas del tenis en ciernes. Franny salió del coche y corrió hasta la valla que rodeaba los edificios principales. Al otro lado de la valla se veía una docena de pistas de tenis, ocupadas por niños en su mayoría. Franny murmuró con admiración ante el excelente servicio de una pequeña de cabello castaño y luego regresó al aparcamiento. Sylvia estaba apoyada en el coche.

—Mamá.

Franny se acercó a la valla del otro lado, detrás de la cual había más pistas, estas menos concurridas por niños.

—¡Mamá!

Franny se volvió, con una expresión sinceramente confusa, como si Sylvia acabara de despertarla de un sueño.

—¿Qué pasa?

—¿Qué estamos haciendo aquí? —Sylvia se separó poco a poco del coche y avanzó hasta su madre. El ambiente era más cálido que a los pies de la montaña y el sol brillaba con todo su esplendor por encima de sus cabezas—. Hace mucho calor.

—¡Pues buscar a Nando, por supuesto! —Era justo el periodo de la temporada entre Wimbledon (que Nando había ganado el año anterior, aunque este año había quedado subcampeón por detrás del serbio) y el Open de Estados Unidos (que no había ganado nunca, puesto que su mejor juego era sobre superficies de tierra batida y hierba), por lo que era más que posible que estuviera entrenando en casa—. Vamos, quiero entrar.

Sylvia le dio un golpe cariñoso en el hombro. Era más alta que su madre desde los once años.

—Solo si me prometes que si, por alguna razón intempestiva resulta que Nando Vidal está justo detrás de esa puerta, no hablarás con él, daremos media vuelta e iremos al supermercado.

Franny se llevó una mano al corazón.

—Lo juro.

Las dos, sin embargo, sabían que mentía.

Las oficinas eran limpias y modernas, con una pizarra con los horarios en una pared y una guapa joven sentada detrás de un mostrador. Franny agarró a Sylvia por el codo y fue directa hacia allí.

—*Hola* —dijo.

—*Hola. ¿Qué tal?* —dijo la mujer.

—¿*Habla inglés?* Mi hija y yo somos fans entusiastas de Vidal y nos preguntábamos sobre las clases. ¿Es posible apuntarse? Estamos diez días en Mallorca y nos encantaría tener la oportunidad de jugar donde él jugaba. Deben de sentirse muy orgullosos de él —remató Franny, pensando en el concepto de ese orgullo nacional y arrugando la nariz en nombre de todas las madres de Mallorca.

—¿Clases para dos? —dijo la mujer, levantando dos dedos—. ¿*Dos*?

—Oh, no —replicó Franny—. Yo no juego desde que era una adolescente.

Sylvia se retorció con angustia.

—Mamá. Respeto lo que pretendes hacer, pero no comprendo exactamente de qué se trata y estoy segura de que no tengo ningún interés. Tampoco tengo zapatillas —dijo, señalando las chanclas que llevaba puestas y meneando unos dedos algo sucios por el polvo.

—¿Tiene una lista de profesores? —Franny apoyó los codos sobre el mostrador—. ¿O algún folleto que hable sobre el centro?

La mujer le entregó un folleto. Franny lo cogió y fingió estar leyéndolo en español hasta que cayó en la cuenta de que por el reverso estaba escrito en inglés. Forzó la vista para leer los breves párrafos y contemplar las fotografías de Nando Vidal. En la parte inferior de la página, Nando aparecía en una fotografía de tamaño grande rodeando con el brazo a un hombre de más edad por el hombro. Ambos llevaban gorras de béisbol que les protegían los ojos del sol, pero Franny distinguió de todos modos las facciones de aquel hombre.

—Disculpe, *perdón*, ¿es Antoni Vert?

La mujer asintió.

—*Sí*.

—¿Sigue viviendo en Mallorca?

—Sí. —La mujer señaló hacia el norte—. A tres kilómetros.

—¿Quién es, mamá?

Franny se abanicó con el folleto.

—¿Da clases? ¿Aquí? ¿Por casualidad?

La mujer se encogió de hombros.

—*Sí*. Más caras, pero sí. —Hizo girar la silla hasta situarse delante de la pantalla del ordenador y pulsó varias teclas—. Veo que ha habido una cancelación mañana. A las cuatro de la tarde.

Sylvia miró a su madre, que se puso a hurgar en el interior del bolso y maldijo varias veces antes de dar por fin con la cartera.

—Sí —dijo Franny, sin mirar ni a Sylvia ni a la recepcionista, solo a la fotografía del folleto—. Sí, perfecto. —Y después de anotar su nombre, se volvió y caminó tranquilamente hacia la puerta, dejando a Sylvia boquiabierta y plantada junto al mostrador—. ¿No tenías tanta prisa? —gritó ya desde fuera.

Sylvia miró sorprendida a la mujer del mostrador y corrió hacia el coche, sin saber muy bien qué acababa de presenciar, pero segura de que era algo con lo que podría tomarle el pelo a su madre durante muchísimos años.

Franny se negó a contar nada sobre Antoni Vert, con la excepción de que era un tenista de sus tiempos, la última esperanza española antes de la agresiva ascensión de Nando, pero Joan se mostró más dispuesto a hablar. Teóricamente, Joan y Sylvia estaban estudiando junto a la piscina, aunque en realidad estaban comiéndose un cuenco gigantesco de uvas y un cuenco igualmente gigante de guacamole casero hecho por Franny. Sylvia se había reído de su madre por la ocurrencia de preparar comida mexicana en España, como si todas las culturas de habla hispana fueran iguales. Joan estaba sentado con las piernas cruzadas, las gafas de sol en la cabeza. Sylvia tenía los pies en la piscina.

—Fue muy famoso —dijo Joan—. Las mujeres lo adoraban. Mi madre lo adoraba. Todas. No era tan bueno como Vidal, pero era más guapo. A principios de los ochenta. Llevaba el pelo muy largo.

—Ya. —Sylvia pataleó dentro del agua—. Qué interesante. A mi madre casi le da un infarto, aunque no tan grande como el que sufrirá cuando intente jugar a tenis.

El agua de la piscina le salpicó las piernas y confió que todo ello transmitiera una imagen desenfadada, como una foto en bañador de las que salían en *Sports Illustrated*, no como si acabara de hacerse pipí y tuviera los muslos mojados.

Joan se echó a reír y se llevó una uva a la boca.

—¿Y tú, Sylvia? ¿No tienes ningún novio en Nueva York?

Sylvia mojó un nacho en el guacamole y lo depositó con delicadeza en la lengua. Intentar mostrarse seductora mientras hablaban sobre la realidad de su vida era muy complicado. Negó con la cabeza y empezó a masticar.

—Estoy harta de la gente de Nueva York, son todos una mierda. La gente de mi colegio, al menos. ¿Cómo se dice esto en español? ¿Hay alguna expresión? —Tragó.

—*Me tienen hasta los huevos*. Significa «estoy hasta los cojones». Es la misma idea.

—Sí —dijo Sylvia—. *Me tienen hasta los huevos*.

Cruzó una avioneta dejando a su paso una estela de humo blanco, un mensaje escrito en el cielo. La fina línea blanca dividió en dos un cielo perfectamente azul hasta el momento. Todo parecía una ecuación matemática: x más y igual a z. Aguacate más cebolla más cilantro igual a guacamole. Piel más sol igual a quemadura. Su padre más su madre igual a ella.

La primavera había sido rara. Franny era Franny, como

siempre, la figura central de su propio sistema solar, el eje alrededor del cual tenía que bailar y girar el resto del mundo. Era Jim el que había estado comportándose de forma extraña. Nada tenía sentido después de que se jubilara tan de repente. *Gallant* era su oxígeno, su entretenimiento, su todo. Cuando Sylvia andaba por casa se lo encontraba en cualquier habitación, o en el jardín, con la mirada perdida. En vez de interrumpirlo, como habría hecho normalmente, intentaba evitarlo. Se le veía tan inmerso en sus pensamientos, que molestarlo parecía más peligroso que despertar a un sonámbulo. Aunque eso era antes de que se enterase. Cuanto más tiempo pasaba su padre en casa, más conversaciones oía Sylvia a través de las paredes y los suelos centenarios. Primero fueron solo fragmentos, unas palabras a un volumen más elevado que las demás, y luego, de repente, cuando su madre decidió que era demasiado duro fingir que todo era de color de rosa, Franny se lo había explicado de la siguiente manera: su padre se había acostado con alguien, lo cual se había convertido en un Problema que estaban intentando solucionar, como si las cosas pudieran solventarse con la ayuda de una calculadora gigante. Sylvia no sabía quién era la mujer, aunque sí que era joven. Siempre eran jóvenes, evidentemente. Jim no había estado presente durante la conversación; y había sido mejor para todo el mundo.

Los padres cambiaban cuando te hacías mayor, eso estaba claro. No podías dar por sentado que las familias de los demás funcionasen exactamente igual que la tuya, que cerraran o abrieran del mismo modo la puerta del cuarto de baño, que echaran también esa pizca de azúcar en la salsa de tomate, que entonaran la misma canción de cuna, desafinada pero efectiva, a la hora de irse a dormir. Sylvia había pasado los últimos meses viendo a su madre ignorar a su padre a menos que fuera para echarle la bronca, y Jim no era precisamente de los que toleraban bien las broncas. Sylvia se sentaba a la mesa de la cocina y los veía discutir, aun haciéndolo en silencio. Se preguntaba si siempre habría sido así, o si era que sus ojos de persona más madura reconocían ahora la gélida brisa que soplaba entre su padre y su madre. A veces, en los libros, había visto que hablaban de la habitación de él y la habitación de ella (también en las películas antiguas; en el canal TCM había siempre mujeres que se despertaban solas), y a lo mejor no era tan mala idea. ¿Qué eran los padres, de todos modos, sino dos personas que en su día se habían considerado la gente más inteligente del mundo? Eran una especie ilusoria, con un cerebro tan minúsculo como los de los dinosaurios. Sylvia no se planteaba casarse ni tener hijos. Había que pensar en la capa de ozono, los tsunamis... en preparar la cena. Era demasiado.

—Entremos —dijo—. Tanto sol me resulta deprimente.

Retiró una pierna de la piscina, luego la otra. El agua dejó manchas oscuras en el suelo de hormigón.

Joan cogió los cuencos y la siguió hasta el comedor.

Era la hora de la siesta. Todos estaban encantados con seguir esa costumbre y después de comer, con esa sensación de pesadez en los párpados, cada uno se había instalado en su rincón para dormitar un rato. Carmen estaba tumbada boca arriba y Bobby se había replegado a su lado como un molusco en su cascarón. Jim dormía en el sofá del salón con un libro sobre el pecho; Sylvia, bocabajo, con la cara girada hacia un lado, como un nadador. Lawrence dormía como un niño, tapado con la colcha hasta el cuello. Solo Charles y Franny permanecían despiertos y estaban en el cuarto de baño principal, Franny en la bañera y Charles sentado sobre la tapa cerrada del inodoro.

Gemma tenía los mejores productos de baño, por supuesto: champús y acondicionadores, cremas exfoliantes, pastillas de jabón con ramitas de lavanda francesa en el interior, geles de baño, sales, esponjas vegetales, piedras pómez, de todo. Franny tenía intención de pasarse una hora en remojo, aunque con ello agotara toda el agua caliente de Pigpen. La bañera no era muy larga, pero tampoco lo era ella, y con las piernas estiradas apenas rozaba el otro extremo.

—¿Y bien? —dijo Charles. Hojeaba una de las revistas basura que Sylvia se había comprado para el viaje—. ¿Cómo va?

Franny se había cubierto los ojos con un pañito.

—Ya lo has visto.

—Me refiero a cuando estáis los dos solos.

Giró la página y apareció un montón de mujeres con vestidos de noche cubiertos de lentejuelas.

—Pues igual —dijo Franny, y mantuvo la boca cerrada durante un par de segundos—. No pasa nada. Pero tengo tantas ganas de pegarle un puñetazo en el ojo como de que me pida perdón de verdad. No sé la de veces que me he planteado asesinarlo mientras duerme.

—¿Así que no estás enfadada? —La siguiente página exhibía todo el contenido del bolso de una actriz, desglosado pieza a pieza. Chicles, una lima de uñas, productos de maquillaje, un espejo, un par de zapatos de recambio, auriculares, una BlackBerry—. ¿Y qué lee cuando se aburre? —dijo Charles en voz baja.

Franny exploró el desagüe con el dedo gordo del pie.

—Lo mío supera el enfado. La verdad es que desconocía por completo la existencia de este espacio, de un lugar en el cual puede haber cosas tan terribles que la palabra «enfado» no sirve ni para empezar. ¿Lo hacemos? ¿Vendemos la casa? ¿Y Sylvia? ¿Se desequilibrará y se volverá loca si sus padres se divorcian en cuanto ella se largue a la universidad? —Dejó caer el pañito en el agua y salpicó un poco—. ¿Qué harías tú si Lawrence te engañara? ¿Pedirías el divorcio? —Se volvió para mirarlo.

Las amistades son complicadas, sobre todo cuando son tan antiguas como la que existía entre ellos. La desnudez no era más que una colección de cicatrices y marcas adquiridas con el tiempo. El amor era algo que se daba por supuesto, sin las complicaciones añadidas del sexo o los votos de fidelidad, pero la sinceridad siempre estaba allí, dispuesta a hacer zozobrar la barca. Charles cerró la revista.

—Yo le engañé en una ocasión. Con una persona. Más de una vez.

Franny se sentó y se giró torpemente en la bañera para quedarse frente a frente con Charles. La mitad de los pechos asomaba por encima del agua y la otra mitad permanecía debajo, sus carnes sumergidas. Charles pensó en pedirle permiso para tomarle una foto para pintar un cuadro más adelante —le diría que sí, siempre decía que sí—, pero comprendió que no era el momento.

—¿Qué?

Charles recostó la espalda en la cisterna. En la pared más estrecha del cuarto de baño había una pequeña ventana y Charles contempló las montañas, que a través del viejo cristal parecían ondularse.

—Fue al principio. Hace casi diez años. Ya vivíamos juntos, pero la relación no era todavía muy seria. O al menos no lo era para mí. Lawrence, bendito corazoncito, siempre pensó que lo nuestro iba para largo. Le gusta tenerlo todo muy claro y asentado, su trabajo, el apoyo de sus padres. Siempre quiso casarse, incluso antes de que fuera legal. Tenerlo todo bien documentado.

»Fue cuando trabajaba con la Johnson Strunk Gallery, ¿te acuerdas? ¿En la Veinticuatro? Y Selena Strunk tenía trabajando allí como auxiliares unos chicos guapísimos, unos niños que parecían actores porno recién salidos del gimnasio, cachas y adorables, con unas barbitas incipientes. No sé por qué podía gustarles yo. Andaba ya por los... ¿cuarenta y cinco? Pero supongo que los había que querían ser pintores. El caso es que uno de ellos, Jason, se las apañaba siempre para aparecer por la galería cuando estaba yo, y era un chico muy agradable. Un día lo invité a tomar un café. Y en cuanto nos sentamos, me agarró la polla por debajo de la mesa. Lawrence es el típico blanco anglosajón protestante, y antes se moriría que reconocer haber tocado una polla en público. De modo que me pilló por sorpresa. Solo fueron unas cuantas veces, en el transcurso de los meses siguientes, siempre en mi estudio.

Franny emitió un sonido.

—Ha sido involuntario —dijo, y se tapó la boca con el pañito y le indicó que continuara.

—Lawrence era muy joven. No pensaba que pudiera ser «él». Ni siquiera creía en el concepto de «él». Por eso me lo follé. Me sentía fatal, por supuesto, y la cosa acabó pronto, pero nunca se lo conté. Y eso es todo.

—¿Y eso es todo? ¿De modo que no piensas contarle nunca a tu marido que mantuviste relaciones sexuales con otro? No me jodas, Charlie.

Franny se cruzó de brazos, un gesto que, debido a su desnudez, tuvo menos efecto del esperado y la llevó a sumergirse sin querer un poco más en la bañera, razón por la cual tuvo que volver a enderezarse.

—No —dijo Charles—. Que te cuente esto no significa que no piense que lo que hizo Jim fue horroroso, porque lo fue. Simplemente te lo cuento porque tú me lo has preguntado. Yo no querría saberlo. Y si él lo hubiera hecho, y yo lo descubriera, seguramente lo perdonaría.

Franny hizo un gesto de exasperación.

—Evidentemente lo harías, claro.

El agua de la bañera se había enfriado y Franny abrió de nuevo el grifo del agua caliente. La estancia se volvió a llenar de vapor.

—Y aunque no lo hiciera, Fran, es la verdad. El matrimonio es difícil. Las relaciones son difíciles. Sabes que estoy de tu lado, sea cual sea, pero es la verdad. Todos hemos hecho cosas.

—Chorradas. Sí, todos hemos hecho cosas. Yo he hecho cosas como ponerme quince kilos encima. Él ha hecho cosas como meterle la polla a una jovenzuela de veintitrés años. ¿No te parece que una de esas dos cosas es muchísimo peor que la otra?

Franny se incorporó, con el cuerpo chorreando, y cogió una toalla. Se quedó quieta, el agua sucia chapoteando alrededor de sus pantorrillas.

—Estoy de tu lado, cariño —repitió Charles.

Se acercó a la bañera y extendió las manos, que Franny aceptó. Salió del agua como Elizabeth Taylor en el papel de Cleopatra, la barbilla levantada, el cabello oscuro mojado y pegado a la nuca.

—Bien —dijo en cuanto estuvo a salvo en terreno seco—. Los secretos no gustan a nadie. Tenlo siempre presente.

Le dio un beso a Charles en la mejilla y regresó a su habitación, con los ronquidos procedentes de todos los dormitorios de fondo.

Día siete

Esperar un bebé era como esperar que te diera un infarto; en un momento dado, tenías que rendirte y hacer otros planes sin saber si tendrías que cancelarlos o no. Charles y Lawrence habían viajado a Japón el año anterior, pero habían cancelado París cuando tuvieron la impresión —Lawrence había tenido el presentimiento, sin base alguna— de que podían ser los elegidos. Habían pasado las vacaciones solos en casa y sumidos en una ansiedad tan tóxica que les había impedido incluso mantener conversaciones intrascendentes. Los padres adoptivos en potencia tenían que superar una infinidad de obstáculos: escribir cartas, crear páginas web, seleccionar entrañables fotografías familiares en las que no apareciera ni una sola copa de vino. El objetivo era que la familia pareciese estable y resultara atractiva, conseguir que la madre biológica imaginara que su hijo viviría mejor estando en tus manos. Charles descubrió sorprendido que los hombres gais eran una alternativa atractiva, en parte porque nunca habría entre ellos discusiones sobre quién era la verdadera madre del niño. Pero nunca hasta la fecha habían salido elegidos y por esta razón la espera actual había adquirido cierto carácter surrealista, como si les hubieran dicho que iban a ganar la lotería pero había que esperar una semana para comprobar si realmente su número coincidía con el ganador.

Había sido el plan de Lawrence desde un buen principio y después de contraer matrimonio había sido imposible pararlo. Charles, por otro lado, nunca había acabado de imaginarse con un bebé. Al fin y al cabo, tenía a Bobby y a Sylvia, y otros amigos con mocosos a quienes poder comprar ropa cara que solo podía lavarse en la tintorería y todo tipo de regalos poco prácticos. ¿Acaso no era ese uno de los privilegios de ser homosexual, poder adorar a los niños y luego devolvérselos a sus padres? Pero Lawrence no pensaba lo mismo. Tenían amigos que lo habían gestionado a través de abogados, lo cual resultaba más caro, aunque también más privado. Lawrence decía que lo intentarían así si lo de la agencia no funcionaba. Habían asistido a reuniones informativas en Hockney, en Price-Warner, habían ido a cualquier lugar donde las parejas gais fueran bienvenidas. Tomaban asiento en salas de espera decoradas con colores vivos y silenciosas como un pabellón de oncología e intentaban no mirar a los ojos al resto de esperanzadas parejas. A Charles siempre le sorprendía que la moqueta no estuviera estampada con los agujeros provocados por el millar de miradas abrasadoras que debían de haberse posado en ella. En aquellas salas de espera no había globos ni sonrisas, eso solo se veía en los relucientes folletos.

Lo mejor que podían hacer, por el momento, era mantenerse ocupados. A Lawrence le habría gustado tener a mano un cubo Rubik o unas agujas para hacer punto, por mucho que no tuviera ni idea de cómo utilizar ni una cosa ni la otra. Pero con Mallorca tenía que haber suficiente. Hacía un día caluroso y Bobby, Carmen y Franny habían decidido quedarse en la piscina. Jim se había instalado a la sombra y leía una novela. Pero Lawrence no soportaba un día más sin hacer nada y el museo Miró caía cerca, a unos quince minutos en coche montaña abajo. Se lo dijeron a Sylvia y se fueron los tres.

El museo no tenía nada destacable: unas cuantas salas, grandes y frías, y los desenfadados cuadros y dibujos de Miró en las paredes. En una sala había una muestra de otros artistas españoles y la recorrieron rápidamente, deteniéndose solo de vez en cuando. A Lawrence le gustó uno de los cuadros de Miró —óleo y carboncillo sobre tela de gran tamaño de color beige con un punto rojo en el medio— que parecía un gigantesco pecho hinchado. Charles se tomó su tiempo en la última sala y Lawrence y Sylvia salieron y lo esperaron fuera.

Fuera del museo, a los pies de la ciudad, el mar se veía enorme y azul. El día olía a jazmín y verano. Sylvia posó las manos sobre los hombros de Charles y Lawrence y dijo:

—Pues bien, aquí estamos.

Colina arriba, después de doblar una esquina, estaba el estudio de Miró. Avanzaron aplastando la gravilla del camino y asomaron la cabeza en las distintas estancias, que estaban montadas como si el pintor rondara aún por allí. Había caballetes con telas y en las mesas se veían tubos de pintura abiertos y estrujados. A Charles le encantaba visitar los estudios de otros pintores. En Nueva York, los artistas jóvenes se alejaban cada vez más de Brooklyn y se instalaban en Bushwick y en rincones de Greenpoint lindantes casi con Queens. El estudio de Charles era aseado y completamente blanco con la excepción de los suelos, salpicados con el gotero accidental de muchos años. En Provincetown, trabajaba en la galería acristalada o en la pequeña y luminosa habitación que en su día fuera la buhardilla. ¿Había tenido hijos Miró? Charles hojeó el pequeño folleto que les habían dado en la entrada, pero no mencionaba nada al respecto. Muchos artistas tenían hijos, pero también tenían esposa, o pareja, alguien que estaba en casa. ¿Por qué no lo habrían hablado? Lawrence podía tomarse un tiempo de paternidad, naturalmente, unos meses, pero ¿no tendría que volver luego a trabajar? ¿Quién cuidaría entonces del bebé? A Charles le habría gustado que la trabajadora social les hubiese enviado una fotografía, pero no lo hacían; como les habían explicado en las reuniones, era igual que cuando la gente tenía un bebé biológico. Ves al niño cuando te lo depositan en los brazos.

Lawrence ladeó la cabeza y caminó hasta la habitación que se abría en el otro extremo del estudio, mostrándose en todo momento respetuoso con el espacio sagrado del artista. Era un rasgo que Charles adoraba de su marido, su disposición para ver lo que los demás no podían ver, que el arte era a la vez explotación y magia, comercio y espiritismo. No había sido fácil convencer a Lawrence para que viajara a Mallorca; dos semanas enteras con los Post no eran precisamente su ideal de vacaciones. Charles le acarició la cabeza con delicadeza. En Nueva York, con las prisas de Lawrence para marcharse a trabajar, nunca podían disfrutar de ratos como aquel. Cuando estaban en Provincetown, Charles iba caminando a la panadería para comprar el desayuno o trabajaba en su estudio mientras Lawrence seguía durmiendo. La verdad es que era un auténtico lujo poder visitar los dos un museo entre semana. Sylvia salió a contemplar el paisaje desde el mirador y los dejó a solas. Tal vez hubiera sido más fácil imaginárselo todo si el bebé —Alphonse, se llamaba Alphonse— hubiera sido niña.

—Hola —dijo Lawrence, volviéndose hacia Charles.

Se cruzó de brazos y ladeó la cabeza para recostarla en el hombro de Charles. No era una posición cómoda —Lawrence le sacaba a Charles casi diez centímetros—, pero el momento acompañaba.

—Estaba pensando en lo agradable que sería ir a casa —dijo Charles.

—¿Qué le has hecho a mi marido? —replicó Lawrence, riendo.

—¿Qué? —Charles le dio un pellizco en el costado y Lawrence se apartó—. Te comportas como si hubiera estado ignorándote.

Lawrence refunfuñó.

—Es que has estado ignorándome, por supuesto.

Charles asomó la cabeza hacia el exterior para ver si estaba Sylvia, que se había tumbado bocabajo en un banco, haciendo caso omiso a la presencia de los turistas que fotografiaban las vistas.

—No, cariño.

—Sí, cariño —replicó Lawrence, sin moverse y volviendo a cruzarse de brazos.

—Vamos, Lawr. ¿Cómo quieres que haya estado ignorándote? Estamos con media docena de personas. ¿Qué pretendes que haga, que finja que ni las oigo ni las veo?

—No —dijo Lawrence, regresando poco a poco junto a Charles. Entró entonces una pareja alemana y bajaron la voz—. No te pido que seas maleducado. Lo único que te pido es que dejes de comportarte como un perro sabueso, porque te pasas el día pegado al culo de Franny.

—Tu culo es el único al que me apetece pasarme el día pegado.

—Ahora no intentes ser amable conmigo. Estoy enfadado.

Charles pensaba a menudo que de haber tenido los medios o el dinero para tener un hijo biológico, un niño o una niña creado a partir del esperma de Lawrence, no se habría opuesto en absoluto. ¿Cómo no querer a una cosita que tuviera una cara como aquella?

—Lo siento —dijo Charles—. Lo siento. Sé que cuando estoy con ella me distraigo. Tú eres mucho más importante para mí, te lo prometo.

No era la primera vez que mantenían aquella conversación, aunque a Charles siempre lo pillaba por sorpresa. Por suerte, sabía lo que Lawrence necesitaba escuchar. Que lo creyera o no ya era otra historia. A veces lo creía y otras veces no. Dependía del estado de ánimo de Lawrence, de la hora del día que fuera o de si su último encuentro sexual había sido bueno o simplemente pasable.

Lawrence cerró los ojos después de haber escuchado lo que necesitaba escuchar.

—De acuerdo. Me parece que los dos estamos un poco ansiosos, ¿no te parece? Es eso, ¿no crees? ¿No lo notas?

Se estremeció entonces, y Charles también, como si de pronto en el estudio hubiera empezado a soplar una gélida brisa.

—Por supuesto que lo noto —dijo Charles.

Franny no había metido en la maleta ropa de deporte, pero por suerte calzaba el mismo número que Carmen, de modo que le pidió prestado un par de zapatillas deportivas y Carmen se mostró tan feliz de poder hacerle el favor que a punto estuvo de ponerse a levitar. Fran se había vestido con unas mallas y una camiseta con la que le gustaba dormir, aunque tuviera unos agujeritos en la zona del cuello. Tenía el pelo demasiado corto como para poder recogérselo en una coleta, pero tampoco quería que le cayese en la cara (Franny se imaginaba veloz como una de las hermanas Williams, corriendo como un rayo de una esquina a otra de la pista), razón por la cual decidió utilizar la diadema de tejido elástico que se ponía para lavarse la cara.

Antoni Vert estaba detrás del mostrador, al lado de la recepcionista. Igual que en la fotografía, lucía una gorra de béisbol que le tapaba la frente y unas gafas de sol con cristales de efecto espejo colgadas del cuello mediante un cordón de neopreno. Su cara, aunque más redonda que cuando aparecía con tanta frecuencia en televisión, seguía recordándole a Franny la de un artista de cine español: el hoyuelo en la barbilla, el cabello negro. Franny sonrió y corrió hacia el mostrador.

—Hola, señor Vert, Antoni, encantada de conocerlo —dijo, tendiéndole la mano derecha mientras que con la izquierda sujetaba las zapatillas prestadas.

Antoni realizó un giro de cadera y señaló el reloj de pared.

—Llega tarde.

—Oh, ¿de verdad? —Franny meneó la cabeza—. Lo siento muchísimo. Me temo que estamos todavía en fase de conocer las carreteras de la isla —añadió, sabiendo perfectamente bien que Mallorca poseía las autopistas mejor señalizadas que había visto en su vida, con claros carteles gigantescos y flechas indicadoras. El hecho de hablar en plural le otorgó un tono majestuoso a la declaración, como si culpara del retraso a un chófer invisible.

—Empezaremos ahora mismo —dijo él—. Necesitará raqueta, ¿no?

—Oh, qué tonta soy —replicó Franny. Gemma tenía un armario lleno de material deportivo, naturalmente. Era, por encima de todo, sana y diligente. Y era más que probable que en algún rincón de la casa hubiera incluso material para practicar el esquí de fondo, por si acaso la tierra dejaba de girar sobre su eje y las montañas se cubrían de repente con una fina capa de nieve blanca—. ¡Está en el coche! —Agitó la mano con las zapatillas y dio media vuelta para correr hacia el aparcamiento—. ¡Enseguida vuelvo!

Regresó y se ató las zapatillas mientras Antoni esperaba, claramente exasperado por el retraso. ¿A cuánto equivalía una clase de trescientos euros? Franny prefirió no hacer números. Era una experiencia de valor incalculable, un regalo que no podría comprar en ningún otro momento ni lugar. Se hizo un nudo doble mientras intentaba recordar la última vez que se había calzado unas zapatillas deportivas. Calculó que debió de ser en 1995, cuando intentó ponerse de nuevo en forma después del nacimiento de Sylvia y hacía gimnasia en el salón de casa siguiendo las instrucciones de un vídeo.

—Lista.

—Vamos —dijo Antoni.

Abrió la puerta y esperó a que pasase Franny. Para poder salir estaba obligada a rozar el cuerpo de él. Avanzó de lado, lo más lentamente que le fue posible, feliz como una perdiz.

En cuanto estuvo al otro lado de la valla, le dio la impresión de que las pistas estaban más concurridas que el otro día. En televisión se veían enormes, con cuerpos jóvenes y veloces que las recorrían de un extremo a otro, pero en realidad, una pista de tenis no era muy grande. De hecho, las pistas estaban tan pegadas las unas a las otras que empezó a pensar que acabaría lanzando pelotas a la pista vecina o, peor aún, contra la cara de alguien. Por suerte, Antoni siguió caminando hasta que llegaron a la última, que quedaba a varias pistas de distancia de la siguiente, que estaba ocupada, en este caso, por un niño de unos doce años y su entrenador.

—¿Sabe jugar? —preguntó Antoni con un acento muy marcado, su voz grave arrastrando las palabras.

—Veo todo lo que dan —respondió Franny, mintiendo—. Incluso los torneos de menor importancia. —Intentó pensar en algún nombre, pero le resultó imposible—. Conozco las reglas a la perfección.

—¿Y cuándo fue la última vez que jugó? —preguntó Antoni mientras hundía una mano en el bolsillo y extraía una pelota de tenis.

En aquel momento, Franny deseó que Charles la hubiera acompañado y hubiera respondido con algún chiste. Se le hacía extraño disfrutar sola de aquella experiencia cuando era evidente (evidentísimo) que acabaría escribiendo sobre el asunto, una historia que en un instante codificaría y plasmaría en una página. Y que incorporaría un ingenioso y algo atrevido chiste por parte de su mejor amigo, ahí, en el acto. Pero él no estaba. Luego se lo contaría, Charles ingeniaría el chiste y ella solo tendría que redactarlo.

—¿Qué? —respondió Franny—. Hace años. ¿Diez? —Una de las mujeres de su aborrecible club de lectura, enérgica y con andares de ganso, jugaba al tenis cada semana en Central Park, y una mañana Franny había jugado un partido con ella. La mujer la había apedreado con sus saques y no había dejado de reír en todo el rato disculpándose sin sentirlo en absoluto. Los moratones le habían durado semanas—. No soy deportista. Soy escritora. La verdad es que no hay muchos libros buenos sobre tenis. ¿Se ha planteado alguna vez escribir una biografía? Tengo muchos amigos que han hecho de negros escribiendo libros sobre deporte. Podríamos hablar, si le interesa.

—Bien, empezaremos en plan fácil —dijo Antoni, haciéndole caso omiso. Se colocó al otro lado de la red—. ¿Preparada?

Sin que Franny se diera ni cuenta, Antoni sacó una pelota, que aterrizó a un metro de donde estaba ella.

—Lo siento —dijo, riendo—. ¿Pretendía que le devolviese eso? Me resulta muy divertido jugar con usted, la verdad.

—Esto no es jugar. Es entreno. Calentamiento.

Sacó otra pelota y Franny vio sorprendida que sus pies entraban en movimiento y el brazo que sujetaba la raqueta se extendía. Conectó. La raqueta golpeó la pelota y la elevó por encima de la red. Franny se emocionó tanto con su destreza deportiva que empezó a dar brincos, ignorando el hecho de que Antoni, naturalmente, iba a devolvérsela. Y así lo hizo. La pelota pasó por su lado y su trayectoria saltarina alcanzó la valla sin que nada la interrumpiera.

—Lo siento, lo siento —dijo Franny—. Ahora sí que estoy lista. ¡Lo siento! Es que no sabía qué pasaría. Lista.

Se agachó como hacían los tenistas en televisión y meneó las caderas hacia uno y otro lado.

Antoni asintió, los ojos ocultos detrás del cristal de espejo de sus gafas. Arqueó el cuerpo hacia atrás y lanzó la pelota. Franny lo había visto jugar durante tantos años que conocía bien el movimiento de su cuerpo. No tenía ningún tic obsesivo-compulsivo, como sucedía ahora con muchos tenistas jóvenes (Nando Vidal era famoso por girar la cabeza hacia un lado y toser, un gesto que McEnroe siempre equiparaba a un examen prostático). El cuerpo de Antoni se movía con determinación, sus espaldas eran anchas como las de un nadador. Lanzó otra bola y le dio lentamente con la raqueta, con la delicadeza de una madre hacia su hijo. Franny empezó a dar saltitos hacia los dos lados, con la esperanza de adivinar hacia dónde iría la pelota, y entonces echó a correr. Y logró situar el borde de la raqueta justo debajo, a tiempo de devolverla por encima de la red. Intercambiaron varios golpes suaves hasta que Franny falló uno y empezó a jadear, feliz y emocionada.

—No está mal —dijo Antoni. Franny se secó la frente con la punta de los dedos—. Déjeme ver ahora su saque. —Pasó a su lado de la red y se situó deliberadamente detrás de Franny. Deslizó las gafas de sol por el puente de la nariz y se cruzó de brazos—. Lance la bola y luego saque.

Franny hizo botar la pelota un par de veces y descubrió con alivio que la sensación seguía resultándole familiar. Había habido una época en la que todo aquello era una función normal para ella y obligó a todos los átomos de su cuerpo a recordar aquellos tiempos, en Brooklyn, acompañada por las chicas del equipo del instituto, charlando y gritando. Lanzó la pelota al aire y movió la raqueta. Franny escuchó un cruji-do, luego avanzó tambaleante unos metros y, a continuación, se encontró tendida boca arriba en medio de la pista con la bronceada cara de Antoni Vert a escasos centímetros. Por fin parecía tan encantado de verla como ella de verlo a él.

Bobby y Carmen estaban junto a la piscina haciendo sus ejercicios, lo que en condiciones normales habría llevado a Lawrence a dar media vuelta y regresar a su habitación para pasar un par de horas leyendo allí, pero el día era tan espléndido que no le apetecía quedarse dentro. Se puso el sombrero y las gafas de sol y salió con una novela bajo el brazo.

—Hola —dijo Bobby desde el extremo más hondo de la piscina.

Se mantenía inmóvil dentro del agua como un profesio-nal, rebotando como si lo impulsara un muelle, las puntas mojadas de sus rizos poderosas y oscuras.

—¡Hola! —dijo Carmen.

Estaba en mitad de una flexión; se detuvo un momento y luego siguió descendiendo hacia el suelo hasta que estiró los brazos e incorporó el cuerpo hasta dejarlo en posición hori-zontal. Lawrence se quedó impresionado.

—Eres muy buena —dijo. Se quitó las chanclas y se aco-modó en una tumbona.

—¡Gracias! —replicó Carmen, sin parar—. Puedo ense-ñarte, si quieres.

Lawrence dejó caer un poco de crema de protección solar en la palma de la mano y empezó a untarse con una fina capa: brazos, piernas, mejillas, nariz. Era un producto caro, blanco como la tiza y resistente al agua.

Bobby se quedó mirándolo.

—¿Qué es eso? ¿Zinc?

—¿El qué? ¿Esto? —dijo Lawrence, dándole la vuelta al tubo—. No lo sé. Está hecho de cosas que soy incapaz de pronunciar.

—¿No quieres ponerte moreno? —Bobby se acercó nadando al borde de la piscina—. A veces, cuando voy a la playa, me pongo solo aceite bronceador y me quedo dormido. Es lo mejor. Te despiertas y estás completamente bronceado. Como una estatua.

—Me parece una forma estupenda de acabar con cáncer de piel.

—Sí, supongo. —Bobby pataleó un poco, sus pies proyectaron pequeñas columnas de agua. Lawrence intentó imaginarse lo que debía de ser tener un bebé y luego ver que se transformaba en un adulto aficionado a untarse con aceite bronceador. No era tan terrible como fumar crack, pero la motivación no guardaba grandes diferencias. Bobby sumergió la cabeza en el agua y se impulsó para salir de la piscina—. Me voy a la ducha, chicos. Nos vemos luego.

Carmen refunfuñó y Lawrence asintió. Permanecieron unos minutos en silencio, Carmen con sus flexiones y Lawrence sin hacer nada, contemplando el paisaje y viendo emerger rostros de rasgos desiguales en las montañas, como sucede a menudo cuando miras las nubes. Vio un hombre con una gran barba, un gato enroscado hasta adquirir la forma de un dónut, una máscara samoana, un bebé dormido.

—¿Cuánto tiempo lleváis ya juntos? —oyó que preguntaba su propia voz.

No le apetecía leer el libro que había traído consigo. Era sobre la película en la que empezaría a trabajar próximamente, la adaptación de una novela de época. Gran Bretaña, siglo XIX, muchas escenas de fiestas con cantidad de extras, montones de caballos. Esas eran las peores. Cada página que pasaba se convertía automáticamente en símbolos del dólar, y a medida que leía visualizaba el coste de los miriñaques, de los encajes antiguos, de las sombrillas de importación. Los hombres lobo tampoco eran lo mejor de este mundo, pero los sacos de pelo falso eran más baratos que los perros de verdad para una escena de caza. Sus películas favoritas eran las pequeñas, donde los actores vestían su propia ropa, se peinaban su propio pelo, o no se lo peinaban, y alquilaban una casa rural por una semana y dormían unos encima de otros como una camada de gatitos recién nacidos. En esos casos, era capaz de llevar la contabilidad incluso dormido.

—¿Bobby y yo? —Carmen se había sentado con las piernas abiertas y se inclinó hacia delante—. Siete años, casi.

—Caray, ¿de verdad? —dijo Lawrence—. ¿Estaba aún en la universidad cuando empezasteis?

Carmen se echó a reír.

—Lo sé, era un bebé. En casa tenía una cubertería mínima. Un tenedor, un cuchillo y una cuchara. Y luego un cajón lleno de cubiertos de plástico de establecimientos de comida para llevar. Era como salir con un crío del instituto, te lo juro. —Dobló el torso sobre una pierna y alcanzó con los dedos de la mano la punta de la zapatilla—. Jodidos tendones.

—No digas palabrotas. ¿Y cuántos años tenías cuando os conocisteis? Nosotros también nos llevamos mucha diferencia de edad y la gente no para de preguntármelo. Y que conste que no pretendo ser grosero.

En realidad, Lawrence no sabía si lo suyo era grosería, pero sí que sentía curiosidad. Odiaba que la gente le formulara esa pregunta. Los hombres jóvenes lo articulaban de tal manera que daban a entender que Charlie era viejo, y los mayores lo hacían de tal otra que daban a entender que Lawrence no era más que un juguete de usar y tirar, disponible para tener sexo a todas horas, por cualquier orificio. Pero no era nada de todo eso. Lawrence nunca pensaba en los diez años de diferencia que los separaban excepto cuando jugaban al Trivial Pursuit y Charles sabía qué actores habían participado en qué programas de televisión y quién había sido el vicepresidente de qué. En la vida diaria, la diferencia de edad era tan relevante como saber quién había terminado el papel higiénico y tenía que sustituirlo por un rollo nuevo, que era lo mismo que decir que, si en algún momento tenía importancia, era solo durante una décima de segundo y luego el tema caía en el olvido. La edad de Charles les había preocupado una vez, pensando en las madres biológicas, pero ahora que habían superado la primera ronda, Lawrence confiaba en que no fuera ese el asunto que se interpusiera en su camino. Podían cambiar de casa, de barrio, de muchas cosas, pero eso no podían modificarlo.

—Ahora tengo cuarenta, de modo que supongo que tendría treinta y cuatro. ¿O tal vez treinta y tres? No recuerdo exactamente el mes en que se matriculó en el gimnasio.

—¿Y fuisteis en serio desde el principio?

—Supongo. —Carmen cerró las piernas. Se quitó la goma elástica que le recogía el cabello en una coleta y sacudió la cabeza. Los rizos húmedos cayeron sobre sus hombros, creando ángulos estrambóticos allí donde la goma los había marcado—. Intentamos que sea una cosa informal, pero con respeto, no sé si me explico.

Lawrence no entendió qué quería decir y, en consecuencia, negó con la cabeza.

—Me refiero a que lo nuestro es una relación exclusiva, aunque durante los primeros años siempre fue más en plan «bueno, ya veremos». Ahora, sin embargo, creo que es una relación sólida de verdad.

—Entendido.

Le parecía una chorrada, el tipo de argumento que darían los hombres con varias novias de reserva. Lawrence tenía una docena de amigos que encajaban en esa descripción, hombres que rehuían el compromiso, que no le encontraban sentido. Pero sus amigos eran mayores, y solo una mínima parte de ellos mostraba interés por tener hijos. La vida sería mucho más interesante si uno pudiera formular todas las preguntas que deseara y esperar respuestas sinceras. Lawrence se limitó a sonreír sin abrir la boca.

Carmen se incorporó. Todavía había luz pero las agujas de los pinos habían empezado a cambiar su brillo por oscuridad, lo que significaba que el sol se despedía ya por aquel día.

—¿Y tú? ¿Cuándo decidisteis casaros vosotros? ¿Cuándo supisteis que estabais preparados para eso?

—Cuando pudimos.

Lawrence habría celebrado mil bodas con Charles. Habían celebrado una fiesta cada vez que se aprobaba una ley, y una con sus padres en el ayuntamiento, seguida por una fiesta enorme en un restaurante del Soho donde Charles había pintado representaciones de ellos en las paredes, de modo que había sido como estar rodeados por ellos mismos, sonriendo en dos lugares a la vez, Lawrence, Charles e incluso Franny. Y cuando Lawrence, de pequeño, hacía ya cientos de años, fantaseaba con su boda de ensueño con los muñecos Ken que le robaba a su hermana y los colocaba unos encima de otros sobre la litera, allí donde nadie los pudiera ver, jamás se habría imaginado que fuera a ser así. Por aquel entonces, Lawrence no sabía, y no lo sabría hasta unas décadas más tarde, que el matrimonio significaba unir tu destino al de tantísima gente: los suegros y los amigos del alma de toda la vida, los niños chillones que acabarían convirtiéndose en adultos que también exigirían sus regalos de boda.

—Eso suena bien —dijo Carmen.

Pero Carmen ya había dejado de escucharlo y estaba inmersa también en su boda de ensueño. Sería una cosa íntima, tal vez en la playa y luego con un banquete en algún restaurante. Sus parientes cubanos querrían una orquesta, de modo que la tendrían, los hombres con guayaberas y las mujeres con flores detrás de la oreja. A pesar de que Carmen no comía azúcar, su madre insistiría en que hubiera un pastel —*tres leches*— y todo el mundo tendría su porción. Bobby fingiría lanzárselo a la cara, pero le daría en cambio un mordisquito minúsculo, puesto que sabía perfectamente bien que cada pedazo que engullera significaría cincuenta saltos más al día siguiente. Pero el día de su boda comería una porción entera y le daría igual, de tan feliz que se sentiría. Juntos, Bobby y ella formarían un equipo de entrenamiento y era posible que algún día dejaran atrás Total Body Power para poner en marcha un gimnasio propio. Carmen había empezado incluso a pensar en nombres.

Clive. Clifton. Clarence. Lawrence siempre se había imaginado que el bebé sería niño, tal vez porque ellos dos eran hombres, tal vez porque le gustaría tanto que fuese niña que pensaba que podía traerle mala suerte fantasear con esa posibilidad. Alphonse no era de su agrado, pero eso siempre podían cambiarlo. Los nombres que empezaban con C sonaban naturales y un poco pasados de moda, como le gustaba a él. Para niña le gustaban nombres más rebuscados: Luella, Birdie, o incluso algo cinematográfico, como Scarlett. Conocían una pareja que acababa de tener la suerte de ser la elegida por una madre biológica y andaban locos por la falta de horas de sueño, aunque felices como perdices. Y ese era el deseo de Lawrence: la oportunidad de contemplar, a las cuatro de la mañana y con ojos legañosos, a un adormilado Charles, queriendo que se levantara para darle su toma al bebé. Imaginaba incluso el olor acre de las regurgitaciones, la sensación desagradable de los pañales sucios. Y lo deseaba con ansia.

A veces era agradable permanecer sentado en silencio en compañía de una persona desconocida, cada uno inmerso en sus propios pensamientos. En cuanto la presión para seguir hablando desaparecía, el silencio podía prolongarse durante horas, te cubría como una especie de manto de gasa fina, como cuando dos personas miran por la ventanilla de un tren en marcha. Tanto Lawrence como Carmen acababan de descubrir que se agradaban más de lo que se habían imaginado y siguieron allí sentados, sin cruzar más palabra, hasta que el sol se puso por completo.

Franny estaba acostada en la cama con una bolsa de hielo sobre el chichón que se le había formado en la cabeza. Antoni la había acompañado personalmente en coche hasta la casa, un viaje que a Franny le habría gustado recordar por algo más que por las fuertes punzadas de dolor. Cuando Charles había abierto la puerta, Antoni había intentado explicarle lo sucedido, aunque poco había que explicar. Franny se había golpeado en la cabeza con la empuñadura de la raqueta de tenis y se había quedado inconsciente unos momentos. Se pondría bien, Antoni estaba seguro, aunque reconoció no haber visto nunca una cosa como aquella, un golpe tan directo contra la propia cabeza. Antoni se había mostrado muy atento en todo momento y cuando se quitó las gafas de sol y la gorra, Charles comprendió el porqué de los nervios y la excitación de Franny. Seguía siendo atractivo y hablaba a tal velocidad a través de aquella hermosa boca que Charles casi ni prestó atención a lo que decía, le bastaba con que siguiera hablando. Franny tenía un *swing* potente, dijo Antoni con una sonrisa. Programarían una nueva hora de clase, si ella quería, y Antoni la llamaría para saber cómo iba todo. Antoni le anotó a Charles el nombre de su médico personal y se marchó en el coche que esperaba fuera y que uno de sus empleados había conducido hasta allí.

Prepararon la cena y cenaron sin ella. Charles le llevó un plato a la cama y regresó después de que Franny comiera solo un poco. Como siempre, Carmen se mostró encantada de ayudar a recoger y lavar los platos, sobre todo ahora que no estaba Franny, pero Jim la echó del fregadero. Se arremangó hasta los codos y abrió el grifo.

—Tranquila. Ya lo hago yo —dijo Jim con autoridad, y Carmen, con las manos levantadas, se retiró.

—Tú lava y yo seco —dijo Charles, dejando un trapo sobre el mostrador.

Bobby había desaparecido rumbo a su habitación y Sylvia seguía sentada en el comedor, hipnotizada por su ordenador portátil. La casa estaba en silencio, como siempre, aunque en el exterior el viento iba en aumento y las ramas de los árboles aporreaban de vez en cuando las ventanas.

Jim mojó el estropajo y empezó a lavar. Trabajaron unos minutos en silencio, una cadena de montaje de dos personas. En la mesa del comedor, Sylvia emitió un fuerte bufido y luego una carcajada más fuerte si cabe. Tanto Jim como Charles se volvieron hacia ella en busca de una explicación, pero Sylvia seguía con los ojos pegados a la pantalla.

—No entiendo lo de Internet —dijo Charles—. Es como un gigantesco vacío.

Jim estaba de acuerdo con él.

—Un vacío ilimitado. Oye, Syl —dijo—, ¿qué pasa por ahí?

Sylvia levantó la vista. Tenía la expresión enloquecida del niño que ha mirado el sol directamente, pestañeaba y parecía haberse quedado temporalmente ciega.

—¿Qué decís, chicos?

—Nada, cariño —replicó Jim, riendo.

Sylvia volcó de nuevo su atención en la pantalla y se puso a teclear con fiereza.

Charles se encogió de hombros.

—Al menos, siempre podrá encontrar trabajo como mecanógrafa.

—Me parece que eso ya no existe. Auxiliares administrativas, quizá, pero no mecanógrafas.

—Parece que Franny está bien.

Se miraron a los ojos un instante mientras Jim le pasaba a Charles un plato ya limpio.

—¿Tú crees? —Jim se pasó por la frente el dorso de la mano mojada—. La verdad es que yo ya no sé qué decir. Supongo que lo sabrás mejor tú.

Charles cogió el plato con ambas manos y le dio vueltas y vueltas hasta dejarlo completamente seco.

—Creo que sí. El chichón no tiene buena pinta, pero se curará.

—¿Crees que deberíamos demandar a ese tenista, a ese como se llame? Nunca me gustó. Primero esa coleta asquerosa que siempre llevaba. Ahora esto.

Tener entre manos otra causa judicial podría servir para equilibrar la de él, obligarlos a formar equipo. Jim se imaginó a Franny y él entrando en la sala del tribunal de Mallorca, el chichón de Franny del tamaño de una pelota de tenis, la prueba fehaciente de la negligencia de Antoni.

—¿Y tú cómo estás? —preguntó Charles.

Miró expresamente los platos, ya listos para guardar, y luego las manos, que se secó con el trapo.

Sylvia estaba reproduciendo un vídeo, cuyo sonido bramaba a través de los minúsculos altavoces del ordenador. Vivía en el país de la adolescencia, feliz y desgraciada en igual medida, ignorante de las penurias que tuviera que padecer cualquier corazón humano que no fuese el suyo. Jim volvió a abrir el grifo del fregadero, aunque no había más platos que lavar.

—No tengo ni idea —dijo.

Charles posó la mano en el hombro de Jim y le dio un apretujón. Le gustaría poder decirle a Jim que todo iría bien y que su matrimonio era tan sólido como siempre, pero mentir le parecía peor que ofrecerle una pequeña muestra de compasión.

Día ocho

El viento amenazador de la noche se transformó en una intensa lluvia. Gemma no los había alertado acerca de la posibilidad de que hiciera mal tiempo y Franny estaba furiosa. Se levantó renqueante de la cama y se acercó a la ventana para observar las enjutas gotas de lluvia que se estampaban con un sonido metálico contra la tensa superficie de la piscina. Era sábado, uno de los pocos días de fin de semana que pasaría en Mallorca, por mucho que no hubiera gran diferencia entre la semana y el fin de semana. No obstante, Franny se sentía engañada y pensó enseguida en bajar para quejarse. Pero antes, rodeó la cama tranquilamente y entró en el cuarto de baño, donde su reflejo la dejó tan sorprendida que gritó. Después de esperar un momento y ver que nadie acudía al rescate —otra cosa de la que poder quejarse luego—, Franny se acercó un poco más al espejo.

No sabía cómo, pero se había golpeado con su propia raqueta, eso lo entendía, y con tanta fuerza que había caído noqueada al suelo. El chichón se elevaba en el centro, un solitario volcán en un valle que hasta entonces había sido un remanso de paz.

—¡Uf! —exclamó.

Reforzó el nudo de su albornoz negro, como si con el gesto pudiera cambiar algo, y descendió las escaleras con la lentitud de Norma Desmond, deseando por primera vez en su vida haber tenido la idea de meter un turbante en la maleta.

El baúl del salón guardaba un espléndido surtido de juegos de mesa: Monopoly y Risk, el juego de la Oca. Charles había realizado un breve pero apasionado discurso sobre un juego de adivinanzas con mímica, pero todo el mundo había descartado la idea enseguida. Se habían decidido por fin por el Scrabble, y Lawrence iba ganando, puesto que era el mejor en matemáticas y todo el mundo sabía que, en el fondo, eso era lo que realmente se necesitaba para triunfar. Conocía todas las palabras de dos letras, OC y ZA, y jugaba con ellas sin piedad, incluso cuando el tablero estaba tan denso que era complicadísimo que los demás pudieran jugar su turno. Bobby, Sylvia y Charles estaban mirando fijamente sus letras, como si prestarles toda su atención aumentara sus posibilidades.

—Estoy seguro de que haces trampas —dijo Bobby—. Ojalá tuviéramos un diccionario de Scrabble. Sylvia, mira si lo encuentras en el ordenador.

—Que te jodan. Estás enfadado porque pierdes —replicó ella, reordenando las fichas de su tablilla. Tenía dos O. «Zoo.» «Oso.» «Bobo.» «Ojo.» «Ocho.» Sylvia siempre jugaba con la primera palabra que encontraba y no le importaba que el siguiente jugador pudiera disfrutar de puntuación doble. Se decidió por «zoo».

—Dadme siete puntos, por favor.

Lawrence se pasó las manos por la cara, arriba y abajo.

—Sylvia, cariño, me desesperas. Puedes hacerlo mucho mejor, sé que puedes.

—Déjala jugar como le apetezca, Lawr —dijo Charles, acariciándole la muñeca con cariño—. Bien, veamos...

Jugó con la palabra ZOÓTROPO, aprovechando el zoo de Sylvia, un bingo. Charles y Sylvia aplaudieron.

—Así que nada —dijo Bobby.

Carmen no era aficionada a los juegos de palabras, ni a los juegos de mesa en general, y había permanecido sentada en el sillón del otro extremo de la estancia, hojeando las revistas de Sylvia. Ya las había leído y se sabía las fotografías de memoria. Una estrella de la televisión flaquísima, otra gorda, y las dos con el mismo biquini. Cada pocos minutos se levantaba y se situaba detrás de Bobby para mirar las letras que tenía, luego miraba el tablero y al final regresaba al sillón como un gato casero insatisfecho. La última vez que habían ido de vacaciones, hacía dos inviernos, Bobby y Carmen se habían instalado en un hotel llamado Xanadú en régimen de todo incluido. El hotel estaba en una isla caribeña y dado que la comida y el alcohol ya estaban pagados, se habían sentido como famosos ricachones, tal y como el folleto del hotel aseguraba que lo harían. En uno de los bares de la piscina se habían tomado seis margaritas seguidas y cuando Bobby vomitó al llegar a la habitación, les dio lo mismo, puesto que las consumiciones les habían salido gratis y no tenían que limpiarlo ellos. Habían alquilado motos de agua y habían practicado el esquí acuático con paracaídas. Habían hecho el amor en una cabaña del extremo más alejado de la playa, dos veces en un mismo día. La gente que habían conocido en Xanadú era estupenda; todo parejas como ellos, dispuestos a bailar hasta el amanecer y tal vez también a hundirle la lengua hasta el cuello a otro cuando su novio o su novia iban al baño. Había sido divertido. Nada serio, nada aburrido. A pesar de que habían pasado casi todo el tiempo tumbados en la playa, tuvieron la sensación de estar haciendo algo de provecho.

Broncearse, beber, bailar. Habían sido unas vacaciones de verdad. Pero estar encerrados en aquella casa de Mallorca era como el día en que la madre de Carmen, cuando estaba en cuarto curso, se olvidó de ir a recogerla a la biblioteca a la salida del colegio.

—Bobby, ¿puedo hablar un momento contigo? —dijo, después de levantarse otra vez y dejar caer la revista al suelo.

Bobby miró el tablero, luego a Lawrence, luego a su hermana.

—Jugad despacio —dijo, y siguió a Carmen hacia la cocina.

—¿Has hablado ya con tus padres? —preguntó ella cuando ya nadie podía oírlos.

—¿Sobre qué?

Bobby miró por encima del hombro para asegurarse de que no había nadie cerca. Escuchar a escondidas era uno de los talentos de su hermana.

—Sobre lo del dinero. No es tanto, en realidad. Y si pudieras liquidarlo todo ahora, los intereses... —Bobby hizo callar a Carmen tapándole la boca con la mano—. Oye, cuidado —dijo ella, retirándosela.

—Mira, son mis padres, ¿entendido? Sé cómo tengo que hablar con ellos —dijo Bobby, y se cruzó de brazos mientras soplaba para apartar un rizo que le caía sobre la frente.

—De acuerdo, si tú lo dices —replicó ella—. Es solo que ya llevamos unos días aquí y el tiempo se acaba. ¿Y por qué no me contaste lo del trabajo de tu padre? No sabía que se había marchado de la revista para siempre.

—Ya —dijo Bobby—, tampoco lo sabía yo. Supongo que mi madre debió de contármelo, pero ni la escuché. Es jodido. No sé, tal vez ahora sea un mal momento. —Se escuchó un coro de gritos en el salón—. Hablamos luego del tema, ¿vale?

No esperó la respuesta de Carmen y volvió al salón. Carmen tomó asiento junto a la ventana y contempló la lluvia. Pensó entonces en si sería posible que un rayo atravesara el cristal, o las paredes, e impactara directamente en el pecho de Bobby. Ella solo intentaba ayudar. Con la familia de Carmen nunca pasaban más que una tarde, y eso que vivían a veinte minutos de su casa. Se le ocurrió elaborar una lista de todo lo que ella hacía por él, solo por tenerlo plasmado sobre papel y poder verlo claro y sin ambigüedades. Los Post no eran tan estupendos si resultaba que nunca le habían enseñado a Bobby cómo se debía tratar a las chicas. La lluvia no cesó hasta el anochecer.

Bobby necesitaba salir de la casa. Después del torneo de Scrabble (en el que Lawrence había quedado primero, Charles segundo, un reacio Jim en tercera posición después de una única partida con buena puntuación, Bobby cuarto y Sylvia, muy rezagada, en quinto puesto) y de una cena ligera, Franny había puesto la directa y quería ver una película maratoniana protagonizada por un actor que a Bobby no le sonaba de nada y que le importaba un comino. Necesitaba salir de la casa. Carmen seguía ignorando sus caricias, enfadada aún con él, de modo que le pidió las llaves a su madre.

—Sylvia —dijo. La idea de una noche solo en Palma resultaba embriagadora, pero no sabía adónde ir—. Envíale un mensaje a tu profesor y pregúntale dónde están los mejores bares de la ciudad. Algún lugar divertido.

Carmen, sentada en el extremo opuesto de la estancia, enarcó las cejas, pero Bobby decidió ignorar el gesto. Carmen no estaba invitada.

Joan fue rápido. Envió una lista con tres locales de un lugar llamado Magaluf, un pueblo situado a las afueras de Palma, famoso por sus discotecas. Eran para turistas, dijo, pero cuando pinchaban *disc-jockeys* buenos, los frecuentaban todos los mallorquines. El mejor, según Joan, era un lugar llamado Blu Nite, y justo esa noche pinchaba un tal Psychic Bomb. Sylvia reconoció de mala gana que había oído hablar de él y Bobby lo había visto en directo en Miami.

A Bobby no le gustaba salir solo. En Miami, si no estaba con Carmen, salía con una cuadrilla de chicos del gimnasio, otros entrenadores y algún que otro cliente selecto, o a veces incluso con antiguos amigos de la universidad, aunque ya no los veía tanto como antes. Algunos se habían casado y uno hasta tenía un bebé. «No, gracias», esa era la filosofía de Bobby. Pensar en la posibilidad de que Carmen lo acompañara y siguiera machacándolo sin su madre presente para ponerle el bozal era tan horroroso que Bobby solo tenía una opción como acompañante para ir de fiesta. Resultaba gracioso que todos los Post pensaran a buen seguro que Carmen era muda, cuando lo único que hacía era decirle a él que lo hacía todo mal. En el gimnasio, en la lavandería, en la cama.

—Syl, ¿quieres venir conmigo?

Sylvia volvía a estar enganchada a la pantalla del ordenador, deleitándose con la idea de que Joan estaba cerca de allí haciendo lo mismo. Bobby nunca le había pedido nada de ese estilo, con la excepción de ir a buscar unos burritos al restaurante de la esquina, y no estaba segura de haberlo oído bien.

—¿Quieres venir conmigo? —repitió Bobby.

—Oh, sí, claro —dijo Sylvia, cerrando lentamente el ordenador—. Dame un minuto para vestirme.

Subió corriendo a su habitación y abrió la maleta. Empezó a rebuscar con la esperanza de encontrar un cofre lleno de cosas que en realidad no había metido en su equipaje. Se le pasó por la cabeza que en la habitación de Carmen y Bobby a buen seguro encontraría todo lo necesario para vestirse para acudir a una discoteca barata, pero Carmen llevaba todo el día muy rara y, si no iba a acompañarlos, significaba que algo extraño pasaba. De modo que Sylvia eligió sus vaqueros más ceñidos y una camiseta que tenía desde quinto estampada con una imagen de los Jonas Brothers y confió en que sirviera. Ni siquiera había pensado en meterla en la maleta, pero era pequeña y ceñida, y esperaba que los españoles compartieran con ella su ironía nostálgica.

El Blu Nite estaba en una esquina, en la misma manzana que un restaurante de *sushi* y un bar que prometía karaoke. Sylvia se había calzado sus mejores zapatos, un par de bailarinas negras planas, pero enseguida se dio cuenta de que todas las mujeres que veía andaban majestuosamente encaramadas a unos tacones de vértigo. Había dejado de llover, pero las calles estaban aún resbaladizas y llenas de charcos que amenazaban con empaparte los pies. Bobby no se daba ni cuenta de los saltitos de Sylvia para esquivar los charcos y del paso acelerado que tenía que llevar para seguir su ritmo.

—¿Llevas encima un carné falso? —le preguntó, sin volverse apenas para mirarla.

—Me basta con tener dieciocho años. Y ya los tengo. De manera que no —respondió ella, correteando para ponerse a su altura.

Bobby iba vestido como si estuviera en Miami: pantalones tejanos oscuros, camisa por fuera con los dos botones de arriba desabrochados y una cadena de plata que Carmen le había regalado por Navidad. Miró de reojo a Sylvia, dejando patente que se arrepentía de haberla invitado, y señaló la puerta de la discoteca.

—Lo que tú digas. Entremos. Necesito una copa.

Las paredes estaban cubiertas con tubos de neón de color

azul, lo que le pareció a Sylvia una decoración excesivamente obvia. Era pronto, razón por la cual no había todavía mucha gente, pero sí varios grupos de chicas bailando juntas en el centro de la sala.

—¿Y esto es una discoteca? —preguntó Sylvia, pero la música estaba tan fuerte que su hermano o no la oyó o pudo ignorarla sin quedar como un maleducado.

Tal vez se esperaba una pista de baile iluminada como la de *Fiebre del sábado noche* o, como mínimo, un cordón de terciopelo para barrar el paso. Pero el Blu Nite era una sala gigantesca con sofás de cuero negro pegados a las paredes y un grupito de mesas de cristal altas junto a la barra, donde parecían estar congregados los hombres que acudían solos. Todos iban vestidos como Bobby, con camisas con estampados geométricos que formaban ángulos estrambóticos, como si toda la ropa de España se hubiera aplastado al pasar por la máquina de estampación y los logos se hubieran encaramado a los hombros en vez de quedarse en el pecho. Era el *look* clásico de los europeos: limpio, reluciente y tan bien peinados como en Nueva Jersey. Estaba tan ensimismada mirando que ni se dio cuenta de que Bobby se encontraba en el otro extremo de la sala, de cara a la barra.

—Pídeme algo —dijo, después de corretear tras él.

Bobby asintió y levantó dos dedos en dirección al camarero.

—¡*Dos*!

La cabina del pinchadiscos estaba donde se acababa la barra, sobre una plataforma elevada. Desde donde estaba, Sylvia solo veía la cabeza de Psychic Bomb moviéndose al ritmo de la música. Acababa de mezclar el tema que sonaba con una canción de Katy Perry que Sylvia reconoció, y las chicas de la pista chillaron como locas.

—Ten —dijo Bobby, entregándole un vaso enorme.

—¿Qué es? —preguntó Sylvia, olisqueando el borde. Olía a jarabe para la tos.

—Red Bull con vodka.

Bobby tomaba lo mismo. Permanecieron un minuto allí, Sylvia sorbiendo la dulce bebida con una pajita y Bobby engulléndola a grandes tragos. El vaso de Bobby se quedó inmediatamente vacío y regresó a la barra para pedir otro.

—¿Tienes sed? —le preguntó Sylvia cuando regresó a su lado.

—La verdad es que necesitaba salir de esa casa —dijo Bobby sin mirarla. Inspeccionó la sala con la mirada, la cabeza moviéndose al ritmo de la música—. Carmen me estaba volviendo loco.

—¿Y mamá?

—Y mamá. —Bobby la miró por fin—. Me cuesta creer que sigas viviendo con ellos.

—Solo por un mes más —replicó Sylvia, intentando que su voz sonara alegre.

—¿En serio? —dijo Bobby—. No tengo ni idea de quién son. De niño, se pasaban el día peleando, pero cuando tú eras pequeña, todo era de color de rosa. No tengo ni idea. Al menos ahora empiezan a parecerme más reconocibles.

—Estoy segura de que se pasan el día peleando —dijo Sylvia. ¿En serio no le habían contado nada? Bobby siempre le había parecido tan mayor, tan adulto, que había dado por supuesto que se había enterado de todo mucho antes que ella—. La cosa está mal.

—¿Ah, sí? —dijo Bobby, aunque la verdad es que no estaba escuchándola.

A Sylvia le dio lástima, lástima suficiente como para mantener en secreto lo de sus padres. Bobby vivía tan lejos que daba igual que se enterara. Cuando volviera a casa por Navidad, saldrían todos a cenar, se mostrarían educados, sus padres seguirían siendo sus padres y su casa seguiría siendo su casa, aunque fuera solo en su imaginación.

—Voy a bailar —anunció, y dejó a Sylvia sentada en el sofá.

Psychic Bomb estaba mezclando una canción que tenía un ritmo más rápido y que sonaba a lo que podría oírse a través de la ventanilla abierta de un coche lleno de gente con matrícula de Jersey.

Sylvia permaneció inmóvil, pasmada. Vio que Bobby vaciaba rápidamente su copa, la dejaba en la barra y se abría camino hacia la pista de baile contoneando las caderas como un giroscopio. Sylvia abrió la boca y así la dejó, la mandíbula floja en un gesto totalmente voluntario. Bobby se colocó al instante en la órbita de dos grupos muy diferenciados de chicas y ambos círculos se abrieron para incorporarlo. Las chicas de la izquierda eran más altas y más rubias y le pareció a Sylvia que hablaban alemán. Las chicas de la derecha eran más menudas, más castañas, británicas, tal vez. (A Sylvia no le sorprendía en absoluto que los españoles no hubieran hecho aún su aparición; al fin y al cabo, para ellos era todavía la hora de la cena.) Bobby se meneó hasta ocupar el centro del círculo de la derecha y provocó más chillidos. Una chica bajita y rechoncha, con una media melena oscura que se agitaba de un lado a otro siguiendo sus pasos de baile, se mostró especialmente excitada ante la llegada de Bobby y reaccionó como si estuviera esperándolo. Colocó el cuerpo frente al de él y luego las rodillas a ambos lados de la pierna izquierda, como si estuvieran bailando el limbo por parejas. Sylvia se volvió hacia la barra, sin ganas de seguir mirando.

Junto a las altas mesas de cristal había unos taburetes y Sylvia fue a sentarse en uno de ellos. No es que no le gustara bailar, sino más bien que no sabía cómo hacerlo y, aun en el caso de saberlo, tampoco le veía la gracia a menearse apretujada entre perfectos desconocidos. La situación le recordó a las fotografías, que jamás desaparecerían; por mucho que retirara la etiqueta con su nombre y las marcara como contenido inapropiado, siempre habría alguien que las habría visto, o que habría estado en la fiesta y la habría enfocado con la cámara. Bailar era para gente más afortunada y menos estúpida que ella. Por millonésima vez, deseó haber nacido en un siglo más civilizado, cuando bailar consistía en aprender unos pasos y ejecutarlos en grupo, como un equipo, cuando todo el mundo bailaba el vals a la vez. El siglo XX había sido malo (las *flappers*, los hippies), pero el siglo XXI era aún peor. Con tremenda melancolía, Sylvia pensó en los grandiosos bailes de Tolstói, de Austen. Lo que se desplegaba ante ella era un travestismo patético. Pero justo en aquel momento, pasó por delante de Sylvia una camarera y la llamó. Señaló la copa vacía y asintió. Otra.

El Blu Nite empezó a llenarse una hora más tarde. Se hablaba tanto español como alemán o inglés, lo que alivió la sensación de colonizadora imperialista que empezaba a tener Sylvia. Había perdido a Bobby entre la muchedumbre. Antes, había aparecido una vez por su mesa, sudoroso, jadeante y sonriente, y luego había coincidido con él en la barra, cuando había ido a pedir un vaso de agua, pero aparte de eso, Bobby no era más que otro cuerpo de los muchos que habían convertido el local en una ensordecedora guardería para adultos. Sylvia estaba un poco borracha y con ganas de volver a casa. Bajó del taburete y cruzó la sala para ir al baño. Haría un pipí y luego buscaría a Bobby para convencerlo de que aquel lugar era una mierda y tenían que marcharse.

En los lavabos de mujeres había cola, lo normal. Sylvia se apoyó en la pared y cogió sitio. Las demás chicas estaban pegadas a los teléfonos móviles, enviando mensajes de texto, correos electrónicos o consultando su página de Facebook. Sylvia experimentó una punzada de lástima por no poder imitarlas. Por mucho que odiara a la mayoría de sus conocidos y le importara un comino qué estuvieran haciendo durante el verano, echaba de menos su teléfono. De tenerlo, habría consultado el correo para ver si Joan le había escrito. Habría mirado el reloj para ver qué hora era en Nueva York, qué hora era en Rhode Island (que era la misma que en Nueva York, por supuesto, pero le gustaba pensar que era un lugar tan alejado que podía considerarse una ciudad distinta). Sylvia cambió el peso del cuerpo a la otra pierna. Empezaba a sudar, y no por estar en movimiento, sino por estar en medio de tantos cuerpos, y acercó la nariz a la axila para ver si olía mal. La chica de detrás le lanzó una mirada de recelo y Sylvia la miró a su vez con exasperación. En el otro lado del estrecho pasillo había empezado a formarse también una cola para los lavabos de hombres, un hecho que le resultó satisfactorio, considerándolo desde un punto de vista feminista. Siempre se había tenido por una defensora de la igualdad. Los hombres, que en su vida habían recibido formación para soportar momentos como aquellos, se encontraban sin saber qué hacer, y el chico de delante empezó a aporrear la puerta.

El pestillo se abrió transcurrido un minuto y Sylvia se quedó boquiabierta al ver aparecer a su hermano acompañado por una de las británicas de cabello castaño, sus caras unidas aún como dos aspiradoras en guerra. Bobby tenía manchas de carmín en las mejillas y el cuello. Pasaron junto al chico que había aporreado la puerta, que los miró con menos agresividad de la que Sylvia habría empleado de haber estado en su lugar.

—¿Hola? —dijo, dándole unos golpecitos a su hermano en el hombro.

170

—Oh, hola, Syl —replicó él, su tono de lo más desenfadado.

Se separó de la británica, dejándola jadeante como un pez recién pescado. Llevaba la camisa desabrochada casi hasta el ombligo y la británica metió la mano para sobarle el pecho depilado. Era evidente que Bobby tenía dificultades para enfocar la imagen de Sylvia, que se obligó a no apartar la vista.

—Pero ¿qué cojones haces?

Las chicas de la cola abandonaron enseguida los teléfonos, encantadas de poder disfrutar de espectáculo en directo.

—Es mi nueva amiga. También está de vacaciones. ¿No?

La chica separó la cabeza del pecho de Bobby y asintió.

—Esto es repugnante. ¿Sabes tú que tiene novia? ¿Y que está aquí con nosotros? ¿Que no le gusta a nadie pero que él la ha traído de todos modos? ¿Sabes siquiera cómo se llama esta tía?

—¡Me llamo Isabel Parkey! —La pequeña Isabel ladeó la cabeza, confusa y sin saber con quién tenía que enfadarse—. Solo estábamos divirtiéndonos —dijo con un acento británico tan pijo como el de los actores de las miniseries de la BBC.

Bobby le dio un beso en la mejilla a la chica, la obligó a dar media vuelta y la empujó hacia la pista de baile.

—Nos vemos allí. Pero antes déjame hablar un momento con mi hermana.

Isabel se encogió de hombros. Empezó a sonar otra canción —un tema antiguo que había alcanzado los primeros puestos en las listas, tal vez de Kylie Minogue— y la chica se puso a brincar, olvidando sus problemas por completo.

—Vámonos —le dijo Bobby a Sylvia con voz tan baja que ella apenas pudo oírlo entre el retumbar de la música y las voces de la gente que entonaba la canción. Y adivinó que las chicas de la cola también estaban aguzando el oído para intentar escuchar qué decía.

—Todavía no, tengo que ir al lavabo —dijo ella—. Lo que no significa que no vayamos a hablar sobre lo sucedido. Eres asqueroso, ¿lo sabías? ¿A quién se le ocurre hacer eso?

Bobby se limpió las mejillas y la boca con los bajos de la camisa. Llevaba el cinturón desabrochado y se lo abrochó.

—Da igual, Sylvia. No estoy casado con ella. No tiene mayor importancia.

—Pero vivís juntos. Es tu novia. Nos obligas a aguantarla. ¿Y luego la tratas así? Es una cabronada. La peor cabronada posible.

De haber sido un buen hermano, de los que formulan preguntas sobre la vida de su hermana, habría sabido lo de Gabe Thrush y lo de sus amigos imbéciles, y que ella nunca en su vida tendría relaciones sexuales por culpa de chicos como él, pero Bobby no sabía nada de nada. De haber sido un buen hermano, y menos patético, Sylvia le habría contado lo de sus padres y que el mundo se acababa y a nadie parecía importarle. Se le encendió entonces una bombillita.

—Eso lo haces siempre, ¿no?

Bobby no pudo resistirse a sonreír orgulloso.

Y Sylvia no pudo contener por más tiempo su rabia y empezó a aporrear el estómago de su hermano. Las demás chicas de la cola de los lavabos se aplastaron contra la pared para alejarse al máximo del alcance de los golpes. Las que estaban allí simplemente para hacer compañía a sus amigas y no tenían necesidad de ir al baño, se largaron corriendo hacia la pista. Nadie salió al rescate de Bobby, probablemente porque los puñetazos de Sylvia eran como los de los dibujos animados y no le estaban haciendo ningún daño. Paró al cabo de un rato.

—Me duelen los nudillos, cabrón.

—Vámonos —dijo Bobby.

Y esta vez Sylvia salió tras él, furiosa y muriéndose de ganas de hacer pipí, pero deseando que dejara de mirarla la gente. Cruzaron la discoteca, cada vez más llena, e intentaron esquivar a Isabel y sus amigas, que seguían sin renunciar a su esquina en la pista de baile. Estaban llegando ya a la salida cuando alguien se interpuso en su camino y detuvo a propósito su avance. Sylvia cerró los ojos, segura de que se trataba de la policía española que pretendía arrestarla por haber atacado a su hermano en un lugar público.

—¡*Hola*, lo habéis encontrado! —Joan le dio un beso en ambas mejillas y una palmada en la espalda a Bobby—. ¿A que está bien el local?

Sylvia se alisó la camiseta. Acababa de darse cuenta de que era tan pequeña y le quedaba tan ceñida que dejaba incluso a la vista el ombligo, y eso era casi tan terrible como dejar a la vista los pezones. ¿Estaría Joan viéndole los pezones? Le ardían las mejillas. La había besado. Había tenido la cara de Joan, la boca de Joan, rozando la de ella. Le dio un vuelco el estómago, como cuando habían venido por la carretera de Pigpen y el pequeño coche había dado peligrosos bandazos por las mojadas curvas.

—Sí, está muy guay —consiguió decir Sylvia.

—Ya nos íbamos, tío. Pero nos vemos mañana, ¿no? —dijo Bobby—. ¿Lista, Syl?

Joan se quedó allí, expectante. A Sylvia no se le ocurría la manera de pedirle que la llevara en coche a casa, o de decirle que se moría de ganas de hacer pipí, o de explicarle que su hermano era un cabrón y que acababa de enterarse, de modo que se inclinó hacia él y le susurró en español: «Me encantaría quedarme.» Intentó esbozar una expresión pensativa, esa cara que pondría una actriz francesa antes de subir a un tren para marcharse para siempre, y luego abandonó la discoteca a toda velocidad, pegando las piernas entre sí con tanta fuerza que pensó que el tejido del pantalón acabaría rasgándose.

Sylvia se aguantó hasta llegar al coche, que habían dejado aparcado a varias manzanas de la discoteca, y entonces se bajó la cremallera del pantalón y se acuclilló entre dos vehículos. El pipí caliente salpicó contra los adoquines para luego deslizarse como un torrente calle abajo. Se sentía tan bien que le daba todo igual. Pensó en que si Joan la hubiera seguido, como en una comedia romántica, la encontraría con los tejanos a medio muslo y el culo al aire apuntalado entre dos parachoques. Bobby ya había entrado en el coche y estaba esperándola. Que esperase.

Los hombres eran terribles, esa era la pura verdad. Los hombres eran capaces de hacer cualquier cosa, de decir cualquier cosa, con tal de que una chica se quitase la ropa. Eran mentirosos, farsantes y asquerosos, todos. Siempre había considerado a su hermano una versión más antigua de sí misma, idéntico material genético, aunque últimamente ya no estaba tan segura. Tal vez lo de tener pene incorporara algo más, una ceguera moral parcial localizada en una cámara secreta del corazón. Sylvia se sentía como si tuviera un montón de bichos correteándole por el cuerpo, como si tuviera alguien pegado a la espalda y respirando con dificultad. La conducta de Bobby era asquerosa, incluso para alguien que estaba en aquellos momentos orinando en un lugar público. La sórdida conducta de Sylvia era cuestión de necesidad, como cuando veías que las madres permitían que sus hijos hicieran pipí en los árboles de Central Park. No lo hacían para regar las plantas, sino para no llevar todo el día el niño mojado de pis. Sylvia llegó a una conclusión. Lo de Bobby no era eso. Sino que había cometido desliz tras desliz. ¡Ni siquiera se sentía culpable! Al menos, su padre era consciente de que había cometido un error. Meneó la cabeza, aliviada y vacía, y se incorporó con cuidado para no pisar el charquito.

Dobló la esquina un grupillo de mujeres, de camino al Blu Nite u otro lugar similar. Caminaban tambaleándose, hablaban español a toda velocidad y se echaban continuamente su larga melena detrás de los hombros. Las mujeres europeas lo tenían mucho más fácil. Les bastaba con abrir la boca y lo que decían sonaba inteligente y sofisticado. Tenían además caderas pequeñas y tetas grandes, parecían robots sexuales de laboratorio. Sylvia bajó la vista cuando pasaron por su lado. La especie de novia de Joan debía de ser como ellas, una chica capaz de hablar despreocupadamente con un desconocido vestida con un simple biquini. Sylvia confió en que no olieran su pipí.

Cuando pasaron, Sylvia rodeó el coche y se remetió en el asiento del acompañante. Bobby tenía la cabeza entre las manos y estaba inclinado, su mata de pelo derramada sobre el volante.

—No se lo dirás, ¿verdad? —dijo, sin moverse.

Sylvia se puso el cinturón.

—Todavía no lo sé.

Estar al tanto de qué secretos tenía que esconder a quién era un lío.

Bobby se enderezó al instante.

—¡No, Syl, no puedes! —El aliento le olía a alcohol y tenía los ojos rojos. Sylvia nunca había visto a su hermano en aquel estado. Siempre lo había visto sereno, como su padre, equilibrado y afable. No sabía qué pensar de él viéndolo de aquella manera, resquebrajándose como un huevo de Pascua olvidado en cualquier rincón—. Por favor —insistió.

—Lo pensaré, ¿te parece bien?

—Me parece bien —replicó Bobby.

Puso la llave en el contacto. Tampoco dominaba mucho la conducción con cambio de marchas manual y hasta llegar a la autopista calaron cuatro veces. Bobby fue hundiéndose poco a poco en el asiento, como si las humillaciones acumuladas estuvieran haciéndole daño físico. Llegar a casa les llevó una hora y cuando aparcaron en el camino de acceso, Bobby extendió el brazo para impedir que Sylvia saliera del coche.

—Espera un momento.

—¿Qué?

Sylvia se alegraba de haber llegado viva a casa y soñaba con meterse en la cama, aunque tal vez echaría antes un vistazo a Facebook para ver si necesitaba odiar a alguien más aún de lo que ya lo odiaba. Internet era excelente para confirmar los peores temores sobre la raza humana.

—Siento mucho que hayas tenido que presenciar eso. —Bobby hizo una pausa antes de seguir hablando—. Siento mucho que hayas tenido que ver esa parte de mí. Cuando estoy con vosotros me gusta aparentar que esa parte de mí no existe, que se queda en Florida. Mierda, no sé.

En la ventana de la habitación de Sylvia había luz; debía de haberla dejado encendida por error. Por lo demás, la casa estaba tranquila y cabía suponer que todo el mundo se había retirado a su refugio y dormía. Sylvia sentía lástima por Bobby, que tendría que acostarse al lado de Carmen, las hediondas oleadas de culpabilidad asfixiándolo, como una mofeta de dibujos animados. Pero no tanta lástima como para quedarse con él en el coche a la espera de que decidiera salir. Su trabajo, evidentemente, no consistía en lograr que su hermano se sintiera mejor.

—Que te jodan —dijo Sylvia, y abrió la puerta—. Pero a ella le joderá aún más. Aunque, de hecho, ¿sabes qué te digo? Que el más jodido aquí eres tú. Porque ella siempre podrá conseguir un nuevo novio. Pero tú nunca podrás cambiar el hecho de que eres un cabrón. Te quiero, Bobby, porque eres mi hermano, pero, la verdad, en estos momentos no me gustas nada.

Y dicho esto, salió del coche, cerró de un portazo y entró en la casa, sin esperar siquiera que Bobby hiciera algún gesto o le respondiera. Bobby no era su problema.

Día nueve

Las cortinas estaban abiertas, el sol entraba por la ventana y daba directamente sobre la almohada de Bobby. Intentó girarse, pero la habitación estaba iluminada como un plató cinematográfico. Frunció el entrecejo y abrió los ojos lo más lentamente posible, como si con ello la luz pudiera resultarle menos lesiva.

—Supongo que no querrás venir a correr conmigo, ¿no? —dijo Carmen. Estaba a los pies de la cama, vestida ya con ropa de deporte y zapatillas—. ¿Te lo pasaste bien anoche? Cuando llegaste fue maravilloso. Seguro que ni te acuerdas. Fue realmente distinto. ¿Qué bebiste? La habitación aún huele. Por eso he abierto la ventana.

Pero Bobby lo recordaba: recordaba la decepción que se había llevado su hermana, la lengua de aquella británica en su polla y el sabor del Red Bull al subirle de nuevo por la garganta.

—Uf —dijo, pensando en que no quería que aquello volviera a pasar. Se puso bocabajo y enterró la cara en la almohada.

—Imagino que te encuentras fatal —dijo Carmen—. Supongo, entonces, que nos vemos luego, ¿no? Yo quería ir de crucero a las Bahamas, ¿recuerdas? De modo que no es cosa mía, ¿entendido? Sino tuya.

La oyó pivotar sobre las suelas de goma, que rechinaron cuando salió de la habitación y cerró la puerta a sus espaldas. Las reverberaciones resonaron en su cráneo como un camión. Lo único que deseaba era dormir, dormir lo arreglaba todo. Dormir le haría sentirse de nuevo humano, le ayudaría a olvidar. Pero antes de caer rendido, el estómago le dio un vuelco. Saltó de la cama, corrió al cuarto de baño y casi consigue llegar al inodoro, pero acabó vomitando en el suelo los fragmentos minúsculos que aún le quedaban dentro, que no eran gran cosa. Pensó, por vez primera aquel día, que si tuviera que elegir entre vivir y morir, morir sería más fácil.

Sylvia estaba despierta pero fingía dormir. Agradecía que fuera domingo y que, por lo tanto, Joan no fuera a aparecer por la casa, lo que, naturalmente, era malo, porque Joan era lo único que hacía aquel viaje mínimamente agradable, aunque si apareciera, la encontraría con resaca, y sabía que de ese modo no estaba nada guapa. No es que Sylvia se encontrara guapa, clínicamente guapa, pero había días excepcionales en que su piel se comportaba, la ropa se comportaba y el espejo se comportaba. Pero aquella resaca era peor de lo habitual. Tenía la boca como si se la hubieran estado secando toda la noche con pañuelos de papel, la saliva agotada hasta la inexistencia. Cogió el teléfono, el pobre soldado abatido, y se lo acercó a la cara. De funcionar, habría pulsado una tecla y mirado la pantalla, pero no podía ver más que los iconos de las aplicaciones. En la planta de arriba no funcionaba la wifi, pero daba igual. Se imaginó lo que se estaba perdiendo: nuevas fotografías de Gabe y Katie besándose como peces de acuario descerebrados o con las mejillas pegadas, como queriendo dar a entender «no soporto estar separado de ti ni un segundo más». Los demás estarían publicando fotografías de fiestas o de las vacaciones con la familia, jactándose de la playa y del bronceado. Habría nuevas y turbadoras fotografías de otros, de gente que haría que el foco de atención se apartase de ella. Colgó una pierna por el lado de la cama, luego la otra, y se arrastró como un cangrejo sin enderezar el resto del cuerpo.

Se irguió y sintió punzadas en la cabeza, aunque no eran muy terribles. Había tenido resacas peores, en dos ocasiones. La primera fue cuando tenía quince años y la familia entera viajó a la región vinícola del norte de California para asistir a la boda de una amiga de Franny; todas las mesas (incluyendo la de los adolescentes, donde Sylvia estaba sentada, a muchos kilómetros de sus padres y de todos sus conocidos) tenían botellas de vino que los camareros sustituían a toda velocidad. La segunda vez fue cuando Katie Saperstein y ella bebieron «en plan broma» un montón de vasos con gaseosa antes de un baile escolar y luego se pasó la noche en los lavabos del colegio, el mismo lugar donde iba a mear cien veces al día, lo que le recordaba eternamente su error o, como mínimo, se lo recordó hasta la graduación. Esta vez no era tan terrible como en aquellas dos ocasiones, pero sí lo suficiente como para que Sylvia supiese con toda seguridad que no le quedaría más remedio que hurgar en el bolso de su madre en busca de una aspirina.

Sylvia se acercó tambaleante a la puerta de la habitación, la abrió y asomó la cabeza como si fuera a emprender una aventura. Abajo se oían ruidos —Charles y Lawrence, le pareció—, pero en su planta no había ningún movimiento. Salió al pasillo y pegó la oreja a la puerta de la habitación de sus padres. Tenían que estar despiertos; su padre nunca dormía más allá de las siete y su madre era incapaz de sentirse abandonada y, además, cuando había más gente siempre se levantaba temprano. Sylvia llamó una vez y esperó. Como no se oía nada, abrió la puerta. La cama estaba vacía, como sospechaba.

—¿Mamá? ¿Papá?

Al ver que no había respuesta por parte de sus invisibles padres, Sylvia entró en la habitación y en el cuarto de baño. Su madre viajaba con una pequeña farmacia: somníferos, ibuprofeno, paracetamol, antiácidos, pastillas para combatir la diarrea, antihistamínicos, calamina, tiritas, pomada antibiótica, seda dental, cortaúñas, limas de uñas, de todo. Sylvia buscó hasta dar con las pastillas que quería y las engulló con un trago de agua del grifo, que estaba tan buena que siguió bebiendo, lamiendo el chorrito como un perro. Se miró en el espejo e inició una investigación poco concienzuda de sus poros. Tenía la cara con manchas y algunos granitos en la nariz. Sonrió y enseñó los dientes. Mientras Bobby no intentara hablar con ella, todo iría bien. La idea de encontrarse con Carmen no le resultaba atractiva, aunque nunca lo había sido, la verdad. Dio media vuelta para regresar a su dormitorio.

Vio que la cama de sus padres estaba hecha con prisas, puesto que la fina colcha estaba simplemente subida hasta las almohadas pero no remetida. En el lado de Franny (era el izquierdo, donde había un montón de libros y revistas y dos vasos de agua medio llenos), las almohadas estaban hundidas y ladeadas. En el lado de Jim estaban colocadas perfectamente, como si su padre no hubiera movido la cabeza en toda la noche. Sylvia rodeó la cama hasta el lado donde dormía su padre y se sentó. Retiró la colcha y posó la mano en la sábana para intentar sentir el calor. En la habitación no había rastro alguno de su padre, con la excepción de su maleta vacía y un par de zapatos cuidadosamente colocados junto a la cómoda.

Sylvia siempre había sabido que sus padres tenían «problemas», era la palabra que la gente solía utilizar para eso. Se peleaban, regañaban, se miraban con cara de exasperación. Todos los padres eran así cuando nadie miraba. Sylvia nunca lo había confirmado con sus amistades, pero tenía que ser cierto. Era como descubrir que Santa Claus no existía, o que no había tal conejo de Pascua, o que a nadie le gustaba su familia en el sentido más amplio. Y eso era mucho más cierto en padres que llevaban tanto tiempo casados como Franny y Jim. Enfadarse con la persona con la que convivías formaba parte de una vida normal. Era sano, incluso. ¿Quién quería padres como los que salían en la televisión de los cincuenta, disfrutando de estofados de carne y sonrisas implacables? Pero con todo y con eso, Sylvia nunca se había planteado la posibilidad de que uno de sus progenitores hubiera engañado al otro hasta que empezó a escuchar peleas en voz baja a través de las paredes. Ahora, en vez de parecerle normal, le parecía simplemente triste. La cabeza le daba otra vez punzadas y tenía de nuevo la boca seca. Se incorporó, más enfadada si cabe con Bobby por haberlo mandado todo a la mierda, él además de sus padres.

Había que repetir tomas de la película de los hombres lobo, lo que significaba más trabajo para Lawrence. Y no le sorprendía; las películas malas eran las que más mimos necesitaban, desde los actores hasta los productores pasando por los buscadores de localizaciones. Estaba en la cocina, apoyado en la nevera, portátil en mano. El director había decidido cambiar el final en el último momento (Navidades para todos, amor licántropo) y había filmado una versión en la que Lobo Noel se lanzaba del trineo para matarse. Había que filmar nuevas tomas, pero ya habían devuelto los excedentes de pelo falso. Era uno de esos temas que habría solucionado en pocos días desde casa, pero desde Mallorca, con aquella nefasta conexión a Internet, Lawrence predecía que el resto de sus vacaciones pasarían de mediocres, aunque soportables, a convertirse en un auténtico infierno. Tendrían que haber vuelto a casa en cuanto recibieron aquel correo, independientemente de cuál fuera el resultado final. Charles, además, se mostraba escurridizo y evitaba conversaciones que durante el pasado año habían mantenido sin cesar. A Lawrence le preocupaba la posibilidad de que hubiese cambiado de idea.

Franny y Charles estaban sentados a la mesa de la cocina, picando algo de fruta y hojeando revistas. Franny había acabado haciéndose con el material de lectura de Sylvia y estaba enganchada a un supuestamente interesante artículo. Charles dibujaba en su cuaderno, aunque Lawrence dudaba que estuviera prestando mucha atención a lo que hacía, puesto que lo veía leer por encima del hombro de Franny. Franny había sido uno de los primeros escollos en su relación. Los padres de Charles eran mayores, estaban enfermos y era poco probable que opusieran resistencia a los pretendientes de su hijo, pero Franny era elocuente. Su opinión era importante. En su día fueron a cenar a casa de los Post, una fiesta en la que compartieron mesa con otra pareja (los Mamporreros, los llamaba Franny, «un mero elemento decorativo, para que no te dieras cuenta de que yo estaba tomando nota de todo») a la que no habían vuelto a ver desde entonces. La comida era divina. Franny había pasado jornadas enteras en la cocina, y se notaba, pues los platos que sirvió eran lo más elaborado que Lawrence había probado en su vida, con la excepción de las celebraciones en casa de su abuela. Habían comido una ensalada con trocitos de pomelo, espárragos envueltos en panceta y costillar de cordero con un crujiente de mostaza de los que solo se veían en los restaurantes. Franny se había mostrado simpática y cariñosa, tal y como Charles le había dicho que sucedería, pero el brillo de sus ojos era inequívoco. Durante la cena, Franny juzgó todas y cada una de las palabras que salieron de boca de Lawrence, su forma de cortar la carne, su manera de buscar con la mano el muslo de Charles por debajo de la mesa. No para nada, claro está, sino simplemente para estrujárselo en busca de consuelo.

Franny señaló alguna cosa en la parte izquierda de la página y Charles explotó en carcajadas. Franny se apoyó en el hombro de su amigo, un gesto espontáneo y cómodo que había repetido miles de veces en el transcurso de casi cuarenta años, algo que llevaba haciendo desde dos años antes de que se casara con Jim. Lawrence y Charles llevaban casi once juntos. Pero incluso ahora que estaban casados, a veces tenía la sensación de que nunca llegaría a ponerse a la misma altura. Lawrence estaba a punto de interrumpir aquel momento de complicidad para preguntar qué era lo que les provocaba tanta risa cuando Bobby, hecho polvo, irrumpió en la cocina.

—Buenos días —dijo Franny, enderezándose—. ¿Quieres desayunar?

Se levantó de la mesa y rodeó la nevera, tres personas ahora en un espacio muy reducido.

—Perdón —dijo Lawrence—, ya me aparto.

Levantó el ordenador portátil por encima de la cabeza, como una maleta que no quieres que se estropee cuando saltas por la borda, y se acercó a Charles. Bobby abrió la nevera y se quedó allí, con los ojos rojos y la mirada vidriosa.

—No hay nada para comer.

Franny resopló.

—No seas ridículo. ¿Qué te apetece? ¿Unos panqueques? ¿Unas torrijas?

—Eso engorda —dijo Bobby—. Necesito proteínas.

Sin alterarse ante aquel tono cortante, Franny insistió:

—¿Huevos? ¿Tal vez unos huevos con beicon?

Franny levantó la vista en busca de la aprobación de su hijo. Bobby tenía los párpados cerrados como a media asta.

—Vale —dijo, pero ni se movió ni cerró la puerta.

Franny lo rodeó para coger todo lo necesario de las estanterías de la nevera. Bobby permaneció inmóvil, como una estatua que olía a sobacos húmedos y mal dormir.

—Creo que Carmen ya se ha levantado y desayunado —comentó Charles, moviendo la cabeza hacia la ventana.

Todos se volvieron para mirar. Carmen estaba fuera y alternaba saltos con flexiones, arriba y abajo, arriba y abajo. Bobby se volvió mucho más despacio que los demás y exhaló un leve silbido al verla.

—Está cabreada —dijo—. Este ejercicio doble solo lo practica cuando está cabreada.

—¿Qué harías tú en su lugar, tigre? —dijo Charles, riendo.

Bobby se encogió de hombros y se acercó a la mesa arrastrando los pies. Lawrence se hizo a un lado para dejarle espacio y Bobby se dejó caer en la primera silla que encontró.

—Nada. Dios mío. Nada.

—Mujeres —dijo Charles, resoplando y lanzando luego una rápida mirada a Franny. «No sé», dijo con los labios.

—Ya sabes lo que dicen sobre las mujeres... —empezó a decir Lawrence, pero le bastó con mirar de reojo a Bobby para comprender que la gracia que estaba a punto de decir no tenía sentido.

Y a partir de ahí, se quedaron todos en silencio y a la espera de que el desayuno de Bobby estuviera listo.

Carmen se tomó un descanso y se agachó hasta poner el culo en el suelo y extender las piernas. Si Bobby le hubiera pedido que lo acompañara, lo habría hecho. Si saliera al jardín y le dijera que la quería, si le diera un beso en la mejilla y le pidiera perdón por haberle interrumpido el sueño a media noche, lo habría perdonado. ¡También si la hubiera saludado con la mano desde la ventana de la cocina y le hubiera sonreído! Carmen dobló el cuerpo hacia el espacio comprendido entre sus piernas abiertas y apoyó las manos en el cemento. Pero Bobby no entendía nada.

Siempre cabía esperar que hubiera una curva de aprendizaje. Cuando se conocieron, ella era una mujer adulta y él era otra cosa, medio niño, medio hombre. Tal vez más medio niño, la verdad. Los primeros años no contaban. Durante aquel tiempo, Bobby estaba todavía aprendiendo cómo hacérselo para mantener el saldo en su cuenta, cómo pedir el vino en un restaurante, aprendiendo a separar las luces de las sombras. Bobby era muy cariñoso y había engullido todo tipo de información práctica. ¡Ella había sido un oráculo del mundo real! Franny y Jim Post pagaban para que les limpiaran la casa, por eso no era de extrañar que Bobby se sintiera confuso cuando la taza del inodoro empezó a mostrar signos de utilización. Pagaban también para que les hicieran la declaración de renta, por eso tampoco era de extrañar que no supiera cómo desgravar, qué facturas tenía que guardar.

Y aun así, los Post despreciaban a Carmen. Lo notaba, no era imbécil. O, como mínimo, no era tan imbécil como ellos se imaginaban. Oía sus comentarios en voz baja, veía sus miradas de exasperación. Hacía ya varios años que había abandonado todo intento de impresionarlos, y creía que era su novedad, su entusiasmo, lo que los sacaba de quicio. Ahora no estaba ni siquiera segura de si alguna vez había llegado a tener una oportunidad con ellos. Era una sensación extraña eso de ser el pararrayos de otra persona, la pieza reluciente de metal en la tormenta. El chivo expiatorio del chivo expiatorio. Veía lo mucho que le costaba a Bobby relajarse en presencia de sus padres, y deseaba ayudarlo. Pero si él no la dejaba, no podía hacerlo.

Carmen se sentó y movió la cabeza hacia uno y otro lado para realizar estiramientos de cuello. Le concedió a Bobby cinco minutos para salir y hablar con ella. Desde donde estaba los veía al otro lado de la ventana, sonriendo y riendo. Le concedía cinco minutos.

Jim quería pasar la tarde solo, de modo que cogió uno de los coches para ir a Palma. El paisaje rural era satisfactorio, pero tenía sus límites. Palma era lo bastante grande como para perderse en ella, con callejuelas estrechas y pasajes sin salida, como le gustaba a él. Había aún algunos edificios de estilo árabe y vestigios de las hordas conquistadoras, además de muestras interesantes de arquitectura escondidas detrás de las franquicias de restaurantes. Franny era de planificar itinerarios, pero a Jim le encantaba pasear sin un destino fijo. Llevaba un *notebook* en el bolsillo por si acaso le pasaba algo, aunque hasta el momento había permanecido guardado allí.

La última vez que Jim se había presentado a una entrevista de trabajo tenía veintidós años. La fidelidad era más habitual en los viejos tiempos, cuando los revisores de textos pasaban a redactores y luego a editores, sin dar saltos de una carrera profesional a otra, como hacían ahora los jóvenes, como si tuviera algún sentido agrupar en un mismo currículo una escuela de bellas artes y una escuela de negocios. *Gallant* había sido su hogar profesional durante décadas, durante toda su vida adulta. Había sido como otro matrimonio, igual de complicado y casi igual de satisfactorio. Pero ahora se había acabado: se encontraba con sesenta años muy bien llevados y sin lunes por la mañana por delante. Giró hacia la izquierda y subió una calle adoquinada que desembocaba en una placita con cafeterías y terrazas. Jim eligió una mesa a la sombra y pidió un café.

Sus pensamientos giraban en espiral: si sucede esto, luego pasa lo otro. Si se divorciaban, venderían la casa. Si vendían la casa, tendría que mudarse a otro sitio. Si se mudaba a otro sitio, ¿adónde iría? ¿Daría una imagen patética si se quedaba en el Upper West Side? ¿O agresiva? ¿Tendría que cambiar de código postal? ¿Quedaba demasiado lejos Riverside Drive, demasiado apartado? ¿Sería capaz de vivir en la zona de las calles noventa? Recordó la zona de las calles noventa cuando se mudaron, recordó que cualquier cosa por encima de la calle Ochenta y seis parecía dominada por narcotraficantes apostados en los porches. De no divorciarse, ¿volvería a haber sexo? Y entonces reapareció Madison Vance, como solía suceder, su cabello mojado al salir de la ducha y su rostro aún maquillado, su cuerpo desnudo presionándose contra la pierna de él como un saluki ciego. Ella le lamía el cuello a él y él a ella el lóbulo de la oreja. Le susurraba. Jim bebió un sorbo de café e intentó hacer desaparecer a Madison.

Decírselo a Franny fue peor que la conversación con el consejo directivo. Sorprender a tu pareja después de treinta y cinco años de matrimonio no era fácil, pero él lo había conseguido. Al principio, ella se había reído y se lo había tomado como una broma, del mismo modo que a veces habían bromeado sobre asesinar a sus respectivos padres o amputarse por accidente un dedo mientras preparaba la cena. Estaban sentados en la cama, Franny con la nariz detrás de un libro, la espalda en mala posición, como siempre. La había regañado una docena de quiroprácticos, pero ¿qué querían que hiciera? ¿Que dejara de leer en la cama? Cuando Jim empezó a hablar, ella dejó el dedo entre las páginas, para no perder el punto, pero a medida que continuó el discurso, depositó el libro bocabajo sobre sus muslos. Cuando Jim pensaba en el peor momento de su matrimonio, visualizaba a Franny dejando el libro bocabajo, recordaba la fina línea de su boca cerrada. Era en lo que había evitado pensar cuando tenía a Madison enfrente, cuando pensaba en que, de desearlo lo suficiente, podría volver a tener veinticinco años. Pero salir de la única vida que todo el mundo vivía era imposible. Franny era un hecho, y Madison, un espejismo. Debería haber sido un espejismo. Debería haber sido una fantasía con la que hacerse una paja, una fotografía atractiva, pero Jim le había permitido pasar al otro lado del espejo y la había estrechado entre sus brazos. Y en eso ya no había marcha atrás.

Jim intentó beber otro sorbo de café, pero se había quedado frío y espeso. Dejó unos euros en la mesa y se levantó. Giró a derecha, a izquierda y de nuevo a la derecha, y acabó en una concurrida calle que subía desde una abarrotada playa. Tenía la camisa sudada, las mangas largas arremangadas. Cruzó la calle corriendo, esquivando los coches, y se quitó zapatos y calcetines. La arena quemaba y Jim pisó sin querer las toallas de la gente, dispuestas como si fueran baldosas del suelo, hasta que alcanzó la orilla. El agua chapoteaba alrededor de los dedos de los pies. Deseó en silencio que Franny le hubiera acompañado, la buscó con la mirada entre la muchedumbre en bañador. Pero tendría que acostumbrarse a hacer las cosas solo.

Carmen insistió en ayudar a Franny a preparar la cena. Juntas cortaron los extremos de las judías verdes, prepararon una vinagreta, asaron un pollo y prepararon un pastel. A Franny le sorprendió lo fácil que resultaba todo. Carmen dominaba el cuchillo y no tenía miedo de utilizar la sal o la grasa, siempre y cuando no fueran para ella. Se pasaron cuencos entre ellas y se esquivaron sin problemas para alcanzar un armario o abrir el horno. Sylvia ayudaba en la cocina cuando la presionaban para hacerlo pero, por ella, cenaría cada día comida rápida. Resultaba agradable tener otro cuerpo a su lado, y que ayudara además sin quejarse.

—¡Creo que ya lo tenemos todo! —anunció Franny. Cortó un minúsculo y crujiente pedacito de piel de pollo y lo dejó deshacerse en la boca—. Humm...

—La mesa está puesta.

Carmen era la eficiencia personificada.

—Gracias —dijo Franny.

El más minúsculo gesto la conmovía. Había sido una semana más larga de lo esperado durante la cual había sido la jefa de una tribu indisciplinada. No habría sido ninguna exageración decir que se habría echado a llorar de haber sido Carmen un poco más joven y una pareja más adecuada para su hijo.

—¡La sopa está lista! —gritó, dirigiendo la voz al comedor y a la planta de arriba.

Fueron apareciendo uno a uno, Sylvia y Bobby procedentes de sus respectivas habitaciones, Jim y los chicos del salón, donde habían estado bebiendo unos cócteles. Tal vez, al final, tenerlos a todos juntos sería fácil. Tal vez lo único que necesitaban eran unos días para acomodarse al nuevo espacio, para relajarse. Tal vez, a partir de aquel momento, empezarían a disfrutar de las mejores vacaciones de su vida. Franny llevó el pollo a la mesa con una sonrisa dibujada en la cara. Cuando Sylvia hizo su entrada, todavía en pijama, Franny le estampó un beso en la frente.

Tomaron asiento en los puestos que cada uno se había asignado al inicio de la estancia, del mismo modo que los alumnos siempre ocupan el mismo lugar en el aula, independientemente de que se les haya dicho o no que tienen que hacerlo así. Las personas son animales de costumbres, y los Post no eran ninguna excepción. Franny y Carmen trajeron el resto de la comida y Charles gimoteó de placer, como siempre hacía, fuera lo que fuese lo que hubiera para cenar. Siempre era importante tener al menos un entusiasta de la comida. Servida la mesa, Carmen pasó por detrás de las sillas y se instaló entre el codo derecho de Bobby y la pared. Él seguía sin dirigirle la palabra apenas, pero Carmen estaba segura de que la que tenía todo el derecho a estar enfadada era ella, no él. Era lo que solía hacer Bobby cuando se sentía herido: dar por completo la vuelta a la situación para que su dolor por haber causado dolor fuera equivalente. Por mucho que Bobby hubiera hecho, Carmen siempre era quien tenía que consolarlo. Las disculpas no existían.

Jim trinchó el pollo e hizo circular la bandeja. Lawrence se sirvió unos cuantos brotes de espárragos e hizo circular la bandeja en dirección contraria. La comida circuló como un reloj durante un rato, cada uno cogiendo lo que le pedía su apetito, sin decir poco más que un educado «gracias» cuando tenía enfrente la correspondiente bandeja. Era lo que más le gustaba a Franny de estar de vacaciones, los momentos en que nadie se preocupaba por lo que debía o no debía hacer y hacía exactamente lo correcto.

Sylvia comía los espárragos de uno en uno, dejando el tallo verde colgado de la boca y haciéndolo desaparecer poco a poco. Jim intentó no reír. Poca cosa se oía excepto los sonidos de la masticación y el ruido metálico de tenedores y cuchillos. Franny preparaba un pollo asado excelente. Incluso Carmen comía, un detalle que Franny consideró lo suficiente importante como para comentarlo desde el otro extremo de la mesa.

—¡Me alegro de que te guste, Carmen! Me encanta verte comer algo que no sea ese zumo verde. —Franny hizo un movimiento imitando el batido de los polvos, una científica loca convertida en culturista—. No es que tenga nada en contra de ese zumo verde, por supuesto. En una ocasión hice dieta depurativa a base de zumos durante una semana, para una revista. ¿Te acuerdas, Jim? Perdí casi dos kilos y el sentido del humor —dijo, riendo por el chiste malo que acababa de hacer, otra señal de que las cosas mejoraban.

Carmen miró furiosa a Bobby. Y este no levantó la vista del plato. Nada de todo aquello era culpa suya, ella no había hecho nada malo. A Carmen le gustaría ser una de esas mujeres que estaban por encima de la mezquindad, que no creían en el ojo por ojo, pero no lo era. Habían hablado sobre cómo se suponía que tenía que comportarse Bobby en presencia de su familia, sobre cómo tenía que presentarla, sobre cómo debía tratarla, pero allí estaba, comportándose como un adolescente. Carmen había trabajado muchísimo para convertirlo en un hombre hecho y derecho. Si él no la respetaba lo suficiente como para no comportarse como un cabrón, ella tampoco lo respetaría y no seguiría adelante con aquella farsa.

—Los vende Bobby, ¿sabéis?

Al oír eso, Bobby levantó la cabeza. Abrió los ojos de par en par e hizo un gesto de negación, implorándole que no continuara. Por muchas cosas que le hubiera hecho, Bobby nunca se habría imaginado que Carmen fuera a delatarlo, jamás de aquella manera. Jamás durante la cena, sin previo aviso. Pero ella se lanzó a la piscina.

—Me refiero a que Bobby vende los polvos.

Carmen se enderezó y se retiró el cabello por detrás de los hombros, disfrutando de la sensación de tener a todo el mundo prestándole atención por primera vez. Tal vez nunca jamás dejaría de hablar.

Franny frunció el labio inferior.

—¿Qué quieres decir?

Sylvia se quedó paralizada con medio espárrago colgado de la boca, como un cigarrillo verde.

—Los vende en el gimnasio, en Total Body Power. Pero también en otros lugares, como en convenciones del sector del deporte. ¿Conocéis Amway? Pues algo por el estilo.

Carmen tenía una tía y un tío que vendían Amway, y no era exactamente lo mismo, pero sabía que una palabra que sonaba tan sectaria y barata como aquella le haría cambiar la cara a Franny.

Sylvia escupió lo que le quedaba de espárrago.

—Espera un momento, ¿qué?

—Pero ¿qué está diciendo, Bobby? —dijo Franny, enlazando las manos debajo de la barbilla—. ¡Esto es una locura!

Jim se recostó en su asiento. El sentimiento que acababa de experimentar no era ni de sorpresa ni de decepción, más bien era como si estuviera desinflándose, como un globo que pierde el aire poco a poco. Era la sensación que provocaba el cambio de foco de atención de Franny, que pasaba de él a su hijo, el tipo de sensación que ningún padre reconocería jamás poder estar disfrutando. Su pobre hijo le estaba haciendo un piadoso favor, lo quisiera o no. Franny estaba tan distraída que le habría gustado besarla, allí delante de todos, pero no, eso sería echarlo todo a perder. Por lo tanto, se quedó sin moverse e intentó concentrarse en la conversación.

Bobby continuaba con la mirada fija en el plato. Tenía el tenedor en la mano izquierda y la servilleta en la derecha. No miró a Carmen, tampoco levantó la barbilla para enfrentarse a su familia. Carmen estaba haciéndole aquello expresamente. Y contó la verdad al pollo que empezaba a enfriarse delante de él.

—No es nada importante. Solo para ganar un poco de dinero extra. El mercado ha estado muy parado estos últimos dos años, y Carmen pensó que... —Aquí hizo una pausa y cerró los ojos—. No es culpa de Carmen. Necesitaba ganar dinero y ella me consiguió un trabajo en el gimnasio. —Bobby levantó la cabeza y miró a los ojos a su madre, que seguía con las manos unidas en un gesto de oración—. Soy ayudante de entrenador y vendo los polvos de Total Body Power. No son malos. Son mucho más sanos que antes.

—Cuéntales el resto.

Carmen emitió un leve chasquido, un sonido de placer. No estaba dispuesta a permitir que se le escapara una sonrisa, pero estaba segurísima de que conseguiría que Bobby lo soltara todo tal y como ella creía que debía soltarlo. Ya le había hecho esperar demasiado tiempo.

—¿Hay más? —preguntó Franny, boqueando como un pez en tierra.

—Afloja un poco, Fran —dijo Jim, poniendo en peligro la posición de seguridad que acababa de alcanzar.

—¿Así que ahora también eres entrenador personal? —dijo Sylvia—. ¿Y la gente te paga para que la obligues a hacer sentadillas? ¿Como un profesor de gimnasia? ¿Utilizas el silbato?

—¿Y esos polvos qué llevan? —quiso saber entonces Lawrence—. ¿Contienen Xenadrine, eso que dicen que puede provocar infartos?

—¡Por Dios! —exclamó Bobby, apartando la silla de la mesa.

Carmen había adoptado una expresión de engreimiento. Todos los demás esperaban que Bobby siguiese hablando. Trabajar en un gimnasio no era sórdido de por sí, pero no era un tipo de trabajo para gente como los Post, eso era lo que pensaban todos. Charles y Lawrence experimentaron punzadas de dolor por reconocerlo, ellos, que se habían sentido discriminados toda la vida y que de vez en cuando aún tenían que sufrir a los imbéciles que les gritaban desde los coches cuando paseaban por la calle. Franny se sentía fracasada. Sylvia intentaba imaginarse a su hermano mayor con una banda elástica en la frente y un micrófono al estilo de Britney Spears haciendo pasos de baile durante una clase de aerobic. Jim, que había pagado la universidad de Bobby, era el más decepcionado, aunque sabía que le convenía disimular sus sentimientos. Llevaba tiempo sospechando que la carrera profesional de Bobby no iba tan viento en popa como pretendía hacerles creer y aquella información no le pilló por sorpresa.

—De acuerdo —dijo Bobby, meneando la cabeza. Sus rizos saltaron, tan hermosos como siempre, y Franny empezó a derrumbarse—. Empecé a vender los polvos porque me pareció una buena manera de ganar dinero más rápidamente pero, para ello, tuve que comprarlos al por mayor, muy al por mayor, y sacármelos de encima no ha sido ni mucho menos tan fácil como el director de Total Body Power me lo pintó. Son buenos de verdad, proteína pura, pero los batidos salen un poco granulados si no los mezclas con la cantidad suficiente de líquido y dejan además cierto regusto.

—Te acostumbras —añadió Carmen—. Bobby ya ni siquiera los toma, pero yo sí. Son buenísimos para la recuperación muscular después de una sesión de ejercicios.

Bobby le lanzó una mirada que la llevó a dejar de hablar.

—Puaj —dijo Sylvia, y Franny la pellizcó, con fuerza.

—El caso es que compré los polvos al distribuidor con la tarjeta de crédito y llevo un tiempo sin poder liquidar la cuenta de la tarjeta, y por eso la cosa está poniéndose un poco... cara —dijo Bobby. Tenía las mejillas como el vino tinto, un rojo tan intenso que era casi morado.

—¿De cuánto estamos hablando, cariño?

Franny se inclinó sobre la mesa y le cogió las manos a Bobby. La estancia se sumió en el silencio más absoluto a la espera de escuchar la cifra.

—Ciento cincuenta. Más o menos.

Bobby dejó que su madre le acariciara las manos pero no la miró.

—¿Ciento cincuenta? —replicó Franny sin pensar. Su rostro había empezado a iluminarse y miró a Jim por encima del hombro confusa. Él frunció el entrecejo.

—¿Ciento cincuenta mil? —preguntó Jim.

Carmen fue la única que no tuvo una reacción audible, puesto que conocía exactamente la cifra de la que estaban hablando, 155.699 dólares, aunque Bobby la redondeaba. Bobby no se lo había contado hasta que la deuda alcanzó cerca de la mitad de lo que sumaba en la actualidad, y de eso hacía ya un año, poco después de que entrara a trabajar en el gimnasio. Verlo en acción había sido una delicia, verlo acompañar las pesas de una mujer madura empeñada en librarse de las chichas que colgaban de sus antebrazos era agradable, y a Carmen le gustaba poderle enseñar cosas. Darle consejos. Había entrenadores que habían estudiado quinesiología, pero en su mayoría eran ratas de gimnasio que llevaban rondando por allí el tiempo suficiente como para causar buena impresión. Bobby no era ni lo uno ni lo otro, sino un tipo flacucho de Nueva York, medio judío, que en su vida no había hecho más deporte que correr un poco por el parque o en la cinta. No intimidaba a las señoras, puesto que les recordaba a los hijos que seguían viviendo en el norte. Era popular. Si hubiera seguido solo con eso, todo habría ido bien. Seguramente ya estarían casados y vivirían tal vez más cerca de la playa. Pero a Bobby le gustaba la posibilidad de ganar dinero fácil, ¿y qué había más fácil que preparar un batido?

Bobby asintió. El morado de las mejillas había adquirido un matiz ligeramente verdoso.

—Humm... Hablaremos luego del tema, hijo, ¿entendido? Seguro que todo irá bien —dijo Jim empleando su tono de voz más sólido.

Franny soltó las manos de Bobby y se levantó para ir a buscar un pañuelo. Sylvia rompió a reír; nunca había oído pronunciar en voz alta y con tanta despreocupación una cifra tan elevada como aquella. En su cuenta debía de tener unos trescientos dólares. Utilizaba la tarjeta de crédito de sus padres cuando lo necesitaba, es decir, prácticamente nunca. Charles y Lawrence se dieron la mano por debajo de la mesa. A Charles le hubiera gustado recordarle a Lawrence que aquel era uno de los posibles peligros de tener hijos, tener que avalarlos para sacarlos de apuros. El pollo olía de maravilla, a mantequilla, ajo y unas diminutas cosas verdes que Franny había arrancado de las plantas que había justo al lado de la piscina, y estaba muerto de hambre.

—Bien —dijo Charles—. ¿Podría pasarme alguien el vino? —Bobby se abalanzó a por la botella, encantado de tener algo que hacer—. ¿Qué tal van tus hombres lobo, Lawrence?

Lawrence se puso a hablar largo y tendido sobre las nuevas tomas en Canadá, sobre los sacos de piel que habían tenido que interceptar a medio viaje, y a pesar de que todo el mundo iba lanzándole miradas a Bobby, incluso Franny fingió escuchar las historietas que Lawrence contaba sobre la película. Era como si la vida de todos dependiera de aquel desvencijado trineo.

Franny y Jim estaban acostados el uno junto al otro, boca arriba, mirando el techo. Ciento cincuenta mil dólares habría sido una suma cuantiosa incluso antes de que a Jim lo echaran de *Gallant*, pero ahora que solo tenían como entrada los inconsistentes ingresos de Franny y sus todavía más inconsistentes derechos de autor, era enorme.

—Podríamos vender algunas acciones —dijo Franny.

—Podríamos.

—¿Pero crees que la responsabilidad es nuestra?

Franny se puso de lado y la cama se encabritó como un barquito en un mar picado. Apoyó la cara sobre las manos y, pese a las arrugas de preocupación que se marcaban entre ambas cejas, a Jim le pareció más joven que nunca.

—No, no lo es —replicó Jim, que se puso también de lado para quedarse de cara a Franny—. Directamente, no. Legalmente, no. Tiene casi treinta años. La mayoría de jóvenes contrae deudas. Muchos de los que estudian en la Facultad de Derecho tienen deudas que triplican esa cantidad.

—¡Pero acaban siendo abogados! ¡Y pueden pagarlo! La verdad es que no sé si estamos ante una de esas ocasiones en las que tendríamos que dejar que se las apañase solo. Y es evidente que esa es su intención. Él no ha sacado el tema a relucir, ha sido ella. Dios mío, qué mujer. Y pensar que, justo esta noche, empezaba a gustarme. ¡Y lo ha hecho expresamente! —Franny empezaba a alterarse—. Lo sé, lo sé —dijo, bajando la voz—. Están justo aquí al lado.

Ver a su esposa en aquel estado no debería haber emocionado a Jim, pero lo hizo. Cada vez era más difícil ver a Fran nerviosa por algún tema que solo pudiera discutir con él. Ahora que los chicos eran mayores, ya no tenían necesidad de mantener las interminables conversaciones del final de su juventud y los inicios de su edad madura, en las que hablaban durante días y días sobre los amigos, los profesores y los castigos de sus vástagos, y entraban en juego sentimientos de culpabilidad y orgullo.

—Ya pensaremos cómo solucionarlo —dijo Jim, e hizo el ademán de acariciarle la cara, pero Franny se había vuelto ya hacia las ventanas para ponerse a dormir, de manera que se limitó a acariciarle la espalda. Al ver que no hacía nada para impedírselo, lo consideró una pequeña victoria.

Por la oscura rendija de aire que pasaba por debajo de la puerta de su habitación, Sylvia adivinó que todo el mundo había apagado la luz, incluso Bobby y Carmen. Algo iba mal, además de las cuentas bancarias de Bobby. Sylvia no sabía lo que implicaba realmente haber contraído aquella deuda, pero empezó a imaginarse hombres con sombreros de fieltro y maletines que llamaban a la puerta y amenazaban con cortar partes relevantes del cuerpo.

En casa conocía los ruidos de todos los peldaños, qué tarimas de madera crujían y cuáles no. Aquí todo eran suposiciones, razón por la cual se mantuvo pegada a la barandilla y aseguró con cuidado y lentitud los pies antes de avanzar hacia el siguiente escalón. Quería comprobar el sofá. No tenía pruebas fehacientes de que su padre no compartiera cama con su madre, pero la sensación en su dormitorio había sido «extraña», esa habría sido la palabra que habría empleado Sylvia de habérselo preguntado alguien, aunque, por supuesto, nadie se lo preguntaría. Había sido una sensación extraña, como la que percibía en lugares que parecían estar encantados, donde intuía la presencia de fantasmas, que podían ser o no amistosos, pero que, sin lugar a dudas, estaban muertos.

La planta baja estaba a oscuras, con la excepción de una luz en el comedor que alguien se había dejado encendida. La casa estaba fría, y Sylvia se estremeció. Se deslizó siguiendo la pared que separaba el vestíbulo del salón y forzó la vista. Vislumbraba los perfiles del sofá, pero no lo bastante bien como para ver si había alguien dormido. Dio un paso al frente, pero tuvo de pronto la sensación de adentrarse en un océano, de estar sin rumbo y perdida, de manera que se acercó de nuevo a la pared y la tocó con ambas manos.

—¿Papá? —susurró.

No hubo respuesta. Su padre le habría respondido aun estando dormido. Sylvia esperó lo que le pareció una eternidad y repitió la pregunta.

No estaba, por supuesto. Todo iba bien, aunque la realidad no era esa. Sus padres estaban jodidos, aunque tal vez no tan jodidos como se imaginaba. Sylvia se sintió aliviada y también turbada por haber querido hacer aquella comprobación. Cuando era pequeña y tenía pesadillas, su padre siempre había sido el primero en aparecer. Abría las puertas del armario y miraba debajo de la cama. Y eso era lo que ella hacía ahora: asegurarse de que los monstruos eran pura ficción. De pronto, y a pesar de haber estado perfectamente despierta hasta aquel momento, se sintió agotada. Tan segura estaba del éxito de su misión, que apenas si pudo subir las escaleras y meterse en la cama sin caer antes dormida.

Día diez

Franny estaba atareada en la cocina preparando *tuppers* con tentempiés que no pudieran fundirse bajo el sol. Los recipientes de Gemma eran de cristal, por supuesto, nada de plástico. Tendría que ir con cuidado al llenar las bolsas de la playa. A nadie le apetecía encontrarse fragmentos de cristal entre las uvas. El plan —el plan de Franny, que todavía no había compartido con nadie excepto con Jim— consistía en realizar una excursión multitudinaria, todo el grupo. Irían en coche hasta la playa más próxima, que siendo lunes por la mañana no estaría muy llena. Se instalarían y harían el holgazán todo el día, se bañarían y comerían bocadillos de *jamón* y *queso* que comprarían allí mismo. Gemma tenía dos sombrillas grandes y varias sillitas bajas de rejilla para tomar el sol. Franny se pondría la pamela de paja y Bobby estaría más feliz que nunca. No pensaba aceptar un no por respuesta.

Sus invitados fueron saliendo uno a uno de las habitaciones. A Charles y Lawrence les gustaba la playa y fueron fáciles de convencer. A Sylvia le daba vergüenza ver a Joan y se mostró encantada de posponer la clase del día. Bobby dijo que sí y Carmen también dijo que sí, aunque aparecieron en la cocina por separado y daba la impresión de que no se hablaban. No eran ni las nueve cuando Franny tenía ya los dos coches cargados y se ponían en marcha.

Gemma recomendaba tres playas: Cala Deià, delante de la casa de Robert Graves, una cala remota, pedregosa y «bastante mágica» (sin lavabos, sin tiendas donde comprar nada para comer); una playa que describía como un extenso «paraíso de arena blanca» (elevada posibilidad de niños y turistas); y otra cala con una «playa funcional a media hora en coche. Muchas familias españolas. Lavabos algo incómodos». (Tan excitante como una excursión a Brighton Beach.) ¿Cómo no decantarse por el paraíso? A aquellas horas no habría niños aún en la playa, puesto que estarían todavía dormidos o aparcados delante de los dibujos animados. Franny hizo un mapa con las indicaciones para llegar a la playa y entregó una copia a Charles, que conduciría el otro coche de alquiler. Sylvia ocupaba el asiento trasero del coche de sus padres. En el último momento, se le había sumado Bobby, como si haber decidido a última hora le sirviera para pasar desapercibido. Sylvia enarcó las cejas pero no dijo nada, tampoco Bobby, que de inmediato se colocó una toalla a modo de almohada y se quedó dormido, o fingió haberse quedado dormido. Jim y Charles condujeron en tándem, tomando con lentitud las curvas de herradura, obligando a los coches a subir y bajar sin problemas las sinuosas colinas.

La playa estaba a veinticinco minutos en coche por diversas carreteras de montaña; arriba, arriba, arriba, luego abajo, abajo, abajo. Jim conducía bajo la atenta supervisión de Franny: «Cuidado, cuidado, cuidado» o «¡Oh, mirad, chicos, ovejas!», dependiendo de lo horrorosas que fueran las carreteras. Sylvia estuvo leyendo hasta que le entraron ganas de vomitar (cuando no estaba resacosa, tenía un estómago fuerte, y la noche anterior había dormido espléndidamente), pero ya habían llegado casi a su destino.

—Oye —le dijo Sylvia a su hermano, empujándole la pierna para que se moviera.

—¿Qué pasa? —dijo Bobby, y la miró con recelo.

—¿Qué le dijiste a Carmen? Es evidente que le contaste lo de esa chica. De lo contrario, ¿por qué te habría hecho eso?

Sylvia sentía sincera curiosidad. Intentó imaginarse a Gabe Thrush contándole su estúpida indiscreción en vez de haber aparecido en el colegio de la manita de Katie Saperstein. Era posible que incluso lo hubiera perdonado.

—No le conté nada.

Bobby se llevó un dedo a la boca para hacerle callar. Luego señaló a sus padres.

—Oh. —Sylvia hizo una mueca—. ¿Y entonces por qué estaba tan enfadada?

—Mierda, Syl, no lo sé. Porque salí sin ella, imagino, y me emborraché y vomité al llegar a casa. ¿Es realmente necesario hablar de esto ahora?

—No estamos escuchando —dijo Franny desde el asiento delantero.

Bobby estaba exasperado.

—Estupendo —dijo.

Estaban cerca; se notaba la sal en el ambiente. Sylvia decidió dejarlo correr. Se le hacía extraño ver tanto tiempo a Bobby. Cuando su hermano viajaba a Nueva York nunca pasaba más que unos pocos días en casa y, además, siempre estaba fuera con sus amigos del instituto. Nunca se veían más rato que el que pudiera durar una comida. Se preguntó si siempre habría sido tan arisco y si siempre habría estado tan a la defensiva, o si aquellos amenazantes símbolos del dólar habrían cambiado algo últimamente. Era imposible saberlo. Siempre había pensado que los hermanos eran más o menos la misma persona con distintos cuerpos, un poco removidos para que las moléculas se dispusieran de otra manera, pero ya no estaba tan segura. Debería haberle contado la verdad a Carmen. Sylvia tenía la sensación de que aquella información empezaba a pudrirse en su interior, como una rata muerta en las vías del metro.

Jim aparcó en pendiente junto a la carretera y Charles paró dos espacios por detrás de él. Descargaron todo lo que había preparado Franny y bajaron el empinado tramo de escaleras que conducía hasta la playa y estaba flanqueado por una barrera de esbeltos pinos.

Gemma tenía razón, la playa era espléndida. Más allá de los árboles, la playa se abría como un mapa desplegado, con cantidades inmensas de arena limpia que se extendían en ambas direcciones. Había grupillos de gente —colonias agrupadas bajo sombrillas dispersas aquí y allí—, pero, en general, era un lugar tranquilo y no había casi nadie en el agua. ¡El agua! A Franny le habría gustado correr hasta ella abriendo y cerrando las manos, como si fueran las pinzas de una langosta, para poder abrazarla, un sueño resplandeciente. El Mediterráneo tenía un azul intenso salpicado por diminutas olas. Una mujer estaba de pie a unos tres metros de la orilla mar adentro, las piernas sumergidas hasta las rodillas y las manos en las caderas, con los brazos en jarras. No se oía música, no había partidos de voleibol. El público estaba integrado por amantes del sol, madrugadores y nadadores consagrados. Franny lideró las tropas hasta la zona media de la playa e hizo exquisita gala de su dadivosidad. Extendió la toalla y abrió la sombrilla. Se untó con crema solar con un factor de protección bajo —¿qué gracia tenía ir a la playa si luego no podías lucir un mínimo bronceado?— y miró a su alrededor, satisfecha. Tenía gotitas de sudor en el bigote y se las secó con un dedo.

—¡Allá voy! —anunció.

Se despojó de su diáfano vestido. Lo dejó caer en la toalla

y se volvió, confiando en que nadie le mirara los muslos. Oyó unos pasitos a sus espaldas, correteando, y en un abrir y cerrar de ojos, Carmen estaba en el agua, salpicando a todo el mundo hasta alcanzar la profundidad necesaria para lanzarse, y entonces desapareció.

Sylvia se enroscó como un perrito dormido bajo la estrecha y cambiante sombra que ofrecía la sombrilla.

—Sabes que el sol no te prenderá fuego, ¿verdad? —dijo Bobby, que estaba tumbado boca arriba con la camiseta cubriéndole la cara.

—Soy una flor delicada —replicó Sylvia. Sacó la lengua para subrayar sus palabras, pero Bobby ya no miraba.

Al otro lado de Sylvia, Charles y Lawrence se habían montado un chiringuito a gran escala: revistas, sillas, las mochilas apuntalando las esquinas de las toallas. Estaban leyendo sus respectivas novelas y Charles tenía la cámara en el regazo, por si divisaba a alguien a quien le apetecería pintar. Lawrence había traído también su ordenador portátil por si, por casualidad, había wifi en la playa, que no era el caso. Arriba en la carretera había un hotel grande y tenía pensado subir en algún momento para enviar sus mensajes de correo o, en realidad, para pulsar la tecla de «actualizar» con la esperanza de que la agencia les hubiera escrito de nuevo con más noticias o pidiéndoles que llamaran. Ignorar el encanto de aquella playa, sin embargo, era imposible, y Lawrence estaba feliz de poder relajarse unas horas. El agua estaba lo bastante caliente como para nadar a gusto y también lo bastante fría como para resultar refrescante, de modo que alternaron ratos de chapoteo con ratos de descanso en la arena.

Franny permanecía de pie en el agua e intentaba parecer lo más europea posible. No pensaba sacarse la parte superior del biquini, pero sí podía hacer lo demás: gafas de sol, un bañador sencillo, cierto aire de despreocupación. Carmen estaba de nuevo nadando y la corriente la alejaba cada vez más de la orilla, pero se la veía decidida y Franny dudaba que fuera necesario acudir en su rescate. Tenía una brazada muy buena, fuerte, y arrastraba gran cantidad de agua con cada movimiento.

—A lo mejor se ahoga —comentó Jim al aparecer al lado de Franny—. ¿Crees que mejoraría o empeoraría las cosas?

Jim llevaba un polo fino de algodón, que el viento presionaba contra su larguirucho torso. La acérrima negativa de Jim a engordar, como les sucedía a las personas normales cuando llegaban a la edad madura, siempre había ocupado uno de los primeros lugares en la lista de cosas que volvían loca a Franny. Tanto Bobby como Sylvia parecían haber nacido también con aquel gen, lo que la llevaba a desear que fuera posible que esas cosas funcionaran en sentido contrario, por mucho que llevara ya tiempo aferrada a la idea de que estar regordeta le daba carácter. Ser delgado solo servía para ser petulante. Tal vez fuera por eso que Bobby andaba metido en aquel berenjenal. De haber sido un niño con sobrepeso, quizás habría podido evitarlo.

—Oh, calla —dijo Franny.

Se cruzó de brazos y presionó los pechos blandengues hasta juntarlos. Le resultaba absurdo seguir siendo tan consciente de su cuerpo delante de su marido, pero después de lo de esa chica, esa «chica», Franny había imitado la conducta de una adolescente bulímica, exceptuando las purgas: comer una segunda ración de cena después de que Jim subiera a acostarse o cuando no miraba, regalarse un cono de helado cuando salía a hacer recados, ponerse la faja en el baño con la puerta cerrada.

—Por lo visto, la otra noche Bobby hizo algo más que pillar una borrachera —dijo Jim.

Franny miró rápidamente por encima del hombro en dirección a sus hijos, que se encontraban a unos cinco metros de distancia de ellos. Bobby estaba sentado en la toalla mirando el agua, con los codos apoyados en las rodillas.

—No he entendido qué pasó. ¿Y tú?

—Tampoco, pero nada bueno.

Bobby se levantó, se sacudió el bañador y se acercó a la orilla. Saludó con un gesto a sus padres al pasar por su lado, pero siguió andando. Franny y Jim lo vieron entrar lentamente en el agua y arrodillarse con escasa elegancia. Se puso entonces boca arriba para flotar, el cuerpo a escasos centímetros del fondo de arena y los fragmentos de conchas. Permaneció varios minutos así hasta que empezó a sacudirse como si acababa de atacarlo un invisible tiburón.

—¡Joder! —exclamó Bobby—. ¡Joder, joder, joder! —Consiguió levantarse y regresó renqueante a la toalla. Los demás bañistas se volvieron para mirarlo—. Creo que me ha mordido algo.

Se llevaba la mano a la pantorrilla, justo por encima del tobillo derecho. Carmen había oído el jaleo y se acercó nadando a la orilla, con la cabeza y los hombros por encima de la superficie.

Jim corrió hacia su hijo.

—¿Es aquí? —preguntó, señalando el lugar de la pierna donde Bobby tenía la mano.

Tenía la piel inflamada y cada vez más roja, como cubierta con un dibujo de encaje. De pronto fue como si Bobby perdiera veinticinco años, su rostro tan sincero e inexpresivo como el de un bebé después de su primera foto, una cara de pura sorpresa. Criarse en la ciudad implicaba un riesgo mínimo de sufrir picaduras y mordeduras de origen natural, a menos que te cruzaras con un pitbull gruñón de camino hacia Broadway. Franny apartó a Jim de en medio y se arrodilló en la arena junto a Bobby.

—¿Estás bien, cariño? —Extendió la mano hacia la pierna, pero se detuvo—. ¿Puedo tocarlo?

Sylvia se había acercado también y observaba la escena con cara de risa.

—¿Te ha mordido el karma, Bobby?

—¡Sylvia! —gritó Franny.

A sus hijos nunca les chillaban, ellos no eran así. Los engatusaban, los engañaban, los sonsacaban, pero nunca chillaban. Sylvia retrocedió como si la que hubiera sufrido la picadura hubiera sido ella y se escondió bajo la sombrilla.

Jim sopesó las distintas alternativas. Había visto gente que lo hacía y con ello lograba detener la sensación de quemazón, pero que tu padre se te meara encima también tenía que doler. Se llevó al renqueante Bobby hacia el otro lado de la playa.

—Hazlo —dijo Bobby. Volvió la cabeza, derrotado—. Creo que no será peor que esto.

—Metámonos en el agua —dijo Jim—, alejémonos de aquí. Y tú vigila dónde pisas.

Caminaron por la parte oscura y húmeda de la arena hasta el final de la playa, donde empezaban las rocas. Bobby cerró los ojos e hizo una mueca al pensar en lo que estaba a punto de suceder. Jim se bajó el bañador y sacó el pene, que enfocó hacia la pierna de Bobby. Había visto gente que lo hacía, pero nunca de aquella manera. Le habría gustado explicarle a Bobby que seguía siendo su niño, que a pesar de los errores que había cometido, y de los errores que también él había cometido, entre ellos existían años y años de amor, que aunque pudieran pasarse décadas sin hablarse, su padre aún le querría. A Jim le habría gustado explicarle a Bobby la cantidad de caca que le había quitado del culo cuando era un bebé, la de veces que Bobby le había disparado arcos dorados de orina directamente a la cara. ¡Que aquello era necesario, que no era nada! Por mucho que no diera la sensación de no ser nada. Jim suspiró y emitió un cálido chorrito.

El pipí fue como una varita mágica. La piel afectada seguía roja, pero la sensación de quemazón desapareció al instante. Bobby y su padre disimularon el charquito que había quedado en la arena lo mejor que pudieron y se dirigieron a los lavabos y el chiringuito para limpiarse.

Los lavabos dejaban en evidencia los de Nueva York: algo de arena en el suelo, sí, pero por lo demás limpios y ordenados, con rollos de papel higiénico de recambio y toallas de papel a la vista, el tipo de cosas que habrían estado guardadas bajo llave en Manhattan. Bobby mojó con agua y jabón un puñado de toallas de papel y se limpió. Jim se lavó las manos y lo miró.

—¿Qué está pasando, Bobby? —preguntó, mirando a los ojos a su hijo a través del espejo, un contacto que Bobby interrumpió con rapidez al ladear la cara hacia la pantorrilla donde tenía la herida.

—Nada —respondió Bobby—. Ya lo habéis oído todo. Como no ganaba suficiente dinero, me busqué otro trabajo. Tampoco es una deuda tan grande. Todo irá bien. Iba a pediros que me ayudarais, pero no pasa nada, puedo arreglármelas solo.

—Me refiero a qué pasa con Carmen. ¿Qué era eso que te decía Sylvia en el coche?

Bobby emitió un gemido de exasperación. Se volvió y se inclinó sobre el borde del lavabo.

—¡Por Dios! No fue nada. Una chica en la discoteca. No fue nada. Sé que mamá y tú lleváis juntos desde que erais más jóvenes que yo, que vuestro matrimonio es fabuloso y todo eso, pero hoy en día las cosas funcionan de otra manera. No sé. Carmen está bien, es buena, no sé si me explico. Ella y yo nos llevamos bien de verdad. Pero ¿para siempre? Seguramente no. ¿Por qué fingir, pues? Ella no se enterará.

Jim y Franny habían acordado no contar a los niños lo de Madison, ni lo de su nariz respingona ni lo de su melena rubia, ni lo de los estragos que había causado en la vida de Jim. Ni cómo había permitido Jim que Madison arruinara su vida. No, tampoco era eso. Jim había sido el autor de su destrucción. Él había destrozado su vida al tomar la decisión de tener un romance con una mujer muy joven. Al tomar la decisión de tener un romance. Los romances parecían una cosa pasada de moda, algo que podría haber hecho su padre, y que sin duda hizo, una y otra vez. Pero aquellos romances no habían amenazado su matrimonio, porque aquel matrimonio era como un telón, una cortina falsa que cubría la turbulenta vida íntima de sus padres. Jim jamás deseó un matrimonio como aquel, y no lo tuvo. Franny y él habían peleado y luchado por él, sobre todo cuando Bobby era pequeño. Nunca habían dado por sentado que fueran a permanecer juntos toda la eternidad; eso era en la edad de piedra, no en los setenta. Habían sido testigos del amor libre (en televisión, al menos) y, aun así, habían tomado la decisión de casarse. Tenían los ojos abiertos. Impedir que Sylvia estuviera informada (de lo básico, solo de lo más básico) era imposible porque vivían bajo un mismo techo, pero esconderle la verdad a Bobby había sido muy fácil. Hablar por teléfono con él era agradable, ahora que Jim y Fran, juntos o por separado, podían coger el teléfono y retroceder en el tiempo hasta momentos más felices de su matrimonio.

—Engañé a tu madre, Bobby. Hice algo horroroso y no quiero parecer arrogante por ello. El único aspecto de toda la situación en la que sé a ciencia cierta que actué correctamente fue que le expliqué a tu madre la verdad.

La paternidad era una maldición terrible. Consistía en sojuzgar tus errores hasta el punto de no dejar que tus hijos conocieran su existencia y, por consiguiente, en repetirlos hasta la saciedad. ¿Qué era mejor, ser hipócrita o mentiroso? Jim no lo sabía. Fuera como fuese, le habría gustado que Franny estuviera en aquel momento a su lado, en aquellos lavabos de caballeros de una playa mallorquina. Volvería a ponerse como una fiera, sí, pero sabría qué decirle a su hijo.

—Es una broma, ¿no?

Bobby estaba confuso, vacilaba entre el orgullo y el desengaño. Al final, la expresión de su rostro quedó fijada en una media sonrisa, en el tipo de mirada que Jim había confiado en poder evitar.

—No es una cosa de la que pueda sentirme orgulloso, Bobby —dijo Jim, frunciendo tensamente los labios. Hizo un gesto para indicarle la puerta.

—No, claro —dijo Bobby. Acabó de secarse la pierna—. Es solo que no lo sabía. Lo tuyo. Resulta gracioso, la verdad. Es que eres mi padre.

Jim lo miró con perplejidad. En aquel momento entró en los lavabos un español con un bañador minúsculo y fue directo al urinario que había en la esquina.

—Tal vez sea una cuestión genética —dijo Bobby.

—No seas idiota —dijo Jim.

Franny se sumergió debajo de la sombrilla de Sylvia para disculparse.

—Cariño, siento haberte gritado así —dijo. Sylvia la miró con recelo. Franny no era de pedir disculpas y su hija sospechó que el gesto escondía algo más. Franny se encogió de hombros y habló en un tono más suave—. ¿Qué pasa con tu hermano? ¿Puedes explicármelo?

Franny fijó la vista en el agua. A pesar de la presencia de medusas, Carmen seguía nadando. Con todo el ejercicio que estaba haciendo para no pasar tiempo en familia, regresaría a América pesando medio kilo aunque, en realidad, Franny no podía echárselo en cara.

—No creo que quieras saberlo.

—Por supuesto que quiero saberlo —replicó Franny, aunque no estaba del todo segura.

Lo de la deuda ya era malo de por sí, luego estaba lo de trabajar en el gimnasio. Pero no quería sentirse esnob. Era hija de un camionero y una ama de casa, ¿cómo podía sentirse esnob? Pero quería algo más para su hijo. Quería que su hijo quisiera algo más para sí mismo. Cuando Bobby era un bebé, Jim y ella habían mantenido largas conversaciones junto a su cuna, e incluso antes, cuando ella tenía el vientre tremendamente hinchado por el embarazo. Habían planificado su futuro como político, como escritor, como filósofo. Lo de entrenador personal con un pluriempleo de vendedor de polvos proteicos no estaba en la lista.

—Le puso los cuernos a Carmen. La otra noche. Lo vi. Fue repugnante.

—¿A qué te refieres? ¿A que estuvo bailando con chicas?

—Mamá. —Sylvia se sentó y estiró la columna vertebral. La camiseta holgada le llegaba hasta las rodillas y su cuerpo cubierto con el bañador quedaba completamente escondido debajo—. Por favor. Vi muchas cosas más que eso. Lenguas, por ejemplo. Qué asco. ¿De verdad es necesario hablar de esto? Verlo en directo fue repugnante. Y no me apetece en absoluto revivir ese momento. —Miró hacia el sol con los ojos entrecerrados—. Noto que empiezo a tener cáncer de piel.

—Pero ¿lo viste con otra chica? —preguntó Franny.

Le faltaba el aire. A la sensación de satisfacción por escuchar un chismorreo de primera mano le siguió en el acto la cruda realidad de saber que lo había hecho todo mal, al menos, todo lo importante. Se inclinó hacia la izquierda para ver si averiguaba dónde se habían metido Jim y Bobby. Ya no estaban en las rocas, pero tampoco los veía en la arena. A lo mejor habían oído a Sylvia y habían echado a correr, conscientes de lo que les esperaba.

Jim no sabía si era posible ver alrededor de la cabeza de una persona de verdad esas líneas onduladas que indican rabia, como en los personajes de dibujos animados, pero cuando vio a su esposa deambulando de un lado a otro de la playa, allí estaban, claras como el día. Charles y Lawrence estaban de pie a su izquierda y Sylvia seguía escondida bajo la sombrilla, a su derecha. Carmen había salido del agua y se encontraba torpemente situada en el fondo, con el cabello mojado pegado a los hombros como una capa. Cuando Franny vio que Jim se acercaba, corrió hacia la orilla para recibirlo. Al pasar junto a la toalla de Sylvia, le lanzó sin querer arena a su hija.

—¿Sabes lo que hizo tu hijo? —dijo Franny, histérica y con los ojos abiertos como platos.

—Lo sé.

Jim no estaba de humor para aquello. Lo que Bobby hubiera hecho no era culpa de él, no era algo que tuviera que ver ni con Jim ni con sus malas decisiones.

—Mantuvo relaciones sexuales con otra chica, y prácticamente delante de las narices de su hermana. ¡En un lugar público! ¿Crees que debería alegrarme de que al menos tú lo hicieras en la habitación de un hotel?

Sylvia asomó la cabeza por debajo de la sombrilla, sus claros ojos siguiendo todos los movimientos de su madre.

—Fran, hablemos del tema en casa —dijo Jim, tendiéndole una mano que ella rechazó.

—¿En casa? ¿En Nueva York? ¿Te refieres a cuando los niños ya no estén y tú tampoco, y a nadie le importe ya? Era una locura pensar que podíamos mantener un secreto como este. —Fingió sentirse preocupada—. Oh, no, no me digas que hay periodistas por aquí. ¿Hay tal vez alguien del *New York Times*? —Los bañistas estaban mirándolos y Franny agitó las manos—. Me parece que esa mujer de allá es del *Post*.

—Mamá, no es necesario montar esta escena aquí —dijo Sylvia en voz baja, gateando para salir de debajo de la sombrilla y poder levantarse.

Jim la miró y le pareció tan delgada y tan delicada como cuando era un bebé. Odiaba pensar lo que su hija iba a escuchar a continuación, el modo en que la pondría contra él. Deseaba que nada de todo aquello fuera verdad.

—Tu padre se acostó con una becaria. Tu hermano con una desconocida. —Franny se interrumpió y pensó en lo cruel que podía llegar a ser—. No sé cómo hemos acabado en esto.

—Los hombres andan siempre acostándose con becarias —dijo Bobby—. ¡Y con desconocidas! ¡Sobre todo con desconocidas! ¿Qué problema hay?

—No era una becaria, era una asistente editorial —dijo Jim.

Franny se quedó mirándolo y le enseñó los dientes.

—El problema es que es prácticamente de la edad de Sylvia, y eso me pone enferma. El problema es que tu padre y yo estamos casados. El problema, cariño mío, es que no pareces comprender que esto es un problema. Es el problema más grande del mundo. Porque mi marido me ha decepcionado, y si además no he conseguido enseñarte ni siquiera esto, significa que yo también estoy decepcionada conmigo misma.

Giró en redondo y rompió a llorar, un llanto agudo, el sonido de una alarma de incendios tremendamente insistente.

Charles corrió hacia ella para abrazarla. Lawrence meneó la cabeza en un gesto de compasión.

—Creo que es hora de volver a casa —dijo Lawrence, recogiendo con rapidez todo lo que era capaz de cargar—. Recoge tú el resto —le dijo a Jim.

—Vamos, Franny —dijo Jim—. Estás comportándote como una loca. Relájate.

Charles hizo rodar a Franny entre sus brazos como el bailarín que proyecta a su pareja hacia el otro lado de la pista de baile. Charles se acercó a Jim, pero se detuvo cuando llegó a medio metro de él. Apretó los dientes.

—No le vengas ahora con que se relaje, después de lo que hiciste —dijo Charles.

—Creo que todos necesitamos relajarnos un poco —dijo Jim, moviendo las manos como queriendo aplacar el ambiente. Miró a sus hijos en busca de apoyo—. ¿Tengo o no razón?

—Siempre has sido un hijo de puta —dijo Charles.

Echó hacia atrás el brazo derecho, fortalecido después de décadas de cargar con lienzos y latas de pintura, y lo mandó volando hacia el ojo derecho de Jim. Jim se tambaleó, sorprendido, y se llevó la mano a la cara.

—Vámonos, Fran —dijo Charles.

Franny estaba temblando como si fuera ella la que acabara de recibir el puñetazo. Le lanzó una mirada suplicante a Jim y se dejó abarcar por el brazo de Charles. Emprendieron camino hacia el coche.

—¡Esperad! —dijo Sylvia—. ¡No me dejéis aquí con ellos!

Le habría gustado decirle más cosas a su padre, pero no podía. No le quedaba aire en los pulmones. Sylvia visualizó el sofá en el salón a oscuras. Era posible que hubiera estado allí, no anoche, pero sí la noche anterior y quién sabía cuántas otras más. La situación era peor de lo que imaginaba. Intentó recordar Nueva York y las noches transcurridas desde que su padre había dejado de trabajar, las citas de su madre con su horroroso club de lectura. De repente, había demasiadas cosas en las que pensar, y le entraron náuseas. Metió los pies en las chancletas, llenas de arena, y correteó detrás de Charles y su madre.

Lawrence se puso al volante y Sylvia ocupó el asiento del copiloto, dejando a Charles y Franny la totalidad del asiento trasero para que pudieran acurrucarse el uno contra el otro y gimotear. Sylvia no había oído jamás a su madre sollozar de aquel modo. Franny parecía un animal de circo en pleno proceso de aprender a saltar a través de un aro con fuego. Sylvia intentó mirar al frente e ignorar lo que pudiera estar sucediendo atrás. Las palmeras la saludaban a través de la ventanilla y las piñas gigantes lucían faldas de hierba. Hacía una mañana luminosa y Sylvia se protegió los ojos ahuecando las manos, como si fueran las anteojeras de un caballo. Lawrence puso la radio y la voz de Elton John llenó de nuevo el coche.

El lloriqueo de Franny se apaciguó transcurrido un minuto.

—Me encanta esta canción —dijo, y empezó a canturrearla.

Se le sumaron Lawrence y Charles, *Bennie and the Jets* interpretada con fracturada armonía en tres desafinadas voces. Franny intentó cantar la voz más aguda, pero no podía, de modo que Lawrence se lanzó en un impresionante falsete. Charles asumió la voz del bajo y se puso a tocar una guitarra invisible. La canción se hizo interminable, sus voces cada vez más altas, hasta que acabaron todos gritando. Después de Elton, el locutor dijo algo en alemán y entonces sonó un tema de Led Zeppelin. Lawrence bajó el volumen.

—Supongo, chicos, que sois conscientes de que esa canción ha sido terrible, ¿no? —dijo Sylvia, aunque se alegraba de que su madre hubiera dejado por fin de llorar. Se volvió en el asiento y se agarró al reposacabezas—. ¿Estás bien, mamá?

Franny le apretó la mano a su hija.

—Estoy bien, cariño. Solo que, no sé. —Se volvió hacia Charles—. Me cuesta creer que le hayas arreado ese puñetazo.

—Lo creerías si supieras la de tiempo que llevaba con ganas de hacerlo.

Charles se miró el dorso de la mano, donde aún se veía un pequeño moratón.

—Sí —dijo Sylvia—. A mí también me gustaría, la verdad. Los hombres son pura basura. Sin ánimo de ofender, eh, chicos.

Charles y Lawrence menearon la cabeza.

—No es necesario que te disculpes —dijo Charles.

—¿Vas a divorciarte?

Franny se había formulado esa pregunta un centenar de veces: cuando Bobby era pequeño y no paraban de discutir, cuando tenía ocho o nueve años y se planteaban seguir o no juntos, cuando llegó Jim a casa y le contó lo de Madison, y todos los días que hizo o dijo alguna cosa que Franny consideraba insultante, como tirarse un pedo en el ascensor. El matrimonio era eso.

—No lo sé, cariño, estamos decidiéndolo todavía. Los dos os queremos mucho a ti y a tu hermano. En estos momentos todo es muy complicado. —Franny se secó las mejillas—. Debo de estar horrorosa.

Sylvia se echó a reír.

—Deberías haberte visto en la playa. Ha sido como si te hubieras transformado en Godzilla. Mamazilla. Mamazilla y Gayzilla atacan de nuevo.

—Me gusta —dijo Franny, recostándose en el pecho de Charles—. Busca otra cosa que podamos cantar, Lawr.

Lawrence le dio a la tecla del dial unas cuantas veces y pasó rápidamente de largo cualquier cosa que sonara a reciente o en un idioma extranjero (ignorando el hecho, claro está, de que el inglés era un idioma extranjero en España) y al final tropezó con Stevie Wonder. Franny empezó a tararear la letra y canturreó a dúo con el solo de armónica, de modo que sin esperar más aprobación, Lawrence subió el volumen y siguió conduciendo.

A Jim no le pegaban desde que era adolescente. Por aquel entonces tenía una carita auténtica, mandíbula redondeada y ojos caídos de cachorro. Más de una vez lo habían empujado contra las taquillas y se habían burlado de él por su disposición a realizar deberes para subir nota. No fue hasta que dio el último estirón, al final de la secundaria, que las chicas empezaron a fijarse en él por otra cosa que no fuera estudiar con él en la biblioteca. El lugar donde había recibido el golpe le escocía, y a pesar de que no había habido sangre de por medio, sabía que acabaría con el ojo a la funerala. ¿Se utilizaría todavía ese término, lo del «ojo a la funerala»? Se sentía como un anciano, y la transición era veloz. Aquella misma mañana se había despertado sintiéndose de nuevo joven, pensando que Fran y él podían conseguir que lo suyo funcionara, que todo volvería a ir bien y recuperaría su vida.

Vio que se acercaban dos hombres robustos con cazadoras de cuero, sus aparatosas botas avanzando con torpeza sobre la fina arena.

—Veo que te han dado —dijo uno.

—Aunque no has salido muy malparado —dijo el otro.

Jim los miró con el ojo izquierdo y manteniendo el derecho cerrado bajo la palma de la mano. Bobby y Carmen dieron un paso al frente, preguntándose si deberían intervenir para evitar que Jim acabara convertido en un saco de boxeo humano. A Bobby se le aceleró enseguida el pulso. En Total Body Power había asistido a algunas clases de kickboxing y sabía que podía defenderse con dignidad si surgía la oportunidad de hacerlo.

—Estabais en el avión —dijo Jim al reconocer las pegatinas de las cazadoras de cuero: Elvis de joven, Elvis de mayor, una moto antigua—. Los Sticky Spokes —dijo, leyendo del bíceps del más alto.

—¿En serio? Menuda pelea —dijo el hombre de la derecha. Era más bajito, pelirrojo con el pelo muy corto—. No son más que unas vacaciones entre colegas que hacemos cada pocos años. Alquilamos unas motos y paseamos un poco. En casa ya no es lo mismo. Me llamo Terry. ¿Quieres que le eche un vistazo a ese ojo? Soy pediatra.

Bobby destensó el puño.

Jim asintió y Terry se acercó a él. El ojo le dolió al abrirlo y pestañeó para evitar unas lágrimas involuntarias. Terry presionó con dos dedos y con extrema delicadeza la zona de la cuenca y le palpó el pómulo.

—Te pondrás bien, no tienes nada roto —dijo Terry. Introdujo la mano en el bolsillo posterior del pantalón y extrajo una tarjeta de visita del interior de una elegante cartera de piel que llevaba sujeta al cinturón con una gruesa cadena—. Pero llámame si necesitas algo. Estaremos por aquí hasta agosto.

—Así lo haré, gracias —dijo Jim—. ¿Qué moto lleváis?

El rostro de Terry se iluminó y se ensanchó hasta formar un círculo casi perfecto.

—¿Te gustan las motos? Yo en casa tengo una Triumph Scrambler. Cuerpo del 96 y corazón del siglo XXI. Esta semana conduzco una Bonneville, dorada, reluciente y veloz como un rayo. —Le dio unos golpecitos a Jim en la espalda—. Te pondrás bien. Y aplícate frío.

Bobby, Jim y Carmen dieron las gracias a Terry y a su silencioso amigo, que se marcharon caminando con paso majestuoso por la arena. Estaban instalados en el extremo de la playa, justo al lado del aparcamiento. Jim vislumbró el perfil de una moto entre los árboles.

Cerrar bien las sombrillas era complicado y había tantas toallas y mochilas que tuvieron que realizar dos viajes hasta el coche para cargarlo todo. Bobby se sentó al volante y Jim se instaló en el asiento del acompañante con una botella de agua fría pegada al ojo. A regañadientes, Carmen compartió el asiento de atrás con la montaña de tentempiés de Franny que todavía quedaban, algunos de los cuales se habían salido del recipiente y manchaban las toallas. El coche olía a fresas cortadas y bronceador. Jim y Bobby no mostraban indicios de ponerse a hablar, y a Carmen ya le parecía bien. Media hora de silencio era lo mínimo que podían concederse mutuamente. Carmen bajó la ventanilla, a pesar del aire acondicionado, y dejó que entrara el aire. Ponerse en marcha fue como dar un paso en la dirección correcta.

Día once

La casa era lo bastante grande como para que todos estuvieran cómodos, más o menos. El ojo morado de Jim le permitió ocupar más espacio, y después de una mala noche de sueño aferrado al borde de su lado de la cama, lo más alejado posible de Fran sin tener que dormir en el suelo, decidió pasar la mañana en el estilosamente desordenado despacho de Gemma. Era interiorista, o sombrerera *amateur*, o terapeuta de reiki, además de regentar una galería en Londres. Jim no acababa de verlo claro. La variedad de sus libros lindaba con la locura: una estantería dedicada a religiones orientales, otra a la moda, otra a la Segunda Guerra Mundial. Había conocido otras mujeres como Gemma, chicas ricas con cerebro pero descentradas, guapas y diletantes llenas de buenas intenciones. Cogió de una estantería un libro sobre budismo y lo abrió al azar por una página.

Vio por la ventana que Franny y los chicos estaban desayunando junto a la piscina. Era un día neblinoso, pero empezaba a hacer calor y Fran, de espaldas a Jim, se había puesto uno de aquellos vestidos transparentes que tanto le gustaban a él. Fran albergaba todo tipo de sentimientos con respecto a los cambios que estaba sufriendo su cuerpo, con respecto a la menopausia, pero para Jim seguía siendo tan bella como siempre. Su trasero era todavía redondeado y conservaba la forma de una fruta generosamente grande. Su rostro mantenía un aspecto sano y suave. Jim notaba que se hacía mayor, pero Franny siempre sería más joven que él. Sin embargo, no había forma de decírselo sin que el nombre de Madison Vance saliera de la boca de Franny tan solo un momento después.

Al principio no habían sido más que las bromas típicas de oficina, algo que siempre le había gustado a Jim. En *Gallant* había flirteado con otras mujeres y nunca había sido más que pura inocencia. Recordaba aquella con unas gafas tan grandes que le ocupaban media cara y otra que tenía un novio en Minneapolis, y también la lesbiana que flirteaba de todos modos con Jim, porque lo hacía con todo el mundo, una cualidad maravillosa en cualquier persona, tuviera la orientación sexual que tuviera. Ni por un segundo se había planteado la posibilidad de acostarse con ninguna de ellas, ni siquiera cuando había tenido problemas con Franny. ¿Se había imaginado el cuerpo de aquellas mujeres una o dos veces mientras hacía el amor con Franny? Sí. Pero nunca había pasado de coger un pelo suelto en un jersey o de acercarse un poquito más de la cuenta en un ascensor lleno de gente. Jim había sido fiel a su mujer.

Franny estaba contando alguna historia; había levantado el tenedor para hacerlo girar en el aire como una batuta. Charles y Lawrence, ambos de cara a la ventana donde estaba Jim, echaron la cabeza hacia atrás y rieron. A Jim le gustaría sumarse al grupo, abrir la puerta, salir al jardín y sentarse a su lado.

Madison Vance había aparecido como un pedazo de kriptonita, tan repentinamente como si hubiera caído del cielo. Era lanzada y valiente, y cuando le dijo a Jim que no llevaba ropa interior, él no debería haber levantado las cejas ante la gracia. Debería haber llamado a recursos humanos y luego haberse hecho una bola para protegerse bajo su mesa de despacho como cuando había un simulacro de ataque aéreo. Pero no, Jim le había sonreído y, en un gesto involuntario, se había relamido el labio inferior. Era magnífico poder contemplar la auténtica juventud; no la juventud de los de treinta y cinco, los cuarenta y cinco o los cincuenta, personas todavía jóvenes y vitales cuando se veía desde el otro lado, sino la juventud irrecusable de los veinte años, cuando la piel se aferraba a los huesos y brillaba desde el interior. La rubia melena de Madison le colgaba más allá de los hombros y seguía un movimiento de vaivén, sus mechones delicados y salvajes a la vez. Había dejado claro que lo deseaba, «en ese sentido», en el sentido de toda la vida, lo deseaba. Y Jim también la deseaba a ella.

En el instante en que pisó el bar del hotel para reunirse con ella, Jim supo que estaba cometiendo un error. Hasta aquel momento se había convencido a sí mismo de que era una diversión, que simplemente estaba amparando a aquella joven bajo su tutela. ¡Era una buscavidas, una trepa! Se sentarían en el bar, tomarían unas copas, hablarían sobre periodismo y novelas y luego ella se marcharía feliz y cogería el metro hasta Brooklyn Heights, donde compartía con otra chica un apartamento subarrendado. Pero en cuanto entró en el bar y vio cómo iba vestida Madison, cuando notó sus blancos muslos extendiéndose por debajo de un vestido increíblemente corto, Jim supo que la situación no era ni mucho menos la que él se había obligado a creer.

Se había acercado al mostrador de recepción, había pedido una habitación.

Había ladeado la cara para acercarse a la de ella.

Había bajado la cremallera del vestido, que se había deslizado por sus caderas perfectas.

Jim se apartó de la ventana y dejó caer la cabeza sobre el pecho. Le dolía el ojo y deseó que el resto de su cuerpo estuviera igualmente marcado, que se hubiera convertido en un moratón gigantesco, porque se lo merecía.

Cuando estaba en el instituto, Carmen había reflexionado largo y tendido sobre sus alternativas. En su clase había un chico que la quería, y ella lo quería también. Habían perdido conjuntamente la virginidad en la cama de él y sus madres eran amigas que solían compartir ratos en la playa sentadas en sillas de plástico. Cuando estaba en Miami Dade, conoció a un chico en Starbucks y estuvo acostándose de vez en cuando con él durante seis meses, hasta que resultó que él tenía otra novia en Orlando. En todos los gimnasios donde había trabajado siempre había habido muchos chicos que no paraban de mirarla mientras entrenaba. Miami era un lugar fácil para conocer gente si te gustaba cuidar el cuerpo.

Bobby era distinto. La primera vez que salieron él le contó cosas sobre su familia y sobre Nueva York. Estaba todavía en la universidad, pero parecía mucho más joven que Carmen cuando tenía su edad. Ella se había mantenido por sus propios medios desde los dieciséis años; con veintiuno, los padres de Bobby seguían pagándole el alquiler, aunque eso no lo sabía ella todavía. Lo que estaba claro era que él venía de otra parte, de un planeta de necesidades y deseos distintos. A Carmen le encantaba que le contara cosas sobre su madre. ¡Escritora! Eso de recorrer el mundo y escribir acerca de lo que comía parecía un trabajo de esos que solo se ven en las películas. Carmen empezó a comprar revistas en las que salían sitios donde creía que podía haber estado la madre de Bobby, y a veces, cuando él iba a verla a su casa, le confirmaba sus sospechas y decía «Oh, sí, me parece que mi madre estuvo en ese», y a veces decía «Oh, ese lo aborrece, son unos cabrones», y Carmen fingía que la revista era un regalo de un cliente y la repudiaba de inmediato.

Había puesto todo su empeño en ser del agrado de aquella gente. Se mantenía callada cuando acudía a alguna cena con ellos y sonreía de manera inexpresiva cuando hablaban sobre algún tema que ella desconocía. Se vestía con su ropa más conservadora e intentaba no quejarse del frío. Pero nada de lo que hacía les parecía correcto.

En la cocina hacía calor, estaba todo abierto. De haber sido el apartamento de su madre en Miami, las persianas habrían permanecido bajadas hasta el anochecer, pero a los Post no parecía importarles que la casa se calentara como un horno. No pensaba decir nada, ellos mandaban.

—Buenos días —dijo Bobby.

Había dormido hasta tarde. Carmen cogió el vaso de zumo de naranja con ambas manos. Era la primera mañana en todo el año que no tomaba su batido de proteínas, pero Bobby no se había dado ni cuenta.

—Buenos días —dijo Carmen. Todo el mundo estaba en la piscina, excepto Sylvia, que debía de seguir durmiendo. Tenían la casa solo para ellos—. ¿Te apetece dar un paseo conmigo? Solo pasear.

Bobby no había hablado mucho últimamente, tampoco ella.

—Claro —replicó Bobby, mirando a su familia a través de la ventana. Le apetecía tan poco estar con ellos como a Carmen.

Se calzaron las zapatillas y salieron por la puerta sin que nadie se enterara.

Se llegaba a Pigpen por una carretera estrecha, una calle de dos direcciones solo cuando era absolutamente necesario, razón por la cual caminaron en fila india. Bobby delante. Había cosas de este estilo por doquier, lecciones que Bobby no había aprendido. ¿Se suponía que tenía que enseñárselo ella? Lo había intentado. Caminar por fuera por si acaso un coche subía al bordillo o pasaba por un charco, cederle el paso antes de cruzar una puerta. Pero él no hacía nada de todo eso. Si Carmen le hubiera dicho algo al respecto, Bobby le habría respondido diciéndole que eran iguales, aunque la verdad era que nunca lo pensaba. Carmen se agachó para coger una flor y se la puso detrás de la oreja.

El pueblo eran cuatro calles, con los adoquines enroscándose entre ellos formando tensos nudos. Pasaron por delante del pequeño supermercado, del restaurante italiano y de un bar donde vendían bocadillos. Llegaron al final de la manzana, doblaron la esquina y Carmen abrió la boca para hablar. Pero al girar hacia la izquierda se detuvieron en seco.

La calle estaba llena a rebosar de gente: un hombre con una guitarra, niños lanzando cosas por los aires y varias mujeres mayores, radiantes de felicidad. Los coches estaban detenidos, pero los frustrados conductores no tocaban la bocina, ni siquiera parecían impacientes. Carmen tiró de Bobby hacia el lugar de la acción y observaron la escena desde el otro lado de la calle. En el centro del grupo, delante de la puerta de un pequeño edificio, había una pareja de novios. Detrás de ellos, en las escaleras, había otro hombre haciendo la proclama. Carmen entendía casi todo lo que decía —«Es un día dichoso, Dios ha entregado estas dos personas la una a la otra»—, aunque si aquel hombre hubiera hablado en suajili, el resultado habría sido el mismo. Era una boda, en el idioma que fuese. La novia, una mujer regordeta de la edad de Carmen, o algo mayor, llevaba un vestido corto con cuerpo de encaje y un ramo de flores. Su flamante esposo iba con traje gris y corbata, su cabeza casi calva reluciente bajo el sol. Tenían las manos unidas y las balanceaban felizmente mientras el amigo seguía hablando. La mujer rio y el marido la besó en la boca. Las ancianas agitaron los pañuelos y los niños chillaron de alegría, entregados a su papel en el festejo. Carmen notó una sacudida en el estómago, luego otra y, de pronto, se dio cuenta de que estaba llorando.

A regañadientes, dejó de mirar la feliz escena para volverse hacia Bobby, que estaba cruzado de brazos y con una expresión de impaciencia reflejada en el rostro.

—Un desastre, se ve a la legua —dijo—. ¿Te has fijado en el tamaño de los brazos de ella? Tendría que practicar un par de horas de estiramientos de tríceps. Cuatro veces al día de por vida. —Rio entre dientes—. ¿Vamos?

Carmen se sintió como si acabaran de darle un bofetón.

—Está preciosa. —La novia y el novio se habían puesto a bailar entre los coches detenidos. Ella no paraba de dar vueltas, hacia un lado, hacia el otro. Cada vez que se le acercaba, su marido la besaba, emocionado con su buena suerte—. ¿Sabes? Siempre pensé que acabarías superándolo.

—¿Superando el qué? —replicó Bobby, apartándose los rizos de la frente.

—El miedo.

Bobby estaba confuso.

—Mira, si tiene algo que ver con lo que dijo mi hermana...

—Me da igual, Bobby. No tiene nada que ver con lo que dijo tu hermana, ni con lo que no dijo. Tiene que ver contigo. Siempre pensé que necesitabas tiempo, ya sabes, para crecer, pero creo que acabo de darme cuenta de que nunca sucederá, al menos mientras yo siga sentada esperando sin hacer nada. Me voy a casa.

—¿Quieres que volvamos? —dijo Bobby, dando ya media vuelta.

—No, no me has entendido —dijo Carmen—. Vuelvo a Miami. Sin ti. Se acabó. Debería haberlo hecho hace años. ¿Acaso no ves lo felices que son?

Señaló a los novios, que seguían abrazándose con sus familiares, sus sonrisas alcanzándoles las mejillas. Daba igual que el vestido de la novia le quedara estrecho o que no fuera de Vera Wang: estaba feliz. Deseaba pasar el resto de la vida junto a aquel hombre y él sentía lo mismo. Habían decidido dar el salto y, después de haberlo dado, estaban encantados de descubrir que aquel mundo era incluso más bonito de lo que imaginaban. En aquel momento, Carmen comprendió que Bobby nunca se casaría con ella. Nunca daría el salto o, al menos, no lo daría con ella.

—¿Estás rompiendo conmigo? —preguntó Bobby. Era imposible saber si su expresión era de confusión, de alivio o de ambas cosas a la vez. Tenía arrugas en la frente, pero las comisuras de la boca habían empezado a torcerse para esbozar una sonrisa nerviosa—. ¿Aquí y ahora?

—Aquí y ahora, Bobby. Y creo que también deberías olvidarte de Total Body Power por una temporada. Me aseguraré de que tus clientes estén bien atendidos. Tómate una semanas para pensar qué quieres hacer con tu vida, ¿vale? No eres entrenador personal, no lo eres, la verdad. Y los polvos no funcionan a menos que seas culturista. Hay demasiada mierda, ¿sabes?

Y dicho esto, Carmen dio media vuelta y echó a andar colina arriba. Llamaría un taxi desde el teléfono fijo y ya arreglaría lo del vuelo cuando llegase al aeropuerto. Nunca había estado en ningún punto de España peninsular, de modo que tal vez volaría hacia allí. No se volvió para ver si Bobby la seguía, porque le daba lo mismo. Haría la maleta y dejaría los polvos en la cocina. Se acabó.

Todo el mundo estaba tan excitado con la partida prematura de Carmen que incluso Sylvia se olvidó de Joan. Llamó al timbre dos veces antes de que a alguien se le ocurriera abrirle. Sylvia lo recibió con un «¡Oh! ¡Hola!» y lo hizo pasar rápidamente al comedor.

—Lo siento —dijo—. Esto es de locos. La novia de mi hermano acaba de marcharse a casa.

Joan tomó asiento y se pasó una mano por el pelo.

—De todos modos, era muy mayor para él, ¿no?

—Supongo —dijo Sylvia—. Pero no creo que el problema fuera ese.

—¿Te gustó el Blu Nite? Está bien esa discoteca, ¿no te parece? —dijo Joan mientras realizaba unos pasos de baile, meneando las caderas y mordiéndose el labio inferior.

—Estuvo bien —replicó Sylvia, pensando en que pasara lo que pasase acabaría eternamente virgen y Joan no la tocaría jamás, ni siquiera a cambio de un millón de dólares, ya que por qué tendría que hacerlo, razón por la cual lo mejor era dejar de pensar de una vez en eso—. ¿Miramos hoy el participio pasado?

Sylvia abrió el cuaderno. Les quedaban pocos días en la isla y empezaba a tener la sensación de estar a punto de terminar un campamento de verano. Sus patéticas artes de seducción habían fracasado. Si a aquellas alturas no había pasado nada, significaba que nada pasaría, de modo que mejor trabajar un poco y ahorrarse con ello asistir a varias clases de español en Brown. Tendría que haber metido el maquillaje en la maleta, además de unos buenos tacones y una personalidad completamente distinta.

—Perfecto —dijo Joan. Llevaba una camiseta rosa que daba a su piel bronceada el aspecto del azúcar moreno bañado con miel—. ¿Y qué te parece si mañana damos la clase fuera de aquí? Me gustaría enseñarte el resto de la isla, ¿de acuerdo?

—Vale —dijo Sylvia. Fue como si le hubiesen prendido fuego a la cara, le ardía y le dolía incluso. Cogió el vaso de agua y se lo acercó a la mejilla, luego a la otra—. Como quieras.

Jim seguía escondido en el despacho, al otro lado de una pared muy fina, pero Charles no creía que pudiera esperar más. Se sentó en el borde de la cama y aguardó a que Lawrence saliera del baño. Lawrence abrió la puerta y salió. Llevaba la toalla anudada en la cintura. Se examinó con aire distraído los pelos del pecho, que empezaban a encanecer.

—Estos son nuevos —dijo.

—Eres precioso —dijo Charles.

Lawrence enarcó una ceja.

—Gracias, cariño mío. ¿Tienes fiebre?

Charles negó con la cabeza e hizo un mohín.

—Lo siento.

—¿El qué? El puñetazo no me lo diste a mí.

Lawrence se quitó la toalla y la arrojó sobre la cama. Abrió el cajón donde guardaban la ropa interior y sacó unos calzoncillos limpios.

—No lo digo por eso. —A Charles le encantaba mirar a Lawrence mientras se vestía. Siempre lo hacía igual: primero los calzoncillos, luego la camisa, después los calcetines y finalmente el pantalón. Se subía los calcetines hasta arriba, aun siendo verano y aunque sus delgadas pantorrillas nunca consiguieran mantenerlos en su lugar. Su pelo mojado parecía casi negro y lo llevaba perfectamente separado con la raya. Charles echaba de menos tener pelo, aunque prefería eso a que Lawrence fuera calvo. De ese modo, Charles siempre tenía algo encantador que contemplar—. Es que quería decirte una cosa. Quiero decirte una cosa.

—Adelante.

Lawrence no le estaba prestando mucha atención. Se sentó en la cama al lado de Charles para ponerse los calcetines.

—Solo para que lo sepas, lo digo, teniendo en cuenta esta nueva información.

Charles pronunció la palabra «información» con un tartamudeo. Y fue el tartamudeo lo que llevó a Lawrence a prestarle atención.

—Humm...

—Antes que nada, quiero decirte que te quiero mucho y que deseo formar una familia contigo, o no formarla, depende de lo que el universo decida. Pero te quiero, y eres mi marido, mi único marido, para siempre, ¿entendido?

Charles cambió de postura y cogió la toalla mojada que había dejado Lawrence para depositarla sobre su regazo. La acarició como si fuera un perro.

—Estás asustándome. —Lawrence cruzó y descruzó las piernas—. Suéltalo ya.

—Fue hace mucho tiempo —dijo Charles—. Hace un siglo. Tú y yo justo empezábamos a ir en serio.

—¿Antes o después de que nos casáramos?

—¡Antes, antes!

—¿Piensas contarme lo de aquel niño idiota, lo de ese trabajador lerdo de la galería?

Charles levantó la vista, tenía los ojos llenos de lágrimas. Movió afirmativamente la cabeza.

—Lo siento muchísimo, amor mío, fue una estupidez. Fue la pura definición de la estupidez.

Lawrence posó la mano sobre la rodilla de Charles.

—Lo sé. Estabas expulsando tus fantasmas. Estaba al corriente cuando sucedió, tonto.

—¿De verdad? —Charles le cogió la mano a Lawrence y se llevó la otra al corazón—. ¿Y por qué no mencionaste nunca nada?

—Porque no tuvo importancia. Lo comprendí en cuanto terminó. Y fue mucho antes de que nos casáramos. Fue tu crisis de la edad madura —dijo con una sonrisa.

—¿Y cuándo fue la tuya? —preguntó Charles.

—Cuando me casé contigo. —Lawrence se levantó, arrastrando a Charles con él—. Te perdono. Pero no vuelvas a hacerlo nunca más. Vas a ser el padre de mis hijos.

—Eso sí que no —replicó Charles—. Pero quiero ser «papi», si te parece bien. Creo que soy un papi. «¿Puedo tener un poni, papi? ¿Puedo comerme en secreto un helado antes de que vuelva papá a casa, papi?» ¿No te parece?

—Me parece bien —dijo Lawrence, y besó a su marido.

La noticia sobre la marcha de Carmen se propagó rápidamente por toda la casa y cuando Sylvia puso la mesa para cenar, lo hizo con solo seis platos, que era un número mejor, de todos modos. A pesar de los sentimientos encontrados y perfectamente documentados que albergaba con respecto a aquella relación, Bobby no lo llevaba nada bien y se dejó caer en el banco, el asiento más próximo a la pared. Jim guardó en el congelador la bolsa de hielo y tomó asiento enfrente de Bobby. Tenía el ojo más oscuro que el día anterior, un círculo marrón brillante, como un oso panda. Franny y los chicos estaban preparando la cena: brandada de bacalao sobre tostada, gambas con salsa de ajos, ensalada de espinacas. Tapas en casa.

—Estoy hecho una mierda —dijo Bobby, sin dirigirse a nadie en concreto.

Sylvia se sentó en el banco al lado de Bobby. No le apetecía hablar con su padre y tampoco tenía mucho interés en hacerlo con su hermano, pero su estado era tan patético que era imposible ignorarlo.

—Siento lo de Carmen —dijo—. No era tan mala como pensaba. El hecho de que haya roto contigo hace que me guste aún un poco más.

Bobby se hundió todavía más y su cabeza quedó a escasos centímetros de la mesa.

—Sylvia —dijo Charles, dejando sobre la mesa la bandeja de las gambas. Desprendían un olor intenso y mantecoso que le revolvió a Sylvia el estómago—. No lo agobies.

—No, si tiene razón —dijo Bobby. Se enderezó y apoyó los codos en la mesa—. Es culpa mía.

Sylvia se encogió de hombros, satisfecha por haber dejado clara su opinión. Franny y Lawrence llegaron con el resto de la comida y tomaron asiento. Lawrence como amortiguador entre Jim y Charles, aunque Jim no parecía enfadado, y tampoco parecía estarlo Charles. Habían llegado a una tregua.

—A mí también me han roto el corazón, ¿te enteras? —dijo Sylvia—. No tienes el monopolio en el tema, ni mucho menos. Que lo sepas.

Franny se inclinó hacia delante para poder ver a su hija.

—¿Qué? ¡Pobrecilla! ¿Y por qué no me lo contaste?

—Eso —dijo Sylvia—. Ahora resulta que lo más normal del mundo es contarle a tu madre que te han engañado con tu mejor amiga y que te gustaría cortarlos en pedacitos a los dos. Pues creo que no.

Jim y Franny repasaron mentalmente todas las amigas de Sylvia para intentar discernir la candidata más probable a aquella traición.

—Katie Saperstein —dijo Sylvia—. Katie Saperstein, una estúpida y una cabrona.

—¿La del cuerno? —inquirió Franny con incredulidad.

—La del cuerno —confirmó Sylvia con perplejidad. Podía haber explicado a la concurrencia que el motivo por el cual Gabe prefería a Katie tenía que ver con las muchas mamadas que le había hecho Katie, pero decidió que era mejor no hacerlo.

—Eres muy afortunada —dijo Bobby.

—¿Perdón? —dijo Sylvia.

—No has hecho más que empezar —prosiguió Bobby—. En menos de dos meses estarás en un escenario completamente nuevo, rodeada por miles de personas nuevas, personas que no tienen ni idea de quién eres, ni de dónde vienes, ni de cuál es tu historia. Y podrás ser quien te venga en gana. Ese chico, quienquiera que sea, carece de importancia. Estás solo en el principio, y eso es bueno. —Y levantó la vista del plato vacío.

—¿Quieres un poco? —dijo Sylvia, ofreciéndole la bandeja de gambas a su hermano—. Llevan mucha grasa.

—Por supuesto.

Bobby inclinó la cabeza hacia el hombro de su hermana durante una fracción de segundo, un gesto cariñoso.

—Yo también quiero —dijo—. Tienen muy buena pinta, mamá.

Franny miró a Jim a los ojos, perpleja pero satisfecha.

—Gracias —dijo, y cruzó las manos sobre el regazo. De haber sido de rezar, lo habría hecho por sus hijos, dos almas encantadoras en el fondo, pero lo suyo era la cocina y, en consecuencia, les pasó el cuenco con los frutos del mar—. Vamos, pon el plato.

Franny se relamió un dedo untado con azúcar en polvo. Se había sentido inspirada y había intentado preparar *ensaimadas*, esas deliciosas pastas de hojaldre que había por toda Mallorca. Levadura, manteca, harina y leche, una masa enrollada en forma de azucarada serpiente. Las islas eran criaturas divertidas en lo referente a la comida. La mayoría de las cosas normales eran de importación y, en consecuencia, resultaban caras, y las delicias locales marchaban de la isla en avión. Sonaba a libro, con un título como *Islas minúsculas*, tal vez. Lo que comía la gente en Mallorca, en Puerto Rico, en Cuba, en Córcega, en Taiwán, en Tasmania. Habría muchos viajes, claro está, meses enteros de trabajo. Y a través de la nueva lente con la que veía la vida después de la infidelidad. Todo el mundo andaba escribiendo libros de ese estilo, una mujer que se redescubre después de un desengaño amoroso. Le preguntaría a Gemma si le iba bien que volviese en otoño, cuando Sylvia estuviera ya instalada en la universidad. Mallorca sola. Franny se imaginó sentada en aquel mismo sitio, junto a la piscina, al cabo de unos meses, con un ambiente lo bastante cálido como para dar unas brazadas y luego entrar corriendo en la casa. Tal vez recibiría la visita de Antoni y podrían practicar con raquetas invisibles.

Bobby se había marchado a la cama después de cenar y Sylvia estaba aparcada delante del televisor con Lawrence. Daban una de sus películas, milagrosamente doblada al español, aunque con solo pulsar una tecla los actores habían vuelto a hablar en inglés. La acción transcurría en un Toronto disfrazado de Nueva York y Sylvia disfrutaba descubriendo un sinfín de errores: el metro no era ese, ni las farolas, ni los edificios. Jim y su bolsa de hielo habían vuelto a encerrarse en el estudio de Gemma, razón por la cual solo Charles y Fran compartían el baño nocturno.

Las casas iluminadas del otro lado del valle parecían lunares en la oscuridad. De vez en cuando, una quedaba completamente a oscuras y otra se iluminaba, estrellas que morían y volvían a la vida. Franny no quería mojarse el pelo y se había puesto un gorro de ducha encima de aquella coleta que parecía un pincel. Pero aun así, los pelitos más cortos habían acabado asomando y se le adherían mojados a la nuca. Fran dio unas cuantas brazadas con la cabeza erecta, como un labrador que nada para coger un palo, y lo dejó correr. Se quitó la gorra y sumergió la cabeza.

—Me siento como una nutria —dijo—. Una nutria nocturna.

—El agua purifica.

Charles nadaba en el lado hondo de la piscina y movía brazos y piernas bajo la superficie.

—¿Lo leíste en una bolsita de té?

—Es posible. —Salpicó a Franny cuando se le acercó—. También lo de retirar pasados entre cinco y siete minutos y añadirle miel.

Franny se puso de espaldas y le guiñó el ojo, aun sin saber si Charles podía verle la cara. En Nueva York, la oscuridad era un concepto relativo; siempre había ventanas que iluminaban el cielo nocturno, además de los faros de los coches. Pero aquí no había más que estrellas, y las casas al otro lado, y ambas cosas parecían tanto mágicas como remotas.

—Siempre pensé que cuando los niños eran pequeños era la parte más complicada —dijo Franny—. Ya sabes, lo de ser responsable de alguien que depende por completo de ti. Enseñarle a hablar, a caminar, a leer. Pero no es cierto, la verdad. Esto no termina jamás. Y mi madre nunca me lo contó.

—Tu madre te educó como una cría de manatí: te tuvo a su lado durante un año, y punto. Luego te soltó al mar.

—¿Es eso lo que hacen los manatíes?

—No sé, creo que sí. También lo leí en una bolsita de té.

Franny abrió la boca y dejó que se le llenara de agua, que acto seguido escupió hacia donde estaba Charles. El agua estaba de muerte. Al salir tendrían frío, lo sabía, pero daba igual. No pensaba salir nunca de aquella piscina.

—Lo estamos intentando —dijo Charles, y se impulsó para sacar medio cuerpo de la piscina, los brazos que en su día fueron musculosos algo más blandos ahora y pegados al torso.

—¿Intentando qué? No me vengas ahora con detalles sexuales raros, por favor. Hace cien años que no me echan un polvo y acabaría odiándote.

Franny se frotó los ojos para secarlos un poco. Estaba de espaldas a Charles, que la cogió para girarla y tenerla enfrente. El fondo de la piscina era granulado, como una pared estucada, y Franny subió las rodillas a la altura del pecho.

—No —dijo Charles. Se dejó caer de nuevo en el agua, salpicando por todos lados—. Estamos intentando conseguir un bebé.

Franny no estaba segura de haberlo oído bien.

—¿Conseguir un bebé?

Charles se le acercó nadando y le posó las manos en los hombros. Franny estiró las piernas y se sujetó con las manos en las caderas de él, de modo que quedaron ambos de pie en el lado profundo de la piscina adoptando la quinta posición del ballet.

—Conseguir un bebé. Me refiero a adoptar un bebé. Estamos intentando adoptar. Está muy cerca. Quiero decir que es más que posible. Nos han elegido y hemos dicho que sí, y ahora estamos pendientes de ver qué pasa.

Charles no se había imaginado que se pondría tan nervioso cuando se lo contara a Franny, aunque tampoco había tenido motivos para mantenérselo oculto hasta el momento. ¡Llevaban ya un año inmersos en el proceso! ¡Más de un año! Y Charles había vacilado desde el principio, había vacilado hasta el día anterior, cuando una vez más comprobó la paciencia de Lawrence, lo cariñoso que era, su clemencia. ¿Era posible pedir más de un padre, de un esposo?

Franny no titubeó.

—Cariño mío —dijo, y cerró el espacio que se abría entre

ellos, presionando su cuerpo mojado contra el de él. Deseaba decirle que sería un padre maravilloso y que haber tenido a sus bebés (que es lo que eran aún para ella, sus bebés, por mayores que ya fueran) era lo mejor que había hecho en su vida, por mucho estrés y complicaciones que conllevaran. Se retiró y vio que Charles tenía los ojos húmedos, por el agua de la piscina o por las lágrimas, no lo sabía, pero daba igual, porque los de ella también lo estaban—. Es una idea maravillosa, maravillosa de verdad.

Día doce

Joan llegó puntualmente a las once, como era habitual, pero en vez de entrar en la casa, se apartó un poco y mantuvo la puerta abierta para que pudiera salir Sylvia. Pestañeó por la luz y se puso las gafas de sol, que eran de Franny, de los años ochenta, una montura gigantesca que le comía la mitad de la cara y le daba el aspecto de abuela o de estrella de cine, no sabía muy bien. Le había costado decidir qué ponerse para pasar el día fuera y al final había elegido un vestido corto de algodón con estampado de margaritas. Joan le abrió la puerta del coche y dio la vuelta para instalarse en el puesto del conductor. El coche era tan grande en comparación con los dos que habían alquilado que parecía un todoterreno militar, aunque en realidad no debía de ser más que una berlina de tamaño normal. Olía a la colonia de Joan y Sylvia inspiró hondo, deseosa de impregnarse de aquel aroma. Colocó las manos bajo los muslos, en contacto con el cuero del asiento. En el exterior empezaba a hacer calor, y a menos que Joan pusiese el aire acondicionado de inmediato, sudaría, se pegaría al asiento y cuando se levantara tendría las piernas llenas de manchas rojas, como si la hubiera atacado un pulpo gigante que habitaba en el coche. Sylvia sonrió cuando Joan se sentó, puso la llave en el contacto y por las rejillas de ventilación salió un gran chorro de aire frío.

—Y bien, ¿adónde vamos? —preguntó Sylvia.

—Sorpresa —respondió Joan—. Pero no te preocupes, no te vendaré los ojos. ¿Nadas, verdad? ¿Has cogido el bañador?

—Sí.

—Pues entonces vamos.

Y se pusieron en marcha.

Superada la turbación que le provocó la infame clase de tenis, Franny decidió que era una periodista profesional, no una adolescente enamorada, y llamó a Antoni al número que le había proporcionado, una extensión del club. Reservó hora a media tarde, no para jugar al tenis, sino para hablar. Siempre podría vendérselo luego a alguien, si le apetecía; a *Travel + Leisure, Sports Illustrated, Departures*. Sylvia había salido con Joan, la muy suertuda, y los chicos parecían conformarse con permanecer sentados junto a la piscina y leer. Jim llevaba una gorra para protegerse el ojo morado y Bobby tenía el entrecejo tan fruncido que Franny pensó que acabaría quedándole una marca. Charles y Lawrence estaban de guardia con Bobby —para asegurarse de que no se autolesionara o, peor aún, que pidiera un taxi y reservara el primer vuelo de regreso a Florida—. Franny quería que siguiera en la casa, estuviera o no triste. Era la misma filosofía que había empleado con respecto al consumo de alcohol durante la adolescencia de los niños: mejor en casa, donde podía controlarlos, que en las calles, donde podían acabar arrestados. Había planteado aquella tarde como una cuestión de trabajo, aunque no estaba del todo segura de que se tratara de eso. Franny se despidió de Jim dándole unos golpecitos en el brazo y puso rumbo al club de tenis, calando el coche una única vez.

Antoni la esperaba en las oficinas, cruzado de brazos. En vez del atractivo uniforme de profesor de tenis, vestía unos tejanos oscuros y una camisa blanca que proporcionaba a los poros de su piel el aspecto de haber recibido minúsculos besos del sol. Llevaba las gafas de sol colgadas al cuello mediante un cordón, pero cuando ella entró, se las subió a lo alto de la cabeza. Se acercó a ella con una mano extendida. Cuando se produjo el encuentro, en el centro de la estancia, Franny se quedó sorprendida al verse atraída hacia él y recibir un beso de Antoni en cada mejilla.

—Oh —dijo Franny—. Una forma magnífica de comenzar la reunión.

Sonó el teléfono y la chica de detrás del mostrador lo cogió y se puso a hablar en acelerado español. Antoni acompañó a Franny hacia el aparcamiento. Cuando estuvieron fuera, Franny cayó en la cuenta de que, de hecho, no habían ideado ningún plan. Era evidente que él no la esperaba para jugar, pero no habían comentado cómo llevarían a cabo la charla. Eso era lo que más le gustaba de las entrevistas: la estrella de cine que engulle un plato entero de patatas fritas en su restaurante informal favorito, el chef que pasea por su pueblo con sus perros mordisqueándole las botas de agua y un bocadillo en el bolsillo. A Franny le gustaba ver qué comía la gente.

—¿Has comido?

Antoni miró el reloj.

—No, es pronto. ¿Tienes hambre? Te llevaré al mejor lugar de tapas de Mallorca. Prohibidos los turistas, pero conmigo pueden hacer una excepción. Primero daremos una vuelta por el centro y luego comeremos.

—Bueno, vale —dijo Franny. Antoni ya estaba cruzando el aparcamiento en dirección a la alambrada del otro extremo.

Se quitó las gafas de la cabeza y sacó una gorra de béisbol de un bolsillo. Las sandalias de Franny aporreaban el suelo y la obligaban a caminar con las rodillas hacia delante, como una niña que juega a disfrazarse.

Había un total de treinta pistas, dispuestas en dos largas hileras a ambos lados de las oficinas. Hacían campamentos para niños, entrenamiento más en serio para chicos con posibilidades de competir y clases para adultos que ya habían superado la flor de la vida pero seguían interesados en mejorar su servicio. Antoni miró a Franny al mencionar lo del servicio. Nando Vidal era su producto más famoso, pero Antoni estaba muy satisfecho de la totalidad del personal del club. Cada vez que pasaban junto a una pista donde se impartía una clase o veían un sudoroso adolescente pegándole a una pelota tras otra, Antoni daba un par de palmadas, seguidas por un gesto de asentimiento, o pronunciaba unas palabras de ánimo. El nombre de Nando estaba en la puerta, pero era el club de Antoni. Franny iba tomando notas que dudaba fuera a utilizar algún día: «Sonido de máquina automática de pelotas de tenis.» «Zapatillas que resbalan por las pistas de tierra batida.» «Tobillos rojos, calcetines blancos.» «Como pavos reales contoneándose con la cola abierta.»

Había escrito un poco aquellos últimos meses, material que acabaría condensándose en un primer capítulo o en un prólogo, si decidía conservarlo. Era ahí donde habitaba su rabia, su dolor. Las arengas contra Jim y la santidad de su unión. Lo que los jóvenes creían posible, lo que los apasionados muchachos de veintitrés años daban por sentado sobre el resto de su vida, era una auténtica locura. Los padres de Franny habían estado casados durante cien años y dudaba que alguno de los dos se hubiera descarriado. Pero ¿lo sabía a ciencia cierta? ¿Qué sabía la gente sobre la vida de los demás, incluyendo la de la persona con quien estaba casada? Toda unión tenía sus secretos, puertas cerradas con llave escondidas tras polvorientas y tupidas cortinas. Franny debía de tenerlas también, en lo más profundo de su ser, cajoneras llenas de indiscreciones olvidadas. Y confiaba en que así fuera. Estar al otro lado, ser la parte engañada, no tenía ninguna gracia. Tal vez el libro versara sobre eso, una biografía escrita en futuro. *Catálogo de mis futuros pecados*. El despertar sexual de una mujer madura tras su divorcio. En la cubierta habría un espejo.

Antoni estaba hablando con una alumna, una niña de unos doce años de edad. Tenía la mirada fría de una profesional, aunque dio un par de reveses temblorosos seguidos. Se colocó detrás de ella, la espalda apoyada en la alambrada, y le dio unos cuantos consejos para corregirla. A la tercera, cortó el aire como un cuchillo ginsu.

—*Sí* —dijo Antoni, y dio dos palmadas.

Franny dio también dos palmadas a modo de respuesta. Antoni la miró y le guiñó el ojo.

Las carreteras resultaban más rápidas como pasajero de una moto, las curvas, más cerradas. Jim no subía en moto desde sus tiempos en la universidad, y la logística física le supuso todo un reto. Estaba abrazado a la estrecha cintura del pediatra y el casco se daba constantes golpes contra el de Terry. Parecía poco probable que pudieran acabar en otra parte que no fuera en el fondo de un barranco, aunque después de veinte minutos de silenciosa oración, Jim notó que las vibraciones del motor se ralentizaban. Abrió los ojos y vio la verja del

Club Internacional de Tenis Nando Vidal. Jim se quitó el casco en cuanto se detuvieron.

—Es aquí —dijo.

Tal y como le había pedido, Terry se había parado en la carretera antes de la entrada, a unos diez metros de la puerta.

Terry ladeó la moto para que Jim pudiera bajar. Pasó la pierna izquierda por encima de la moto y notó un pop. Ir en moto —incluso bajar de ella— era un juego para gente más joven, pero Jim no quería parecer soso. Haciendo caso omiso al tirón que sintió en la entrepierna, Jim se acercó al murete de piedra y echó una ojeada al club de tenis. Desde allí se veía el aparcamiento, y con eso le bastaba. Así podría ver si Franny y su donjuán se marchaban de allí. Jim no sabía muy bien por qué tenía aquella necesidad de seguir a su esposa, pero la tenía. No era una cuestión cariñosa, tampoco romántica. Era posesión, tal vez también desesperación, y era consciente de ello. Pero le daba igual. Lo que le importaba era no perderla de vista, aunque ello significara tener que seguir abrazado a Terry varias horas más.

Terry estaba acostumbrado a pasar el rato con su moto en las carreteras, a contemplar el paisaje, y no le importaba esperar. Cerró los ojos y volvió su colorada cara al sol. La moto no era lo bastante grande como para permitir que Jim se sentara en ella sin tener la sensación de que las cosas habían dado un vuelco excesivamente íntimo y, por otra parte, no podía parar quieto. Empezó a deambular de un lado a otro junto a la entrada. En el arcén no cabía un coche, pero la moto podía permanecer allí aparcada sin problemas, sin interrumpir el tráfico. De vez en cuando, un coche desaceleraba para entrar en el aparcamiento del club de tenis, y también, de vez en cuando, salía del club algún coche. En esos casos, Jim se agazapaba rápidamente detrás de la moto o se agachaba como si examinara la rueda trasera. Terry observaba el interior del coche y decía «No», puesto que Franny no estaba dentro. Y el proceso se repitió tres veces, hasta que Terry dijo «Sí». Jim permaneció agachado detrás de la moto, de espaldas a la entrada, hasta que el coche se incorporó a la carretera y se subió de nuevo a la moto lo más rápidamente posible para abrazarse a Terry con sincero cariño.

—Vamos —dijo, y Terry aceleró.

Jim no había sido nunca un tipo de coches, ni un amante de la velocidad, pero empezaba a comprender el atractivo de la vida en el asfalto. De no habérsela jugado con Madison Vance, tal vez podría haber aliviado su crisis de la edad madura sobre ruedas. Se lo imaginó con claridad: Franny y él corriendo por la I-95, o por carreteras más pequeñas y bonitas, absorbiendo la belleza del follaje otoñal a cien por hora. Le compraría a Franny un casco del color que ella quisiera aunque sabía que, por supuesto, lo querría negro, o tal vez dorado. Franny Oro. Franny Gold. Así se llamaba cuando se conocieron, Franny Gold, Franny Gold, Franny Gold. Siempre le había encantado aquel nombre, por mucho que Franny bromeara diciendo que era «judío chic». ¿Qué podía haber mejor que el oro? Terry dio la vuelta a la moto y se pusieron en marcha. El BMW de Antoni circulaba justo delante de ellos. Cuando el coche giraba, ellos giraban. Cuando se detenía, ellos se detenían. Jim no podía ver qué pasaba delante —frente a él solo tenía la parte posterior del casco de Terry—, pero sí se dio cuenta de que la árida campiña se transformaba en las calles de los suburbios de Palma. Estaban en la circunvalación, cerca del puerto deportivo, luego bajo la sombra de la catedral. Le gustaría saber de qué estaban hablando, si el acento de Antoni se había vuelto más marcado desde que había dejado de ser el foco de atención de los medios. Rezó un instante pidiendo que sufriera algún tipo de lesión cerebral, pero se retractó rápidamente de aquella oración. Franny no había hecho nada malo. Si le apetecía acostarse con un atractivo mallorquín, no se lo impediría.

Joan tenía cuatro CD en el coche: *Sirena* de Tomeu Penya, *Euphoria* de Enrique Iglesias, *Hands All Over* de Maroon 5 y *Take Me Home* de One Direction, que dijo que era de su hermana menor. A petición de Sylvia, empezaron con One Direction y Joan se esforzó por no seguir el ritmo de la música con la cabeza. Hacía un día perfecto, cálido y con brisa, y en cuanto se pusieron en marcha ya no necesitaron el aire acondicionado. Joan y Sylvia bajaron las ventanillas para refrescarse con el aire natural. El cabello de Sylvia le azotaba la cara como un tornado violento, pero le daba igual. Cuando se hartó de música pop, sacó el CD y puso el de Tomeu Penya, el único cantante que no conocía. En la foto de la cubierta, Penya (imaginó que era él) mostraba el aspecto de un escalofriante autoestopista, igual que Neil Young también le parecía un escalofriante autoestopista. Sonó una canción, Joan pulsó la tecla para pasarla y empezar por el segundo tema, y Sylvia aplaudió siguiendo el ritmo.

—Suena como una nana interpretada por un tipo vestido con una chaqueta minúscula en una esquina de un restaurante mexicano.

Joan la miró como si acabara de decirle que su madre era una puta.

—¿Qué pasa? ¿De verdad te gusta?

Joan meneó la cabeza, un gesto que de entrada Sylvia entendió como que le daba la razón, pero cuando vio que se ponía colorado, comprendió que no lo había interpretado bien.

—Es música mallorquina —dijo, señalando el equipo—.

Podría decirse que es nuestra música nacional, nuestra música *country*.

—Entendido. Pero todo el mundo sabe que la música *country* es un rollo, a pesar de Taylor Swift. Tiene sentido. —Le dio la vuelta al estuche del CD—. Espera un momento, tenemos que escuchar la que se titula *Taxi Rap*.

Sylvia pulsó unas cuantas veces la tecla para hacer avanzar el CD y esperó a que Tomeu iniciara su rap sobre los taxis, y así lo hizo.

—Dios mío —dijo—. Esto es como ver a tu abuelo desnudo.

Joan le dio a la tecla de Stop y el coche se quedó en silencio.

—Eres tremendamente americana. Nosotros nos enorgullecemos de nuestra historia, ¿sabes? ¡Hablas como si fueras imbécil!

Sylvia no estaba acostumbrada a que le gritaran. Se cruzó de brazos y giró la cabeza hacia la ventanilla.

—Lo que tú digas —dijo, pensando en qué más podía decirle para contraatacar.

—En España tenemos cinco idiomas, además de varios dialectos, ¿lo sabías? Y Franco intentó acabar con todos. Por lo tanto, tener un cantante mallorquín es importante, un cantante que canta canciones en mallorquín, por mucho que no sean lo mejor de lo mejor.

Sylvia se pegó el máximo posible al respaldo del asiento, como si estuviera en el sillón del dentista.

—Tienes razón —dijo—. Lo siento.

—La vida no gira solo alrededor de tu piscina o de si tu hermano es o no un cabrón —dijo Joan.

—Tienes razón —repitió Sylvia, y se despidió de la idea de que Joan pudiera volver a besarla y de la idea de que lo que quedaba de día fuera a ser agradable.

Estuvo a punto de decirle que diera media vuelta y la llevara a casa, pero temía parecer petulante y, en consecuencia, se limitó a cerrar la boca y mirar por la ventanilla.

El restaurante estaba en los muelles y era destartalado, tal y como le gustaba a Franny, con manteles suaves por haberse lavado mil veces y polvorientos elementos decorativos en las paredes. No era para turistas; no había carta en inglés ni en alemán, solo en español. El camarero los recibió con dos copas de vino, un platito de aceitunas y pan. Antoni se quitó la gorra y la dejó en una silla vacía. Tenía en la frente una débil marca, que Franny pensó de entrada que era de la gorra, aunque enseguida se dio cuenta de que era del sol.

—¿Te gusta ser entrenador? Trabajar con Nando debe de ser apasionante —dijo Franny, untando un trocito de pan en aceite de oliva y metiéndoselo en la boca.

Antoni bebió un poco de vino.

—Está bien.

Franny esperó a que se explicara un poco más, pero Antoni volcó su atención en la carta. El camarero regresó enseguida y Antoni y él tuvieron un animado intercambio de palabras. A Franny le pareció entender «pulpo» y «pollo», aunque no estaba segura.

—¿Te has planteado alguna vez irte de Mallorca? —preguntó—. Cuando eras profesional, debiste de viajar por todo el mundo. ¿No hubo nunca otro lugar que te llamara la atención? ¿Otro lugar donde te apeteciera instalarte? —Cerró la mano y apoyó la barbilla—. ¿Tienes hijos?

—Preguntas mucho —dijo Antoni—. ¿O tal vez es porque estás todavía recuperándote de la conmoción cerebral?

Franny se echó a reír y se dio unos golpecitos en la cabeza, donde aún tenía el chichón, pero Antoni no sonrió. No hablaba en broma.

Joan y Sylvia pararon a tomar un café en Valldemosa, un encantador pueblecito con empinadas calles adoquinadas y una cantidad sustanciosa de turistas con mochilas y embadurnados con bronceador. Se sentaron en la terraza y tomaron un café en unas lindas tazas minúsculas que hicieron sentirse a Sylvia como una vagabunda después de pasarse la vida bebiéndolo por la calle en vasos desechables de papel. Los mallorquines sabían tomarse las cosas con calma. Terminado el café, Joan la llevó colina arriba hasta el monasterio donde George Sand y Frédéric Chopin pasaron un penoso invierno.

—La verdad es que irse a vivir a un monasterio con tu novio... —dijo Sylvia—. Incluso en verano me parece una mala idea.

A pesar de haberle echado la bronca en el coche, Joan parecía encantado en su papel de guía turístico. Se lo enseñó todo: los tejidos teñidos con la técnica artesanal del *ikat* que se exponían en un escaparate; las ensaimadas empolvadas con una pinta mucho mejor que las que había preparado Franny; los olivos con sus troncos nudosos. Le señaló unos gatos que sesteaban al sol. Cuando vio que Sylvia empezaba a abanicarse, le pasó una botella de agua. Y cada vez que Sylvia rozaba sin querer el brazo de Joan, sentía una descarga eléctrica por todo el cuerpo. No era el chico perfecto para ella, ni siquiera tenían muchas cosas en común. Sylvia tenía más en común con la malhumorada dependienta de la pastelería, seguro, pero daba igual. Joan era guapo como un modelo de los anuncios de Calvin Klein, como uno de esos que hacían desear que la ropa no se hubiera inventado nunca. Podría haberse puesto al timón de un velero vestido solo con unos minúsculos calzoncillos y nadie se habría quejado. ¡Quejado! Los turistas pagarían dinero por hacerse fotografías con él. Sylvia dudaba que en su vida pudiera volver a estar tan cerca de un hombre tan atractivo. Las probabilidades eran escasas.

Era casi hora de comer y Joan ya tenía el lugar pensado. Subieron de nuevo al coche y se dirigieron al norte, hacia el mar, pero no dijo más. Puso el CD de Maroon 5 y canturreó con ellos.

—¿Conoces a Maroon 5?

—Están bien, sí —dijo Sylvia.

En su vida normal, se habría reído de él, pero ahora se sentía como una norteamericana imbécil que ya no tenía ningún derecho a decir si las cosas estaban bien o mal.

Joan se tomó la respuesta como unas palabras de aliento y subió el volumen. Bailó en el asiento, mientras canturreaba. Sylvia no sabía muy bien si aquello iba en serio o era pura ironía, pero decidió que le daba igual, puesto que había personas que estaban por encima de todo tipo de reproches. El viaje continuó más de una hora, por carreteras que llevaron a Sylvia a desear haber cogido pastillas para el mareo, hasta que por fin Joan realizó un giro brusco y el coche empezó a descender la montaña, en vez de subirla. La carretera estaba flanqueada por esbeltos pinos y la luz del sol se esfumó rápidamente.

—¿Piensas asesinarme? —preguntó Sylvia.

—Humm... creo que no —respondió Joan, y siguió conduciendo, ahora con ambas manos en el volante.

Transcurridos unos minutos, llegaron a un pequeño aparcamiento, completamente vacío.

—A partir de aquí iremos andando —anunció Joan.

Salió del coche, abrió el maletero y sacó de su interior una mochila grande y una neverita.

Sylvia nunca había tenido una cita con un chico. Había salido en grupo, donde siempre había chicos, y Gabe Thrush se había presentado mil veces en su casa, pero nunca jamás había habido un chico que la llamara o le mandara un mensaje por teléfono o una nota pidiéndole una cita seria y formal. Incluso antes de que Joan le gritara de aquella manera, no había tenido indicios que le llevaran a pensar que aquello era una cita. Y por eso no sabía cómo comportarse.

—¿Así que lo tenías todo planeado? —dijo Sylvia.

—¿Qué querías, comer arena? —inquirió Joan, encogiéndose de hombros. Era un profesional.

—Supongo que si preparabas bocadillos de arena, sí —dijo Sylvia.

Pensó que parecía una imbécil hablando. «Serénate, Sylvia.» El secreto para quedar bien estaba en aparentar que eso ya lo habías hecho, lo sabía.

Joan señaló los pies de Sylvia, calzados con sus sucias chancletas.

—¿Podrás caminar con eso? Es una pequeña excursión.

Sylvia movió afirmativamente la cabeza y lo siguió por un estrecho sendero entre los árboles.

Cuando llegaron a la segunda hora de espera, incluso el santo de Terry empezó a hartarse del tema.

—Oye —le dijo a Jim—, ¿estás seguro de que quieres seguir con esto?

Estaban sentados en un banco de un parque junto al mar. Franny y Antoni llevaban una eternidad en el soleado patio del restaurante. Desde el banco, Jim solo alcanzaba a distinguir los movimientos del brazo de Franny.

—Sí —respondió Jim—. Por favor.

Terry se resignó.

—Lo que tú quieras, colega. Cerraré los ojos un rato. —Se tumbó en el banco de madera y emitió un gruñido de satisfacción—. Esto es vida —dijo, descansando las enormes botas de cuero contra el muslo de Jim.

Franny y Antoni debían de haber comido por lo menos cuatro platos. La comida se estaba haciendo interminable y los camareros seguían acercándose a la mesa cargados con más platos. Jim notó que el estómago empezaba a rugirle de hambre. Pensó en entrar en el restaurante y pedir algo de comida para llevarse, pero no quería correr el riesgo de que lo sorprendieran. Cada pocos minutos le parecía oír la risa de Franny por encima del murmullo del agua, motivación suficiente para mantenerlo allí.

Franny y Antoni se levantaron por fin. Antoni posó la mano en la espalda de Franny, cruzaron el restaurante y la mano siguió allí hasta que llegaron al coche. Antoni le abrió la puerta. A Franny siempre le habían gustado los coches bonitos, por mucho que considerara una tontería tener coche en Nueva York. Cuando llegaran a casa, si ella volvía a aceptarlo, Jim se juró que le compraría un coche, el que quisiera. Un coche, una moto y lo que fuera. Quería ser él quien la llevara adonde ella quisiera ir. Jim zarandeó a Terry para despertarlo.

—Vamos —dijo Jim—. En marcha.

El mayor temor de Jim era que Antoni siguiera ahora otro camino —que tuviera otro destino, como un hotel o incluso su casa—, pero el coche regresó por donde había venido, directo al club de tenis. Terry y Jim mantuvieron la distancia suficiente para que no se notase que los seguían, aunque no demasiada para no perderles la pista. Se pararon en un lugar diferente de aquel en que habían esperado a la salida, un poco más atrás, porque Franny era una conductora nerviosa y a buen seguro miraría varias veces en ambas direcciones antes de intentar incorporarse al tráfico. No tardó mucho en salir. Jim asomó la cabeza por encima del muro y vio que Franny y Antoni estaban despidiéndose. Ella estaba de cara a las pistas y Jim no podía verle más que la mitad superior del cuerpo, puesto que el resto quedaba oculto por los árboles. Era evidente que Antoni estaba abrazándola, e inclinándose hacia la cara de ella, pero a Jim le resultaba imposible ver qué pasaba. Entonces, Franny se separó de Antoni, sus pasos inestables con aquel calzado, y Jim echó a correr hacia la moto para ponerse el casco. Se escondió detrás de la pierna de Terry y, sin querer, se dio un golpe con la rodilla de Terry en el ojo morado.

—Mierda —dijo.

—Ya sale —dijo Terry, y Jim subió a la moto.

Empezaba a sentirse como si hubiera vivido una vida completamente equivocada; tal vez debería haber sido policía motorizado o detective privado. Había pasado casi todas las horas que tenía asignadas en este mundo encerrado entre cuatro paredes, con la mirada clavada en una hoja llena de palabras. Franny habría gritado «aleluya» de haberlo oído decir eso. Franny había pasado años diciéndole que la vida se vivía en el exterior, en movimiento, lejos de la zona de confort de cada uno. Ella había viajado a muchos lugares sin él, y ahora Jim lo lamentaba. Franny conducía despacio y Terry cogió su ritmo. Jim pensó, entretanto, que le gustaría irse a vivir a Inglaterra para, con carácter retroactivo, mandar a sus hijos a la consulta de Terry que, evidentemente, era el mejor pediatra del mundo.

Terry le gritó algo, pero Jim no entendió qué le decía. Iban cada vez más despacio. Jim vio por encima del hombro que el minúsculo coche de alquiler se metía en el arcén y se detenía. Jim le dio unos golpecitos a Terry en la espalda y señaló el coche de Franny. Levantó la mano, «STOP en nombre del amor», y eso fue lo que hizo Terry. Se apartó de la carretera y se detuvo justo delante del coche de Franny.

No había salido del automóvil, sino que miraba a través del parabrisas. Jim se quitó el casco y se lo puso debajo del brazo como un astronauta. Confiaba en tener el aspecto de un hombre duro y atractivo, no como si acabara de quitarse unas gafas de buceo, aunque temía que más bien debía de ser así. Al reconocer a su marido, Franny meneó la cabeza y pegó la barbilla contra el pecho, igual que hacía en la oscuridad del cine cuando un asesino en serie estaba a punto de saltar y atacar a su siguiente víctima. Jim se acercó a su ventanilla y esperó a que Franny pulsara el botón para bajarla. Franny no quería reír —estaba intentando no reír—, pero no pudo aguantarse.

—Jim —dijo—, ¿estás siguiéndome?

Jim se agachó y se sujetó a la parte inferior de la ventanilla del coche.

—Tal vez.

—¿Llevas todo el día siguiéndome? ¿En la moto de ese tipo? —dijo, moviendo la barbilla en dirección a Terry, cuya figura era realmente imponente si no lo conocías.

Terry estaba ahora al teléfono, el ceño fruncido y la mirada perdida. Al ver que lo miraban, los saludó con la mano.

—Tal vez.

—¿Y por qué, si acaso se me permite formular una pregunta tan básica?

—Porque te quiero. Y no quiero perderte. Ni con un tenista profesional ni con nadie.

Jim se enderezó y abrió la puerta del coche. Extendió una mano hacia Franny, que se detuvo un momento a pensar, pisó el embrague y caló el motor.

—No paro de joderla —dijo al salir—. Creo que cuando lo devolvamos nos harán comprarlo. Estoy segura de que lo he destrozado por completo.

Jim le posó las manos en los hombros. Era mucho más pequeña que él, más de un palmo. Los padres de Jim, que siempre quisieron que se casase con una sílfide larguirucha de Greenwich, nunca lograron entenderlo. Les preocupaba la reserva genética, producir generación tras generación de ejemplares altos y rubios. Pero Jim la quería, quería solamente a Franny, solamente a su esposa.

—El que lo ha jodido todo he sido yo. Fran, lo siento mucho. Haré lo que sea. No puedo estar sin ti, no puedo.

Franny trazó con un dedo el perfil del ojo morado de Jim, que había empezado a ponerse verde.

—Está curándose —dijo, y ladeó la cabeza de un modo que dio a entender a Jim que podía besarla, y así lo hizo.

Detrás de ellos, Terry emitió un triunfante aullido lobuno.

Después de atravesar un corto túnel excavado en la ladera de la montaña, Sylvia y Joan encontraron por fin lo que buscaban. La playa era magnífica, una diminuta herradura de arena completamente vacía. Se veía el fondo del mar desde quince metros de altura, azul y transparente. Joan dejó la mochila y la nevera en el suelo e instaló el campamento rápidamente. Desenrolló una manta gruesa y colocó objetos pesados en las esquinas para que no se volara, aunque la playa estaba completamente a resguardo del viento. No había olas, ni siquiera olitas. Sylvia se descalzó y se metió en el agua.

—Es el lugar más bonito que he visto en mi vida, de verdad —dijo—. Y estoy segura de que nunca veré otro igual.

Joan asintió.

—Es el mejor. No lo conoce nadie. Ni siquiera la gente de por aquí. Mis abuelos viven justo allá arriba —dijo, señalando la montaña que quedaba a sus espaldas—. Me traían aquí de pequeño. Es un lugar perfecto para jugar a barquitos.

—Había preparado comida suficiente para cuatro personas: bocadillos de jamón y queso, vino, galletas de mantequilla preparadas por su madre—. ¿Qué quieres hacer primero, bañarte o comer?

Sylvia regresó a la manta, los pies mojados y las pantorrillas rebozadas con arena.

—Humm... —dijo, pensativa y volviéndose de cara al agua—. En circunstancias normales me decantaría por comer, pero en estos momentos, no sé.

—Tengo una idea —dijo Joan.

Sacó el sacacorchos de la mochila y abrió la botella de vino. Bebió un trago y le pasó la botella a Sylvia, que siguió su ejemplo. Se la devolvió a Joan, que la tapó de nuevo, la guardó en la nevera y se quitó la camiseta.

Cualquier persona del mundo tiene un cuerpo, evidentemente. Los jóvenes tienen cuerpo y los viejos tienen cuerpo, y todos los cuerpos son distintos. Sylvia no se habría descrito nunca como alguien que diera importancia a los músculos; los pectorales y los abdominales le traían sin cuidado, en teoría. Eran cosas de idiotas que no tenían nada mejor en qué pensar. Eran cosas para chicas como Carmen, que ni siquiera se enteraban de que sus novios las trataban como basura. El deporte era un castigo; y una clase de gimnasia, una pesadilla. Sylvia intentó recordar si era capaz de tocarse los dedos de los pies con la mano, pero no lo logró, porque estaba hipnotizada con lo que tenía delante. Todas sus especulaciones acerca de Joan hacían que la realidad física de su cuerpo sin camiseta fuera una auténtica broma. ¡Ni siquiera sabía qué grupos musculares había que imaginar! Estaban todos ahí, los pequeños, los grandes y los que, como flechas, señalaban su entrepierna. Sylvia no tenía ni idea de que existían cuerpos como aquel, sin intervención de Photoshop ni nada por el estilo. Joan dobló la camiseta, la depositó encima de la manta y fue a por la cremallera de la bragueta. Sylvia se vio obligada a volverse.

—Te echo una carrera —dijo, básicamente porque no estaba segura de que sus piernas pudieran seguir contemplando aquel espectáculo, puesto que tenía la sensación de que de un momento a otro acabarían cediendo y, acto seguido, se moriría allí mismo.

Se quitó rápidamente el vestido y se quedó en bañador. Hizo una bola con el vestido y lo lanzó al suelo sin importarle dónde caía. Echó a correr hacia el mar. Y corrió hasta que el agua le alcanzó las caderas, momento en el cual cerró los ojos y se zambulló.

Cuando un metro más adelante sacó la cabeza del agua, oyó que Joan estaba detrás de ella. Se volvió, haciendo pie, y vio que nadaba hacia ella. Se sintió como un lenguado nadando al lado de un delfín. Cuando Joan levantó la cabeza; su cabello, aun mojado, seguía perfecto. Sylvia se peinó el suyo hacia atrás y palpó los numerosos enredos, fruto del viento en el coche.

—¿Sabes? —dijo—, creo que Anne Brontë está tremendamente infravalorada. En términos de la familia Brontë. ¿No te parece? —Pataleó bajo el agua y su pie derecho estableció contacto con alguna parte invisible del cuerpo de Joan—. Perdón.

Joan levantó la barbilla en dirección a la bahía, sin mostrar indicios de haberla escuchado.

—Y lo mismo sucede con Elizabeth Gaskell —prosiguió Sylvia—. Me refiero a que toda la fama se la lleva George Eliot, mientras que Elizabeth no se lleva nada, ¿no te parece extraño?

Joan se acercó nadando a Sylvia, sus hombros a menos de medio metro de los de ella.

—No te besaré si no quieres —dijo.

Sylvia deseó en aquel momento haber tenido una cámara, el teléfono, el equipo entero de filmación de un *reality* televisivo. El corazón le latía a tanta velocidad que pensó que el agua a su alrededor rompería a hervir.

—Eso estaría bien —dijo, y Joan nadó un poco más para estrechar la distancia que los separaba.

Sylvia cerró los ojos y notó la boca de él sobre la suya.

Sin contar a quienquiera que besase en aquella fiesta, estando completamente borracha, Sylvia había besado a cinco chicos en su vida, más o menos uno al año desde que tenía doce. Joan era el número seis, y la diferencia entre él y los anteriores era tan escandalosa que Sylvia no pudo contenerse. Nada que ver con las lenguas exploradoras, los molestos dientes, el mal aliento y los labios blandos de todos y cada uno de los chicos de Nueva York.

—¿Estás riéndote de mí? —dijo Joan, retirándose.

La cogió por la cintura, sin temer la respuesta, y Sylvia, sin darse ni cuenta, levantó las piernas y las enlazó por detrás del torso de él. El cuerpo de Sylvia ardía y zumbaba como un fluorescente. Deseaba seguir besando a Joan hasta quedarse sin aliento, hasta que se vieran obligados a pedir ayuda por estar casi muertos de tanto besarse.

—Creo que aquí tendría que haber sexo —dijo Sylvia.

Joan le pasó las manos por debajo de los muslos para cogerla en brazos y caminó directo hacia la playa. Se arrodilló al llegar a la manta. Depositó con delicadeza a Sylvia y le bajó un tirante del bañador, luego el otro, sin separar en ningún momento la boca de la de ella. Cuando el bañador estuvo fuera, Joan le recorrió el cuerpo con la boca. Y cuando empezó a descender, una experiencia que a Sylvia nunca le había gustado especialmente, cayó en la cuenta de que había partes de su cuerpo que desconocía, y que Joan estaba ahora presentándole, lo que le pareció un acto caballeroso y potente. Desnuda, en una playa de Mallorca, le invadió la sensación de haberse pasado la vida entera sentada en una habitación oscura y pensó que tal vez era posible que, al final, Dios existiera. En la mochila había un condón, o en el bolsillo de él, y cuando Joan se retiró para ponérselo, Sylvia pudo contemplar su cuerpo entero desnudo, que era tan espléndidamente bello que se olvidó por completo de la turbación que conllevaba estar en cueros.

El acto en sí no le dolió (como Katie Saperstein le dijo años atrás que a buen seguro sucedería) y no sangró (nada que ver tampoco con lo que le había contado Katie Saperstein). Tampoco es que fuera agradable, pero su cuerpo seguía aún canturreando de tal modo como consecuencia de todo lo que Joan acababa de lamer, tocar y prestar exquisita atención, que Sylvia se dejó llevar felizmente. Se colocó encima de ella y empezó a entrar y salir mientras Sylvia se deleitaba con el sonido de las olas del mar rompiendo en la bahía y los pajaritos que volaban por encima de sus cabezas. Si en aquel momento hubiera bajado alguien por el sendero y hubiese cruzado el túnel que desembocaba en la playa, los habría visto, en pleno apogeo, indudablemente, pero no apareció nadie. Joan terminó con un empujón final, su preciosa cara alterándose brevemente para adoptar una expresión complicada y tensa, y relajarse luego hasta recuperar su estado de perfección natural. Sylvia lo abrazó, porque le parecía que era lo que tenía que hacer, y Joan descansó la cabeza en la clavícula de ella. Permaneció un momento en su interior y luego se retiró con delicadeza y se tumbó boca arriba. Tenían las piernas mojadas y cubiertas de arena, y cuando Sylvia se incorporó para sentarse, la playa empezó a girar vertiginosamente. El mundo era distinto ahora que sabía que aquello era una posibilidad.

—Bueno —dijo—, creo que nos merecemos un bocadillo.

Después de un largo día de no hacer absolutamente nada (entrar en la piscina, salir de la piscina, preparar un tentempié, comer el tentempié, repetir), Charles y Lawrence acabaron convenciendo a Bobby para que jugara una nueva partida de Scrabble con ellos. Jim y Franny habían vuelto a casa y habían desaparecido, sus mejillas enrojecidas, seguramente inmersos en otra discusión. Bobby se quedó mirando las escaleras un rato, como un cachorrillo esperanzado, pero volvió a centrar la atención en la partida cuando comprendió que su madre no tenía intenciones de volver a bajar. Era el turno de Lawrence, que colocó la palabra LAPIDARIO, enlazando con la LÁPIDA de Bobby.

—Chicos, no es necesario que me cuidéis, en serio —dijo Bobby—. No pienso lanzarme desde el tejado.

—Nadie piensa que vayas a lanzarte desde el tejado —dijo Charles.

—No —dijo Lawrence—. Desde el tejado no. Tal vez desde la ventana de arriba, pero no desde el tejado.

Bobby sonrió.

Charles dedicó un momento a reordenar sus fichas. En la esquina superior del tablero había espacio para ubicar una palabra con puntuación doble, que Charles ocupó con PERDÓN.

—Perdón —dijo.

—No, no te perdono —replicó Lawrence, pero le dio un beso en la mejilla.

En aquel momento se abrió la puerta e hizo su entrada Sylvia, el cabello mojado en ciertas partes y seco en otras.

—Hola, chicos —dijo—. Voy directa a la ducha.

Y corrió escaleras arriba.

—Vaya, vaya, vaya —dijo Charles—. ¿Has estado con Joan hasta ahora?

Sylvia no se ruborizó, pero tampoco ralentizó el paso.

—Sí, sí, he estado con él.

Y llegó arriba, entró en el cuarto de baño y se metió en la ducha. Le daba igual que el agua estuviera fría o que pudieran oírla. Cantó *Moves Like Jagger* hasta que llegó al punto donde ya no sabía la letra, y a partir de allí se la inventó.

—Vaya —dijo Lawrence.

—Vaya —dijo Bobby.

—Creo que deberíamos concentrarnos en la partida —dijo Charles, y así lo hicieron.

Día trece

Lawrence se levantó temprano para mirar el correo. *Lobo Noel* sería su perdición, estaba seguro. El último mensaje que había recibido desde Toronto decía que el protagonista pensaba declararse en huelga debido a una ola de calor, el disfraz y las pieles. Todo eso no era el problema de Lawrence, pero tenía que llevar la cuenta hasta del último dólar que se gastase y la huelga del protagonista implicaba seguir gastando muchísimo dinero en concepto de sueldos de operarios y electricidad aunque no se filmara nada. Entró en la cocina con el ordenador y se colocó de espaldas al fregadero.

En la bandeja de entrada había veinte mensajes nuevos. Los repasó rápidamente —en su mayoría eran de J. Crew y remitentes similares que ejercían presión para que comprase más ropa de verano—, pero se detuvo al llegar a un mensaje de la agencia de adopción. Lo abrió con un clic y se acercó el ordenador al pecho. Cuando empezaron con todo aquello, Lawrence imaginó que el proceso de adopción sería como en aquella escena de *El lágrima*, de John Waters, en la que los niños representaban escenas domésticas detrás de un cristal, como si fuera un museo. Elegías el que más te gustaba, te lo llevabas a casa y lo amabas toda la vida. Pero no era tan sencillo. Lawrence leyó rápidamente el mensaje. Era corto. «Llamadme. Ha tomado su decisión. Sois vosotros.»

Lawrence casi deja caer el ordenador al suelo. No fue consciente de que estaba emitiendo ruidos hasta que Charles salió corriendo de la habitación en pijama.

—¿Qué ha pasado? —preguntó, preocupado—. ¿Algo malo?

Lawrence negó con energía con la cabeza.

—Tenemos que volver a casa enseguida. Necesitamos un teléfono. ¿Dónde está el teléfono?

Giró el ordenador para que Charles pudiera leer el mensaje. Charles le quitó a Lawrence sus gafas de lectura y se las puso.

—Dios mío —dijo Charles—. Alphonse.

Lawrence rompió a llorar.

—Tenemos un niño.

—¡Un bebé! —gritó Charles—. ¡Un bebé!

Dejó el ordenador en la mesa de la cocina y estrechó a Lawrence entre sus brazos, se cernió sobre él y empezó a murmurarle nombres al oído. Walter. Phillip. Nathaniel. Daba igual de dónde viniera Alphonse, cuáles hubieran sido sus circunstancias. Lo que importaba ahora era que iban a llevárselo a casa.

Con la conmoción que supuso tener que reservar nuevos vuelos y ayudar a Charles y Lawrence a hacer las maletas y dejar la casa, todo el mundo se levantó y se puso en marcha mucho antes de lo habitual. Franny decidió que había que preparar panqueques, puesto que eran su desayuno rápido de celebración. Jim la ayudó a cascar los huevos según Franny iba ordenándole y a inspeccionar los armarios en busca de extracto de vainilla. Bobby se sentó solo a la mesa mientras

Sylvia preparaba el café; la cafetera de émbolo siempre había sido su actividad favorita. Cronometró el tiempo de hervido con el reloj del horno, sin echar siquiera de menos su teléfono. Podría haberlo lanzado montaña abajo y verlo hacerse mil pedazos y se habría quedado igual. Cuando cerraba los ojos, notaba todavía la boca de Joan en su cuerpo.

—Van a estar buenísimos, ¿no crees? —dijo Bobby, que empezaba a ser un poco más él, puesto que dormía mejor y comía como un adolescente.

—Lo creo —dijo Franny—. Lo creo de verdad—. Batió la mezcla, repasó con el dedo el borde del cuenco y se lo llevó a la boca. Se dio la aprobación con un gesto de asentimiento. A continuación, cortó con el cuchillo un trocito de mantequilla y lo fundió en la sartén caliente—. ¿Preparas el café con los ojos cerrados por algún motivo especial, Syl?

Sylvia abrió los ojos de golpe.

—Estaba poniéndome a prueba, simplemente era eso —dijo—. Sí, tres minutos. —Llevó la cafetera a la mesa y soltó el émbolo. Bobby le acercó su taza—. Sírvete tú mismo —dijo—. Yo estoy ocupada.

Sylvia tomó asiento en el banco pegado a la pared y volvió a cerrar los ojos esbozando una media sonrisa.

—Eres un bicho raro —dijo Bobby.

—Sí, claro —replicó Sylvia con los ojos todavía cerrados—. Lo soy.

En eso era en lo que siempre había destacado su hermana, en ser ella misma. Bobby recordó los sofisticados trajes que guardaba en el armario y que se ponía para enseñar apartamentos caros, los tejidos de última tecnología que utilizaba para acudir a Total Body Power, los tejanos descoloridos que tenía desde tiempos de la universidad y que se ponía cuando Carmen no estaba porque ella decía que eran «pantalones de papá».

—¿Sabes? Lo del negocio inmobiliario tampoco es que me guste mucho —dijo Bobby—. Ni el gimnasio. Es decir, lo del gimnasio me gusta porque me gusta sentirme sano, pero la verdad es que no me importa tener el mejor cuerpo del mundo. —Hizo una pausa—. Me pregunto lo difícil que debe de ser adoptar un bebé.

—Mejor será que tratemos esos temas de uno en uno, cariño, ¿vale? —dijo Franny, acercándose a la mesa con una bandeja cargada hasta arriba de gruesos panqueques, algunos de ellos salpicados con arándanos.

—De acuerdo —dijo Bobby, y clavó el tenedor a tres panqueques para transportarlos hasta su plato.

—De acuerdo —dijo Sylvia, abriendo por fin los ojos—. Son los mejores panqueques que he visto en mi vida. —Miró a su madre—. Gracias, mamá.

Franny se secó las manos en la falda, algo azorada.

—De nada, cariño.

Se volvió para ir a buscar el jarabe, que Jim tenía ya en la mano.

—No sé qué les ha pasado a nuestros hijos —dijo Franny—, pero me gusta.

Jim besó a Franny en la frente, un beso que tanto Sylvia como Bobby fingieron no haber visto. Los cuatro Post contuvieron la respiración a la vez, deseando todo ellos que aquel momento se prolongara. Las familias no eran más que esperanzas arrojadas en una amplia red y en la que todos sus miembros deseaban simplemente lo mejor. Incluso los pobrecillos que tenían hijos en un intento de rescatar un matrimonio moribundo, lo hacían como resultado de un optimismo desorientado. Franny, Jim, Bobby y Sylvia apostaron por ello en silencio y, por un breve instante, estuvieron todos a bordo del mismo barco.

Sylvia había estado pensando en Joan a cada minuto transcurrido desde que el día anterior se despidieran. Deseaba más sexo, practicarlo una y otra vez, hasta saber realmente de qué iba el asunto, y Joan le parecía una buena pareja para ello. Le traía sin cuidado que hubiera ligado con ella solo para follar. Conocía playas secretas. ¿Qué más daba si escuchaba música horrorosa o llevaba camisas con una flor de lis estampada en el hombro cuando salía a bailar? En casa, ni en un millón de años habría mostrado el más mínimo interés por un chico que fuera a discotecas, y punto, pero el tema no era ese. El tema era que necesitaba encontrar una forma completamente natural de subir a su habitación con Joan sin que sus padres se enteraran.

Durante los minutos que faltaban para que Joan llamara al timbre, Sylvia abrió el portátil encima del mostrador de la cocina. Había un mensaje de Brown con detalles sobre su habitación —en Keeney Quad, lo que esperaba, donde vivía la mayoría de estudiantes de primer curso— así como información de contacto de su nueva compañera de cuarto (Molly Krumpler-Jones, de Newton, Massachusetts). Era el mensaje de correo que Sylvia llevaba meses esperando, pero se limitó a mirarlo por encima, porque justo a continuación había un mensaje de Joan.

«S: Siento tener que cancelar nuestra penúltima sesión, pero hoy no podré ir. Nos vemos mañana a las diez para despedirnos. Me lo pasé muy bien en la playa. J»

Le habría sido más fácil mandarle un mensaje de texto, pero de haberlo hecho, ella lo habría visto antes y le habría respondido. El correo electrónico era una bomba de relojería que no detonaría hasta que ella abriera el ordenador. Notó que se le encendían las mejillas, pero cuando oyó que llamaban a la puerta, se sintió aliviada. ¡Era broma! Evidentemente, Joan no era tan cabrón, sino que solo jugaba un poco con ella. Correteó hacia la entrada. Se planteó recibirlo con una exhibición pero sus pechos nunca habían sido precisamente impresionantes y decidió no hacerlo. Cuando tiró del pomo para abrir la puerta, lo hizo riendo.

Al otro lado había una mujer alta —varios centímetros más alta que Sylvia, lo que significaba que debía de rondar el metro ochenta— hurgando como un oso hormiguero el interior de un gigantesco bolso de piel.

—¿Puedo ayudarla en algo? —preguntó Sylvia.

Se llevó las manos a las caderas con la esperanza de que aquella postura comunicara que no tenía el más mínimo interés en hacer nada por el estilo.

La mujer levantó la vista, sorprendida.

—Dios mío. Debes de ser la hija de Franny, ¿no? He visto el coche en el camino de acceso y enseguida he caído en que debo de haberme hecho un lío con las fechas. ¿No te parece típico de mí? —dijo, como si Sylvia pudiera corroborarlo. Se enderezó y sacudió su larga melena rubia y ondulada—. Soy Gemma —dijo—. ¡Y esta es mi casa!

—Oh —dijo Sylvia—. Entonces imagino que debería dejarte pasar.

Hizo un gesto invitándola a pasar al recibidor, entró detrás de la mujer y gritó a su madre para que acudiera antes de retirarse a su habitación.

Hacía una década que Franny no veía a Gemma y se quedó horrorizada al ver que no había cambiado nada. Gemma se sirvió un vaso de agua —«Oh, ¿habéis estado utilizando el filtro? Yo solo bebo agua directamente del grifo, como un gato. Creo que es por eso que mi sistema inmunológico sigue tan en forma»— y salieron a sentarse junto a la piscina. Gemma acababa de llegar de su casa de Londres, una mansión eduardiana en Maida Vale, pero antes había estado dos semanas en París, y antes de eso, en Berlín.

—Es agotador —dijo Gemma—. La verdad es que envidio vuestro estilo de vida. Cogéis a los niños y os marcháis dos semanas donde os venga en gana sin que nadie os moleste. —Abrió mucho los ojos al pronunciar «moleste»—. Podéis escapar. Yo pagaría un millón de dólares por poder hacerlo. Porque incluso cuando estoy de vacaciones, los de la galería no paran de llamarme o, si no son ellos, cualquiera de mis artistas, y entonces no me queda más remedio que coger un avión para ir a masajear el frágil ego de quien sea, cuando lo que me gustaría es poder decir: «¿Sabes que estoy en las Maldivas a punto de empezar una excursión de buceo?» —Gemma se alborotó el pelo con ambas manos, dejándolo caer por encima del respaldo de la tumbona—. Es una casa agradable, ¿verdad? Pintoresca.

Franny podría haber descrito la casa empleando un centenar de adjetivos, pero «pintoresca» no habría estado nunca en la lista.

—Es increíble —dijo, sin ganas de contradecir directamente a Gemma.

—La mayoría de los británicos piensa que Mallorca es solo un lugar para adolescentes borrachos —dijo Gemma—. Lo de comprar una casa aquí, en la montaña, fue casi como un acto de psicología inversa. Es el mejor lugar para escapar de todo. Es como si Jim y tú decidierais comprar una casa en la costa de Jersey. Todo el mundo pensaría que os habíais vuelto locos, pero luego puedes disfrutar de una casa encantadora a muchos kilómetros de los charcos de vómito y las playas repletas de rostros pálidos y bebés con el pañal sucio. Ninguno de mis amigos británicos vendría jamás aquí.

Franny contempló las montañas. De haber sido suya la casa, habría invitado a todos sus conocidos y no habrían parado de emitir expresiones de asombro y exclamación. Habría hecho venir a los integrantes de su horrendo club de lectura y habrían leído a George Sand y reído de lo mucho que se había equivocado sobre la isla, sobre su carácter depresivo. A cualquier persona de este mundo, literalmente a cualquiera, le encantaría el paisaje, la comida, la gente. Franny pensó que si alguien se dignara darle un bolígrafo, podría redactar un nuevo folleto para la oficina de turismo.

—Nos lo hemos pasado todos de maravilla. Y hemos estado todo el tiempo comiendo, la verdad.

—Oh, yo no como nada. Solo helados. Vengo por una semana, como solo helados, y luego vuelvo a casa con la sensación de haberme depurado. —Gemma cerró los ojos. El sol les daba de pleno y Franny palpó su pelo caliente—. Y bien —dijo, sin abrir todavía los ojos—, ¿dónde está mi Charlie?

Charlie no se lo había contado. ¡Por supuesto que no se lo había contado! Si Charles no le había contado ni una palabra del tema a Franny, era evidente que no se habría atrevido a contarle nada a Gemma. Desde sus tiempos de bachillerato, Franny no había disfrutado tanto conociendo y comunicando una noticia relacionada con la vida de un amigo.

—Oh, ¿no lo sabes? —dijo Franny, haciéndose la sorprendida—. Qué raro que no te lo haya contado... sé que sois íntimos.

Gemma abrió los ojos de par en par. Pestañeó varias veces seguidas; parecía un roedor que emergía a la luz después de pasar meses encerrado en un oscuro agujero subterráneo. La piel alrededor de sus ojos había empezado a arrugarse, tal vez incluso a descolgarse un poco. Franny no solía regocijarse de los puntos débiles de los demás, pero en aquel caso estaba más que dispuesta a hacer una excepción. Gemma seguía esperando a que Franny continuara, con la boca entreabierta, como si la información entrara a su cuerpo por aquella vía.

Parecía un perro bonito pero tonto. A Franny le habría encantada darle un beso en la boca y después lanzarla a la piscina.

—Han vuelto a casa por lo del bebé —dijo por fin Franny—. Un niño. Van a adoptar un niño.

—¿Que se han ido? ¿Para comprar un bebé?

—No compran ningún bebé: adoptan un bebé.

Gemma emitió un ladrido.

—¿Adrede? Yo pensaba que los bebés venían solo por accidente. ¡He tenido tres maridos y los he evitado por los pelos media docena de veces! ¿En qué demonios estará pensando? De verdad. Oh, Charlie. Ahora solo pintará retratitos ingenuos de Lawrence semidesnudo con un bebé dormido sobre su pecho. —Hizo una pausa—. Ahora me siento doblemente mal por no haberlo visto. ¡Su último hurra!

Franny intentó sonreír, pero no pudo.

—Supongo.

—¿Estáis Jim y tú en el dormitorio de matrimonio de arriba? —preguntó Gemma. Sacó las gafas de sol del bolso y se las puso—. ¿Verdad que no os importaría trasladaros a la habitación que Charlie y Lawrence debían de compartir? Ya sabes lo que es dormir en tu propia cama. Los otros colchones son demasiado blandos para mi espalda, es como dormir en almohadas gigantes. Por una noche estaréis bien, seguro, ¿no? Si no os supone demasiado problema. —Se levantó y se sacudió sus impolutos tejanos—. Tengo que llamar a Tiffany's para que manden una cubertería.

—Encantador —dijo Franny—. Y ahora, si me disculpas, yo empezaré a hacer las maletas arriba para que puedas recuperar tu habitación.

Las dos mujeres se dirigieron hacia la puerta caminando en paralelo con la intención de alcanzar el pomo en primer lugar, como si con ello reivindicaran el derecho sobre toda la propiedad. Franny habría ganado de haber tenido las piernas unos cuantos centímetros más largas, pero Gemma llegó primero, sus finos dedos haciéndose con el pomo como si fuera un diamante perdido flotando en una piscina. Mantuvo la puerta abierta para que pasara Franny, que entró en la casa con la cabeza muy alta. No pensaba contarle a Charlie que su amiga era una bruja, puesto que, de hacerlo, lo único que conseguiría sería destrozar su autoridad moral. Se limitaría a dejarle claro que ella era su mejor amiga y que el bebé, fuera quien fuese e independientemente de en quién acabara convirtiéndose, le llamaría a ella tía, mientras que Gemma jamás pasaría de ser una terrorífica arpía que vivía al otro lado del océano.

Bobby quería nadar hasta dejar de sentir los brazos o las piernas. Su récord personal en una piscina estaba en la milla, básicamente porque era el equivalente a seis largos en Total Body Power y hacer menos de seis largos resultaba patético, pero nadar no le gustaba demasiado. En Florida no le gustaba a nadie. Nadar era para los turistas, que chapoteaban a todas horas de un modo que jamás lograría igualar las calorías contenidas en un solo bocadillo cubano. En aquellos momentos, estar en la piscina era la única manera de asegurarse de que nadie le dirigiera la palabra y, en consecuencia, allí deseaba estar, agotando extremidades y pulmones y evitando a toda la familia.

Para la mayoría era fácil. Sus amigos del instituto habían ido a la universidad y encontrado mujeres con quienes casarse. Y lo mismo podía decirse de sus amigos de la universidad. Se conocían en los comedores, o en Psych 100, o en una fiesta después de un partido de fútbol americano, como tenía que ser. Aún había algunos que seguían resistiéndose, chicos que habían engañado o habían sido engañados o que eran demasiado introvertidos como para conseguir una novia de verdad. Siempre que aquellos amigos viajaban a Miami, era fiesta grande. Bobby los llevaba de discotecas y se pasaban la noche tomando copas. Las chicas de Miami llevaban vestidos minúsculos y tacones altísimos y a sus amigos les sorprendía la cantidad de mujeres que había, parecían hormigas paseando por encima del mantel en un picnic. Las visitas de los amigos casados no eran muy frecuentes y cuando iban a verlo, era para cenar, tal vez tomar una única copa e irse a dormir. Ni siquiera a follar, sino a dormir. Cuando sus amigos se marchaban, Bobby fingía marcharse también, pero luego daba media vuelta y regresaba solo al bar. ¿Acostarse a las diez de la noche? Tenía casi treinta años, pero no estaba muerto.

Bobby no había tenido una novia de verdad hasta Carmen. Había habido chicas, por supuesto, pero nunca nada serio. Cuando perdió la virginidad durante su primer año de universidad en Miami, no le contó a la chica que era su primera vez, aunque lo más probable es que fuera evidente. Considerándolo en retrospectiva, hubiera preferido decírselo, puesto que nunca olvidaría su nombre —Sarah Jack, «como un leñador»,* le había dicho en la fiesta donde se habían conocido— y ahora le resultaba extraño, como si siguiera manteniendo aquel secreto por mucho que hubieran transcurrido casi diez años. Rozó con la punta de los dedos la pared de la piscina y realizó un salto mortal bajo el agua para empezar a nadar en dirección contraria. El agua no estaba clorada y podía abrir los ojos sin que le escocieran. En el fondo había hojas y se planteó por un instante bucear para recogerlas, pero no lo hizo.

Desde que acabó la universidad había habido docenas de bodas y había asistido a todas ellas; algunas en Nueva York,

* En el original en inglés se produce un juego de palabras, puesto que *lumberjack* significa «leñador». *(N. de la T.)*

otras en Florida, pero en su mayoría repartidas por las distintas ciudades natales de las novias, con algún que otro destino excepcional. La boda más cara había tenido lugar en Vail, Colorado, en la cumbre de una montaña. Aquel fin de semana, Carmen y él esquiaron juntos por primera vez y ella conoció a todos sus amigos del instituto. Varios de ellos acorralaron a Bobby después —en la cabaña, en la casa que compartían y durante la celebración— con la intención de conocer la edad de Carmen. Algunos se mostraron impresionados y otros claramente extrañados, pero ninguno de ellos mostró visos de esperar una invitación a la boda de Bobby y Carmen, eso seguro. En cualquier acto posterior al que asistieron, todo el mundo se quedó sorprendido al descubrir que la pareja seguía junta. Los hubo incluso que incluyeron el nombre de Carmen en sus invitaciones de boda, en vez de limitarse a dejar en blanco el nombre de la acompañante. Pero siempre había alguien que le daba un codazo a Bobby en las costillas, siempre alguien que calificaba a Carmen de «mujer puma».

Con veintiocho años no era ni joven ni viejo. Evidentemente, si se consideraba la vida en su totalidad, era una edad joven, aunque ya empezaba a llegar tarde en lo relativo a saber qué quería hacer. Los padres de Bobby se habían casado con veintitrés y veinticinco años, una edad que resultaba normal en el contexto del tiempo, como si fueran hombres primitivos con una esperanza de vida inferior a los treinta. Aunque sus amigos también habían empezado a casarse a aquella edad.

Supuestamente, la venta inmobiliaria era un negocio sólido, pero no lo era. Había programas de televisión donde salían chicos de su edad que vendían casas de diez millones de dólares en Malibú, pero Bobby no pasaba de luchar por alquilar apartamentos por mil quinientos dólares mensuales. Carmen y él vivían como compañeros de piso o, peor aún, como una familia. Él cocinaba y ella limpiaba. Carmen le recordaba que tenía cosas que recoger en la tintorería y le daba un beso en la mejilla cuando le apetecía. Nunca había querido niños, nunca. La verdad es que el problema era justo aquel. No la edad de Carmen, tampoco ninguna otra cosa. Tal vez Carmen deseara casarse, pero no quería tener hijos, y él sí. Fue así como comprendió que el hecho de no quererla carecía de importancia.

Bobby bajó el ritmo. Tenía la musculatura de la espalda cansada. Comprender en qué momento habías cometido un error era complicadísimo. ¿Cuál había sido su error? ¿Seguir tanto tiempo con Carmen? ¿Engañarla? ¿Decirse a sí mismo que los engaños eran justificables porque sabía que lo suyo no iba a durar y que, por lo tanto, no pasaba nada? Bobby abrió la boca y dejó que se llenase de agua. Luego sacó la cabeza y la escupió. Tal vez el problema fuera Miami. Tal vez el problema fuera el gimnasio, o la deuda, o la soledad. Tal vez el problema fuera él. Elegir la persona adecuada con quien casarse parecía muy fácil para los demás, como si esa persona llevara consigo una señal secreta, un tatuaje hecho con tinta invisible. ¿Cómo saberlo, si no? Bobby buscaba dar en el blanco. Había intentado preguntar a sus amigos, siempre empleando un tono despreocupado, cómo se lo habían hecho pasa saber que su novia era «ella», pero la pregunta les sonaba hipotética y había obtenido respuestas del estilo «Pues sabiéndolo, ¿no?».

Desde el centro de la piscina, Bobby solo podía ver el cielo y los árboles que rodeaban la finca. Pasó un avión y deseó estar a bordo, rumbo a algún lugar donde quisiera de verdad ir. Sumergió de nuevo la cabeza en el agua y siguió nadando, un largo y otro, un largo y otro, hasta que se sintió tan cansado que imaginó que se vería obligado a entrar en la casa a cuatro patas. Necesitaba solventar sus problemas y, a falta de otra cosa, podía empezar con aquello, con el largo de la piscina, recorriéndolo una y otra vez.

Jim y Franny se tomaron su tiempo para recoger las cosas y bajar las maletas a la habitación de Charles y Lawrence. Al haber marchado con tantas prisas, Charles no había deshecho la cama y Jim y Franny estaban cambiando las sábanas, aunque en verdad fuese una tontería hacerlo para una única noche. Franny estaba rabiosa. La que había cometido el error era Gemma, no ellos.

—De haber sido yo, habría dormido en la habitación de invitados por una noche —dijo Franny al menos por décima vez—. Seguro.

—Lo sé, Fran.

Jim metió la sábana por debajo de la esquina superior izquierda del colchón y esperó a que Franny hiciera lo mismo por el otro lado.

—¡Incluso me habría ido a pasar la noche a otro sitio o, como mínimo, me habría ofrecido a hacerlo! —Franny levantó las manos en un gesto de exasperación—. Me parece de muy mala educación.

—Es de muy mala educación. —Jim señaló con diplomacia la sábana arrugada. Franny asintió y tiró de ella para dejarla tensa y ajustarla al fino colchón—. Pero es su casa.

—Las demás camas no son tan buenas como la de ella, ¿no te parece? —Franny remetió con prisas la otra esquina de la sábana y juntos cogieron los cojines y los dejaron caer de cualquier manera sobre la cama—. Es una vaca.

—Es una vaca —repitió Jim, y empujó con delicadeza a Franny hacia la cama.

—¿Qué haces? —dijo Franny en un tono no exento de simpatía al ver que Jim se ponía encima de ella y acomodaba las rodillas a lado y lado de su cintura.

Jim descendió sobre Franny con toda la elegancia que le fue posible y le dio un beso en la frente. Todavía tenía la cuenca del ojo teñida con un tono verdoso, pero ella empezaba a acostumbrarse.

—Estaba acordándome de cuando volvimos con Bobby a casa —dijo Jim—. De lo aterrador que fue... que recorrer en coche las quince manzanas desde Roosevelt fue como ir a Tombuctú. El mundo era atronador. Los cláxones de los taxis. ¿Lo recuerdas?

—Recuerdo que condujiste muy despacio —replicó Franny—. Y que me encantó. Ojalá siempre hubieras conducido así, como si el coche fuera de cristal.

—No creo que Charles y Lawrence tengan la más remota idea de dónde se meten —dijo Jim—. Aunque la verdad es que tampoco la teníamos nosotros.

Jim rodó hacia un lado y pegó sus largas piernas contra el cuerpo de Franny.

—Les irá bien —dijo ella.

—A nosotros también nos fue bien, ¿no crees?

Franny recordaba aquellos primeros días como una nebulosa, como si estuvieran filmados mediante una lente con efecto difuminado. Le habían dolido los pezones mucho más de lo que había pensado que podían llegar a dolerle, aunque la verdad es que no sabía si había pensado en ello. Era prácticamente imposible imaginarse la existencia de un bebé de carne y hueso allí donde no lo había habido nunca, por mucho que lo hubiera sentido dando patadas en su vientre. Con Sylvia, naturalmente, todo había sido mucho más fácil. Pobre Sylvia. El segundo hijo nunca recibía las mismas atenciones. La habían dejado llorar en la cuna, la habían tenido un montón de rato en el suelo de la cocina con solo una cuchara de madera a modo de juguete. Cada vez que Bobby chillaba, los dos corrían a ver qué pasaba. Tal vez ese fuera el secreto de ser buenos padres, fingir que el primer hijo era el segundo. Tal vez fuera allí, en ceder siempre, donde se habían equivocado.

Se puso también de lado, la nariz al mismo nivel que la de Jim. Le cayó un mechón de pelo oscuro en la frente, que le tapó los ojos.

—¿Crees que deberíamos estar preocupados por él?

Jim le apartó el pelo de la cara.

—Sí. No nos queda otra elección.

—Te quiero tanto como odio a Gemma —dijo Franny—. Lo cual, en estos momentos, es muchísimo.

—Tomo nota —dijo Jim—. ¿Y sabes qué? Me gusta esto de estar aquí abajo. Es como más íntimo. ¿No te parece como si estuviéramos en un hotel? ¿O en un *bed and breakfast*, como mínimo?

—Dios mío, un *bed and breakfast* —replicó Franny—. Esos lugares donde te obligan a desayunar magdalenas mediocres con arándanos en compañía de desconocidos.

—Sí, y a mantener relaciones sexuales con tu esposa.

Jim acercó la mano a la espalda de Franny y la atrajo hacia él. La presionó contra su cuerpo con la intensidad suficiente como para que ella pudiera percibir su erección.

—¿Está cerrado con llave?

—He cerrado con llave en cuanto hemos entrado —dijo Jim—. Recuerda que fui boy scout.

—¡Oh! —exclamó Franny—. Cuéntame otra vez cómo eran aquellos pantalones tan cortitos.

Jim dejó correr la broma, deseoso de continuar, ansioso por desnudarla mientras ella aún se lo permitiera. Ese era en parte el atractivo de Madison Vance, el no saber cuándo, o si, le pararía las manos. Creía conocer a Franny lo suficiente como para saber que estaba a punto, pero hacía ya mucho tiempo y era posible que las señales hubieran cambiado. La besó en el cuello tal y como a ella le gustaba, hasta allí donde la mandíbula coincidía con el lóbulo de la oreja, y luego se retiró un poco para pasarle el vestido por la cabeza.

Franny se incorporó hasta quedarse apoyada sobre los codos y la barriga le formó arrugas a la altura de la cintura. Jim se desnudó con rapidez, su dura erección emergiendo dichosa como un muelle al tirar hacia abajo el calzoncillo. El cuerpo de Franny sabía perfectamente qué tenía que hacer —las manos, la boca y las piernas—, y se mostró dispuesta a hacerlo.

—Quítatelo —le dijo a Jim y, obedientemente, se despojó de la ropa interior, primero una pierna y luego la otra, centímetro a centímetro, hasta que el calzoncillo quedó sujeto solo al tobillo izquierdo—. Y ahora ven aquí —prosiguió, y Jim se colocó de nuevo encima de ella, abarcándole toda la boca.

No volvieron a hablar hasta que se hubo acabado y se quedaron tumbados boca arriba, sudorosos después de un trabajo bien hecho.

Día catorce

El vuelo con destino a Madrid partía al mediodía, lo que significaba que tenían que salir hacia el aeropuerto sobre las diez y media de la mañana como muy muy tarde. Todo el mundo tenía las maletas a punto y estaba listo para marchar, incluida Franny, que era manifiestamente mala para ese tipo de cosas. Sylvia estaba ya deambulando nerviosa de un lado a otro.

—Dijo que a esta hora ya estaría aquí —comentó—. No sé qué hacer.

Sylvia ya le había enviado a Joan tres mensajes. El primero había sido un simpático «¿Qué tal, cómo va?». El segundo había sido algo más agresivo, «Sigues pensando en venir, ¿no?». Y el tercero había sido un impaciente «¿¿¿Dónde estás??? Estamos esperando a que llegues para ir al aeropuerto. Así que ven». No había respondido a ninguno.

Estaban todos junto al coche. Bobby y Jim habían colocado y recolocado las maletas en el minúsculo maletero y había quedado aún una bolsa aplastada que tendrían que llevar sobre las piernas. Gemma asomaba la cabeza de vez en cuando, como si quisiera comprobar si los Post se habían marchado ya. Cada vez que su cabeza de piruleta desaparecía de nuevo en el interior de la casa, Franny emitía un sonido similar al de un caballo, sonoro y húmedo.

Transcurrido un minuto, se escuchó el claxon de un coche que apareció un instante después en el camino de acceso. El BMW de Joan. Sylvia corrió hacia el lado del conductor, incapaz de contener la sonrisa. Joan apagó el motor y se echó el cabello hacia atrás, mirando a los ojos de Sylvia a través de la ventanilla subida antes de abrir la puerta.

—*Hola* —dijo, y le dio un beso fugaz en ambas mejillas.

Posó una mano en la cintura de Sylvia durante una décima de segundo, la palpó como si fuera un guardia de seguridad del aeropuerto completamente inefectivo y rodeó el coche para ir a saludar al resto de la familia.

—¡Oh, por fin! Creía que a Sylvia iba a darle un infarto —dijo Franny. Abrazó a Joan—. Hueles siempre tan bien. Espera que encuentre el talón, lo llevo en el bolso.

Joan le estrechó la mano a Bobby, luego a Jim. Sylvia se quedó atrás, junto a la puerta del coche de Joan.

—Oye —dijo, y Joan regresó a regañadientes a su lado. Bajando la voz y dando la espalda a sus padres, añadió—: ¿No pensarás aceptar el talón, verdad?

Joan se encogió de hombros.

—Tienes razón. Debería cobrarles más —dijo, pasándose la mano por el pelo en un gesto desenfadado.

Sylvia se echó a reír.

—¿Se supone que es un chiste?

Franny correteó hacia ellos, talón en mano.

—¡Aquí está, aquí está!

—Gracias, Franny —dijo Joan, alargando las sílabas al pronunciar el nombre, puesto que sabía que a ella le gustaba.

Joan dobló el talón por la mitad sin mirarlo siquiera y lo guardó en el bolsillo trasero del pantalón. Sylvia no sabía si clavarle un puntapié en los genitales o meterse algodón en las

orejas para no tener que oírlo nunca más. Aunque, naturalmente, sabía que no haría ninguna de esas dos cosas.

—Espera, mamá —dijo. Franny y Joan se quedaron mirándola—. Haznos una foto, ¿vale?

Sylvia había pensado en hacerle una foto a Joan todos y
cada uno de los días de aquellas últimas dos semanas, pero
no había logrado reunir el valor suficiente. Hacerle una fotografía a alguien implicaba reconocer la importancia que esa
persona tenía para ti, era como decir que querías recordarla,
que querías volver a mirar su cara. Pedirle a Joan que le dejara hacerle una foto —o simplemente hacérsela, y ya está— era
admitir tácitamente que le gustaba. Él lo sabía, claro, Joan lo
había sabido desde el mismo instante en que había pisado la
casa, desde el segundo en que la había visto envuelta en aquel
par de ridículas toallas. ¿Y cómo no iba a gustarle Joan? Sylvia era un ser humano heterosexual y él estaba hecho de nubes y sueños mallorquines. Pero era demasiado tarde. Si no le
hacía la foto ahora, Joan desaparecería para siempre en el espacio cósmico, como un novio canadiense inventado que pudiera haber conocido en los campamentos de verano, independientemente de que hubiera sido cariñoso y adorable, un
cabrón redomado, o cualquier cosa intermedia. Nadie la cree-
ría. Ojalá le hubiese hecho una fotografía en la playa, con el
bañador mojado pegado a las caderas, pero no lo había hecho. Tendría que apañarse con la que le hiciese ahora.

—¡Pues claro! —dijo Franny, y empezó a palparse por todas partes, como si fuera a encontrar una cámara colgada al
cuello.

Sylvia le arrojó el teléfono a su madre. Franny miró la
pantalla entrecerrando los ojos y Sylvia notó un nudo en el
estómago. ¿Qué podía hacer? Lanzó una mirada tentativa a
su hermano que, como por arte de magia, la comprendió.

—Trae, mamá, deja que la haga yo —dijo Bobby.

Cogió el teléfono, lo enfocó hacia Joan y Sylvia y esperó a que posaran.

—Perfecto —dijo Sylvia. Giró el cuerpo para quedarse de cara a Joan y ofreció su perfil al teléfono. Sin concederse ni un momento para amilanarse, levantó la mano, cogió a Joan por la barbilla y colocó su boca justo delante de la de ella para darle un beso. El beso se prolongó un instante y Sylvia se separó, cruzando los dedos para que a su hermano se le hubiera ocurrido disparar más de una fotografía—. Perfecto —repitió.

Joan se había quedado pasmado y, con timidez, se pasó el pulgar y el índice por el labio inferior.

—Que tengas un buen vuelo —dijo.

Abrió los brazos para acoger a Sylvia, pero ella se limitó a darle una palmada en la mano.

—Procuraremos —respondió ella.

Sylvia se cruzó de brazos y asintió. Esperó a que Joan entrara en el coche, arrancara el motor y se marchara, y así lo hizo.

—Bueno —dijo Franny, sin añadir nada más.

—Yo conduciré —dijo Bobby.

Jim hizo el ademán de protestar, pero Franny tiró de él para instalarse los dos en el asiento de atrás y Jim accedió. Bobby les pasó su mochila, la que no cabía en el maletero, y sus padres la acomodaron sobre su regazo. Sylvia se sentó delante. A veces, el amor era una cuestión unilateral. A veces, el amor no era ni siquiera amor, sino un momento compartido en una playa. Dolía, por supuesto, pero Joan le había hecho un favor. Sylvia volvía a casa convertida en otra mujer. A la mierda Katie Saperstein, a la mierda Gabe Thrush. A la mierda todo el mundo. Había conseguido justo lo que quería. Sylvia se puso las gafas de sol y encendió la radio.

—Rock and roll —dijo, sin que viniese a cuento, solo como respuesta al latido de su corazón.

Bobby debía tomar su decisión al llegar al aeropuerto: tenía reserva con destino a Miami, pero allí ya no había nada esperándolo. Franny y Jim pensaban que debería regresar a Nueva York una temporada, hasta que supiera cómo solucionar el tema del dinero, qué hacer con Carmen, dónde vivir. Iberia podía ponerlo en lista de espera para JFK, pero la zona de embarque estaba atestada de gente y Bobby empezaba a sentirse nervioso ante la posibilidad de que no quedara ni un asiento libre en el avión. En aquella enorme terminal no había nada que comer, excepto bocadillos de jamón, y eso fue lo que comieron.

—No están mal —dijo Franny, sorprendida.

Bobby había pedido dos.

Sylvia y sus padres estaban sentados juntos, el equipaje de mano amontonado entre las pantorrillas y sobre la falda. Sylvia tenía la nariz pegada a un libro y Franny y Jim permanecían tranquilamente sentados, con la mirada perdida. De vez en cuando, Jim rodeaba a Franny con el brazo, la estrechaba hacia él y luego volvía a soltarla. Bobby pensó en que habría hecho bien cogiendo un libro o cualquier otra cosa. En el iPad tenía películas, pero no le apetecía verlas. Carmen había dejado en Mallorca toda su mierda de autoayuda, expresamente, sin duda, pero Bobby lo había dejado en la casa.

—Voy a mirar revistas —anunció Bobby, y se levantó.

La terminal era infinita, un largo pasillo de puertas de embarque con un techo de varios pisos de altura y una cinta para transportar a la gente de un extremo al otro. Entró en una de las tiendas y se plantó delante de una de las estanterías con revistas. La mayoría eran españolas, pero había también una pila de ejemplares del *New York Times* y algunos magacines, incluyendo entre ellos la versión británica de *Gallant*, que ignoró por cuestión de lealtad.

Bobby cogió un periódico, un ejemplar de *Time* y una novela de misterio de la que había oído hablar. Había mirado el correo electrónico antes de dejar la casa con la idea de que, si Carmen le había escrito, regresaría a Miami, pero no le había enviado nada. ¿Y qué sentido tenía regresar allí, de todos modos, si sabía de sobra que sería la decisión equivocada? Carmen había facilitado las cosas para los dos. O, como mínimo, se lo había puesto mucho más fácil a él. Bobby pagó la compra, a la que incorporó un paquete de chicles en el último momento. Su cuenta bancaria estaba tan próxima a cero que cada vez que compraba algo, cruzaba los dedos, pero esta vez no hubo problemas. Una temporada en Nueva York le sentaría bien, se quedaría allí hasta que se hubiera recuperado. Quedaría con sus amigos para cenar, solo para cenar. Algunos harían todo lo posible para ayudarlo a reponerse, y esta vez no se resistiría. En Nueva York, un hombre de veintiocho años era más joven incluso que en Florida. En Nueva York solo tenía un amigo con un hijo. Bobby se miró la mano desocupada y vio que temblaba. Esperó que el movimiento parara antes de volver con su familia. Cuando se sentó, Sylvia levantó la cabeza del libro y le sonrió, su rostro relajado y satisfecho. Estaba tomando la decisión correcta, lo sabía.

—Dame un chicle —dijo Sylvia, y Bobby le pasó el paquete.

Antes de embarcar, Jim dio un último paseo para estirar las piernas. Con tantas emociones de última hora, se había olvidado de ponerse nervioso ante la perspectiva de volver a casa. A pesar de que Franny daba muestras de tolerar el contacto físico con él, e incluso de corresponderlo, cuando llegaran a casa él seguiría siendo un desempleado. Tenía solo sesenta años. ¡Solo sesenta! Jim se obligó a reír. Recordó los tiempos en que tener sesenta años le parecía como tener ochenta. Sus padres habían tenido sesenta años. Sus abuelos habían tenido sesenta años. Y ahora él, sin darse ni cuenta, los tenía también.

Jim no quería ir de crucero, tampoco aprender a jugar al golf. No quería despertarse un día y descubrir que los pantalones le quedaban cortos y sus corbatas eran demasiado estrechas o demasiado anchas. Jim llegó lo más lejos que le fue posible sin necesidad de tener que enseñar el billete y superar de nuevo todos los controles de seguridad, y dio media vuelta. Pasó por delante de familias españolas con todas sus pertenencias repartidas a sus pies, como si estuvieran sentados en una cafetería, sin importarles el mundo que los rodeaba. Allí no había niños con correas. El aeropuerto era más largo que un campo de fútbol y Jim se vio obligado a acelerar el paso para llegar a tiempo de embarcar. Franny siempre se ponía nerviosa por nimiedades; por mucho que supiera que su asiento en el avión seguía allí, en cuanto empezara a haber mucha gente y los pasajeros atascaran la pasarela de embarque, se levantaría, empezaría a abanicarse con el billete y examinaría la muchedumbre en busca de la cara de su marido. Y eso era justo lo que quería Jim: no poner nerviosa a Franny nunca más. Aceleró todavía más el paso, casi como si corriera marcha atlética. Los españoles, gente que caminaba tranquila, lo miraban con interés.

La puerta de embarque estaba a veinte metros. Se había formado ya una cola ordenada, lo que significaba que se había perdido el anuncio por los altavoces. Franny y los chicos no estaban donde los había dejado y estiró el cuello para ver dónde se habían metido. Recorrió la mitad de la cola, como si necesitara estar a un palmo de ellos para reconocer a los miembros de su familia, hasta que de pronto vio a Franny, sola, a un lado.

—Lo siento mucho —dijo Jim. Giró en redondo—. ¿Dónde están los chicos?

—En el avión —respondió Franny, y le puso la mano en el brazo.

—Mierda, no me había dado cuenta de que íbamos a embarcar tan pronto —replicó Jim, aturullado por partida doble al ver a Franny tan excepcionalmente tranquila.

—No pasa nada —dijo ella—. No se irán sin nosotros.

La cola empezaba a ser importante y Franny enlazó a Jim por el brazo y lo condujo pausadamente hasta el final. Jim seguía con el corazón acelerado y notaba las axilas húmedas y calientes. Tenía la frente sudorosa. Esperaron a que la cola empezara a moverse, y se movió por fin. Uno a uno, los pasajeros embarcaron y guardaron los equipajes en los compartimentos elevados. Jim y Franny fueron casi los últimos en embarcar, pero sus asientos seguían allí, vacíos y esperándolos. Franny se sentó y guardó el bolso debajo del asiento delantero. Y a continuación, unió remilgadamente las manos sobre el regazo a la espera de que Jim se acomodara.

A pesar de las circunstancias, estaba encantada con la idea de que Bobby regresara a Nueva York con ellos, sus dos patitos bajo su techo aunque fuera solo por una breve temporada. Tendría que recordar no tratar a su hijo como un bebé, sino como un adulto, y esperar de él que se comportara como tal, del mismo modo que tendría que procurar no formularle a Sylvia excesivas preguntas sobre lo que había sucedido con Joan. El corazón humano era un órgano complejo a cualquier edad. Los adolescentes podían sufrir tanto por despecho y deseo como por ser atropellados por un autobús. Y si acaso, las probabilidades de que sucediera lo primero eran dramáticamente superiores.

El problema de Bobby era que nunca había tenido nada por lo que querer luchar; Carmen era un consuelo para él, un sostén. Ahora que ya no estaba, tendría que utilizar sus propias piernas. Pero eso, en cierto sentido, se aplicaba a todos ellos. Jim tendría que encontrar la manera de llenar sus jornadas; Sylvia tendría que reinventarse como universitaria. Bobby tendría que aprender a ser un adulto responsable; incluso Franny tendría que encontrar sus minúsculas islas y poblarlas con comida, amor y palabras. Tendría que perdonar a su marido sin perdonar lo que había hecho. No... no tenía por qué hacerlo, pero quería hacerlo.

Jim estaba preparándose para el vuelo: se había puesto las gafas de leer, tenía un libro en el regazo y había guardado otro en el bolsillo del asiento delantero. Por algún lugar tendría crucigramas, y también un bolígrafo. La piel de alrededor del ojo había adquirido un matiz verde claro, el color del peridoto, la piedra de su signo zodiacal. El tono iba aclarándose a cada día que pasaba y pronto se habría normalizado por completo.

Rugieron los motores y el avión empezó a moverse por la pista. El personal, vestido con chalecos de color naranja y armado con señales, se había retirado a un lugar seguro a la espera de la próxima salida. Franny enlazó la mano con la de Jim y las trasladó conjuntamente hasta su falda. Jim se inclinó hacia delante para contemplar por la ventanilla los edificios del aeropuerto, que empezaban a alejarse, y el impoluto asfalto. A la izquierda se veían montañas, y las señaló. El avión giró para situarse en la pista de despegue y el ruido de su cuerpo se incrementó. Cuando empezaron a coger velocidad, Franny cerró los ojos y descansó la mejilla en el hombro de Jim. Y cuando las ruedas abandonaron el suelo, lo notó en el estómago, la repentina desaparición de la desconfianza de que también aquello fuera a funcionar como debía. Levantó la barbilla para acercarla al oído de su esposo y, superando el rugido del avión, le dijo:

—Lo hemos conseguido, Jim.

En la vida no había nada más difícil o más importante que

ponerse de acuerdo por las mañanas para resistir hasta el final, recuperar el yo olvidado de muchos años atrás y tomar la misma decisión. Los matrimonios, como los barcos, necesitaban mantener el rumbo y tener unas manos fuertes al timón. Franny enlazó el brazo derecho de Jim con ambas manos y se aferró a él con seguridad, preparada y dispuesta a superar cualquier turbulencia que pudieran encontrarse.

Agradecimientos

Gracias a Valli Shaio Kohon y Gregorio Kohon por su generosidad mallorquina y a Olga Ortiz por su cerebro mallorquín. Gracias al Gran Hotel Son Net de Puigpunyent por calentar el suelo del cuarto de baño.

Gracias a Rumaan Alam, Maggie Delgado, Ben Turley, Lorrie Moore, Meg Wolitzer y Stephin Merritt por su ayuda en todo lo referente al idioma y la logística. Gracias a Christine Onorati y WORD, a Mary Gannett y BookCourt, a Julia Fierro y Sackett Street Writers' Workshop, a Noreen Tomassi y el Center for Fiction, a 92nd Street Y, Vanderbilt University y a *Rookie*, por su amor y por darme trabajo.

Gracias a Jenni Ferrari-Adler, Stuart Nadler y a mi querido esposo por ser lectores tan inteligentes. Gracias a mi familia: a los Straub, los Royal y a los pequeños pero enormes Fusco-Straub.

Gracias, como siempre, a todo el mundo de Riverhead Books, especialmente a la indomable Megan Lynch, a Geoff Kloske, Claire McGinnis, Ali Cardia y Jynne Martin.

Y gracias por encima de todo a mi hijo, el viajero paciente, por esperar y no nacer antes de que acabara el libro.